紐修・堪仁波切修持虛空禪修。（圖片提供：英國索甲伏藏信託）

貝瑪．旺嘉仁波切（左）、敦珠仁波切（中）和紐修．堪仁波切（右），於法國多爾多涅尚特盧布第一次三年閉關結束時。

（圖片提供：克里斯蒂安．布魯亞）

一座禪修之前的紐修・堪仁波切，於法國佩里格仁欽林，1985。
（圖片提供：約翰・佩提）

紐修．堪仁波切（前）和頂果欽哲法王（後），於頂果法王府邸，拉索內日爾，法國多爾多涅。（圖片提供：克里斯蒂安．布魯亞）

紐修．堪仁波切（左）和貝瑪．旺嘉仁波切（右），於法國普拉普特，1990。
（圖片提供：拉斐爾．德曼哲）

紐修・堪仁波切在西藏最著名的拉薩大昭寺祈福。
（圖片提供：柯琳娜・張）

丹確・桑嫫（左）、紐修・堪仁波切（中）和傑尊・強巴・確吉（右），在去桑耶寺的路上休息。
（圖片提供：柯琳娜・張）

紐修．堪仁波切（持傘者）橫渡雅魯藏布江，前往桑耶寺的途中休息。
（圖片提供：柯琳娜．張）

無畏獅子吼

作者　紐修・堪仁波切（Nyoshul Khenpo Jamyang Dorje）
英譯　大衛柯立斯頓森（David Christensen）
中譯　妙琳法師

目次

附錄

明就仁波切序

謙遜的傳承

本書是紐修．堪仁波切傳承的偉大教法。紐修．堪仁波切是近代佐欽傳承的一位殊勝且獨特的上師。他不僅有很高的證量，還是一位學識豐碩的大善知識。尤其是在佐欽傳承裡，他被認為是上一世紀西藏和印度最重要的上師之一。仁波切也是印度、西藏很多大圓滿教法的傳承持有者。

在眾多的佐欽傳承中，紐修．堪仁波切持有從無垢光尊者和蓮花生大士的傳承。這個被稱為「耳傳的經驗傳承」，一直以來從一位上師傳給一位弟子，代代相傳，從未間斷的延續下來，到堪布阿瓊。堪布阿瓊是紐修．堪仁波切上師的上師。在過去的時代，教法興盛，因此這個傳承不需要廣泛的弘揚。但曾經有過預言，當末法時代來臨，眾生煩惱情緒熾盛，這個教法有必要廣傳。因此，堪布阿瓊將這個傳承的教法傳給了紐修．隆多．謝札．滇佩．寧瑪，也就是紐修．堪仁波切的根本上師。紐修．隆多．謝札．滇佩．寧瑪有很多弟子，而紐修．堪仁波切是他最主要的弟子。因此，紐修．堪仁波切接受了完整的耳傳經驗傳承的教法，並成為這個傳承的持有者。

紐修．堪仁波切個性非常謙遜溫和，從不炫耀自己的修行成就和淵博學識，反而是隱姓埋名的過著瑜伽士的生活，甚至和印度的苦行僧為伍，多年遊方苦修。

我非常歡喜的看到紐修・堪仁波切的教法如今以中文面世。希望所有的讀者都能發現其教法的珍貴和殊勝，而深獲其益，證悟自心本性。

明就‧多傑仁波切

2016. 7. 14.
蓮花生大士誕辰日

土登尼瑪仁波切序

祈願文

施心慧 藏譯中

前譯明光金剛藏宗風，
遍知父子傳承教訣要，
如實講示無謬口傳授，
當今具真福德有緣得。

眾生普賢本初大佛地，
指引漸修頓悟諸方法，
圓滿攝一稀有此勝訣，
願能遍傳廣褒十方地。

以此訣之說聞與翻譯，
執持守護弘揚諸正士，
以及優裕富足眾施主，
願皆長壽福德廣增長。

西元2016年9月2日，土登尼瑪敬書。

སྤྱི་འགྱུར་འོད་གསལ་རྡོ་རྗེ་སྙིང་པོའི་སྒྲོལ།།
ཀུན་མཁྱེན་ཡབ་སྲས་བརྒྱུད་པའི་མན་ངག་གནད།།
ཇི་བཞིན་འདོམས་པའི་ཞལ་རྒྱུན་མ་ནོར་བ།།
དེང་འདིར་བསོད་ནམས་དམ་པའི་སྐལ་བར་ཐོབ།།

འགྲོ་རྣམས་ཀུན་བཟང་གདོད་མའི་རྒྱལ་ས་ཆེར།།
རིམ་དང་ཅིག་ཆར་དགྲོ་བའི་ཐབས་ཚུལ་ཀུན།།
གཅིག་ཏུ་རྫོགས་པའི་ངོ་མཚར་མན་ངག་འདིས།།
ཡངས་པའི་རྒྱལ་ཁམས་ཀུན་ལ་ཁྱབ་གྱུར་ཅིག།

གདམས་ངག་འདི་ཉིད་འཆད་ཉན་བསྒྱུར་བ་ཡིས།།
འཛིན་སྐྱོངས་སྤེལ་བའི་སྐྱེས་བུ་དམ་པ་དང་།།
འབྱོར་ལྡན་སྦྱིན་པའི་བདག་པོ་ཐམས་ཅད་ཀྱང་།།
སྐུ་ཚེ་བརྟན་ཅིང་བསོད་ནམས་འཕེལ་བར་ཤོག།

སྤྱི་ལོ་2016ལོའི་ཟླ་བ་9པའི་ཚེས་2ཉིན། གུས་པ་ཐུབ་བསྟན་ཉི་མས་ཕུལ།

土登尼瑪仁波切序

達隆策楚仁波切序

普願眾生皆證悟

悉達多太子從無明的沈睡中醒來，在菩提迦耶的菩提樹下證悟，從此被稱為佛陀——覺者。佛陀在鹿野苑初轉法輪，也從那裡開始引導趨向他們的覺醒，從此世人有了佛法。八世紀時，當佛法還興盛於印度，由於蓮花生大士、藏王赤松德贊、那爛陀的寂護（Shantarakshita）論師、班智達無垢友（Vimalamitra）以及其他大師們的恩德，佛陀的教法得以翻譯成藏文而保存流傳至今。

同樣的教法，後來延續至如龍欽巴（Longchenpa）、吉美·林巴（Jigme Lingpa）等大師，他們之後有蔣揚·欽哲卻吉·羅卓（Jamyang Khyentse Chokyi Lodro）、第十六世大寶法王噶瑪巴、敦珠仁波切（Dudjom）、甘珠爾仁波切（Kangyur Rinpoche）、頂果·欽哲（Dilgo Khyentse）仁波切、敏林·崔欽（Minling Trichen）仁波切、楚西（Trulshik）仁波切、竹旺·貝諾（Drupwang Penor）仁波切、天嘎（Tenga）仁波切、祖古·鄔金（Tulku Urgyen）仁波切、卡魯（Kalu）仁波切，和紐修堪仁波切等大師，以及現在仍在世的大師們，如達賴喇嘛、薩迦法王、多竹千（Dodrupchen）仁波切，和達龍則楚（Taklung Tsetrul）仁波切，由於這些證悟者的恩德，我們今天才能幸運的領受到佛陀活生生的教法。這些教法中，尤其是我最愛戴尊崇的上師紐修·堪仁波切，他的釋論和指導現在能以英文出版面世，為此我極為欣喜。

堪仁波切（即紐修・堪仁波切）是最有學識和成就的大師，特別在大圓滿（Dzogpa Chenpo）的理論和修持。仁波切也極負盛名，很多當代的上師，如宗薩・欽哲（Dzongsar Khyentse）仁波切、吉噶・康楚（Dzigar Kongtrul）仁波切、南頓・秋林（Neten Choling）仁波切、明就（Mingyur）仁波切、措尼（Tsoknyi Rinpoche）仁波切、帕秋（Phagchok）仁波切、索甲（Sogyal）仁波切，以及我的兄弟吉美欽哲（Jigme Khyentse）仁波切和堪布索南・托嘉（Sonam Topgyal）仁波切，都是堪仁波切的弟子。

堪仁波切不僅學識豐碩，他的教導也是基於他自己無數的經驗。凡夫外型之下卻有著不可思議的慈悲。他總是讓我們感覺輕鬆自在——我之所以能這樣說，是因為我以認識堪仁波切為榮，並在他座下學習幾十年。我幸運的從仁波切那裡領受到很多教法，特別是堪布阿旺・帕桑（Ngawang Palzang）整個教法的完整的灌頂、口傳以及教導。堪布阿旺・帕桑也被稱為堪布阿瓊（Ngakchung）— 寧瑪派中吉美・林巴、吉美・嘉瓦・紐古（Jigme Gyalwai Nyugu）、巴楚（Patrul）仁波切和紐修・隆多（Nyoshul Lungtok，堪布阿瓊自己的上師）傳承最重要的法主。

除了極為慈悲，紐修・堪仁波切也是一位非常嚴格和不妥協的上師。當他給予我前行教導時，單是「轉心四思維」，我就修持了五年。堪仁波切同時也很平易近人，隨時準備好幫助別人。我們在修建法國的第一個閉關中心時，仁波切竟然親自動手幫助我們砌起兩個關房的牆壁。不僅如此，仁波切還為在怙主敦珠仁波切和頂果仁波切指導下的多爾多捏省（Dordogne）❶的三個中心：香堤盧貝（Chanteloube）的勝乘光明法林（Thegchog Osal Chiling），博巴（Bois Bas）的勝乘實修林（Thegchog Drupbpa Ling）以及梅哈（Le Meyrat）的勝乘寶林（Thegchog Rinchen Ling）修持的閉關行者開示。

大衛．柯立斯頓森（David Christensen）1980年到法國勝乘寶林參加三年閉關。他已經在本書上花了幾年的工夫。我對他的努力和本書的教法，尤其是我珍貴的上師紐修堪仁波切對吉美林巴的〈無畏獅子吼〉（書中亦簡稱〈獅子吼〉）詳細的介紹和論述，如今有了英文版——深表謝意！這是永遠不可或缺以及無法替代的。

我深信紐修．堪仁波切的每句話都出自他證悟之心，而他的加持一定會灌注於所有真實發起菩提心和虔敬心的行者。最後，我祈願：每個有幸與堪仁波切的教法結緣的人，都會達到與紐修．堪仁波切同等的證悟。

達隆·策楚·貝瑪·旺嘉 仁波切
(Taklung Tsetrul Pema Wangyal)

書於2014年嘉華龍欽巴紀念日（the anniversary of Gyalwa Longchenpa）

❶ 編註：法國第二大省，首府佩里格（Périgueux），位於法國西部略南，不靠海的農業省。

英譯者序

請給我大圓滿經驗

本書記載的是紐修・堪仁波切在法國梅哈的勝乘寶林給予三年閉關的教法。由於堪布當時為病所苦，他極少從法本教授。然而，因為仁波切的慈悲，我們仍然幸運的接受雖不同於下面提及的三個法本內容，卻是本書所涵蓋的教法。除此之外，堪布當時為了減輕頭痛，講話需要非常輕柔，因此，當堪布給予教授時，就如同輕聲的口耳相傳。不過在我們閉關的最後幾年，當仁波切開始修持瑜伽士的氣、脈，他的健康明顯得到了改善。

這時紐修・堪仁波切準備從法本進行教授，並向我詢問建議。我當時有龍欽巴《三自休息論》（Resting at Ease，Ngalso Kor Sum；Ngal gso skor gsum）的三部，並提議〈虛幻休息〉（Gyuma Ngalso；Sayu ma ngal gso）的教導。堪布同意融匯它的精髓，並在其後教導龍欽巴的最後教言〈無垢光〉。即將完成這些教授時，堪布問我是否有更短一些的法本，因此我呈給他吉美・林巴的〈獅子吼〉（Sengee Ngaro；eng ge'i nga ro）。

在此我要感恩紐修・堪仁波切所有的教法。現在再次回顧我們從他那裡接受到的這些教法，也讓人驚嘆不已。在我幸運的從眾多上師處聽聞過的所有教法中，紐修・堪仁波切的教言在我心中特別難以磨滅。有次我在為堪布的閉關教授中擔任口譯，即使他講述一長段之後，我也很容易記得堪布的話，至今難忘。仁波切說這是因為「卓千農齊千摩」（Dzogchen Nypontri Chenmo）——大圓滿經驗指引——的加持。

一些上師這幾年鼓勵我將這些教法翻譯出來，因為能找到的紐修．堪仁波切的教言太少了。近來，果千．祖古．桑嗄．丹增（Gochen Tulku Sangngak Tenzin）認為吉美．林巴〈獅子吼〉的教法在西方有其必要，以指出把大圓滿教法知識化的危險。

我要感謝貝瑪．旺嘉仁波切為建立法國的三年閉關中心所付出的不懈努力，他給予教法，並為教導我們這個小群體請來許多非凡的上師。他的仁慈為眾多西方人帶來跟隨這些上師們深入修持佛法的機會。在貝瑪．旺嘉仁波切邀請之下，尊貴的敦珠仁波切在我們中心住了一個星期，期間給予灌頂和教授，並且在如何理解大圓滿的見、修、行上特別用心著意，給予所有閉關行者單獨的教導。能夠接受他最後的一些教法，是我們莫大的福報。我還要特別感謝尊貴的頂果．欽哲仁波切釐清〈獅子吼〉原典的一些要點，仁波切的教導都收錄在紐修．堪仁波切〈獅子吼〉釋論當中。

感恩我們的編輯約翰．德威斯（John Deweese）。為了讓讀者更清晰、容易研讀教法，他花了很多時間檢查、編輯本書所有的譯文，並重整章節。約翰和我一同匯編了這本書。

我還要感謝柯琳娜．鍾（Corinna Chung），將我對這些教法的口譯謄寫下來；維妍．米沙和佩佩．崔弗對部分教法做了最初的編輯。同時，要感謝柯琳娜．張和曼德琳．阿塔 崔因（Madeleine Attar-Trehin）分享堪仁波切寫給他們的〈任運道歌〉。

對於幫助釐清〈獅子吼〉原典的上師們，也要表示感謝：果千．祖古．桑嗄．丹增（Gochen Tulku Sangngak Tenzin）、祖古．日津・貝瑪（Tulku Rigzin Pema）、達波祖古（Dagpo Tulku）、堪布鄔金・卻旺（Khenpo Orgyen Chowang），以及樂本卡桑・多傑（Lopon Kalsang Dorje）。我還要感謝安德拉・克列赤瑪（Andreas Kretschmar）幫忙閱讀手稿，並提供他的慧見；感謝伊凡・羅宋（Yvonne Rawsthorne）和訥麗娜・克里斯蒂・德威斯（Noellina Christie Deweese）校對和審閱手稿。

也要感謝琳達・普里茨克（Linda Pritzker）的奧援，讓我得以在數月間多次回到紐修堪仁波切的原文教導中，逐字檢查。

感謝尼泊爾雪謙寺允許重印我所翻譯的吉美・林巴的〈竅訣奇妙海——對獨自閉關修行者的忠告〉（A Wondrous Ocean of Advice for the Practice of Those in Retreat in Solitude），以及允許在吉美・林巴〈獅子吼〉的原典註解中引用頂果・欽哲仁波切的釋論。感謝讓炯耶謝出版社允許使用於〈禪修本尊的意義〉這章中的註解。

我還要提及我的女兒烏瑪・克里斯頓森（Uma Christensen），在我艱難困頓時，她是我的光明和鼓舞。感謝安德烈・莫里斯（Andrew Morris），給予我包括這本書在內所有譯作的不變支持。

最後，非常感謝香巴拉出版社社長尼克・歐迪斯（Nikko Odiseos），感謝他對出版本書的熱忱和鼓勵。同時，感謝香巴拉出版社的麥克瓦科夫（Michael Wakoff）細心編輯本書。謝謝喇嘛舒雅達為我跟出版社建立聯繫。

邱陽・創巴仁波切四十多年前在他的《手印》一書中出版了早期版本的〈獅子吼〉。關於〈獅子吼〉和另一個大圓滿的教法，創巴仁波切說：「我將這些法教的譯作收錄在書中，因為閱讀它們能激勵很多人。它們自身便是秘密的教法，公諸於世並沒有危

險，因為沒有準備好的人是無法理解的。同時，少了傳承上師的口傳，它們也是不完整的。」❶

儘管讓這本書付梓的心意和努力微不足道，仍然希望能報答我們那些無與倫比的上師們的恩德。祈願一切的眾生，在這混亂的時代，仍然能夠得到大圓滿法教精簡又直接的激勵。願一切的眾生都能幸運的接受到紐修・堪仁波切和大圓滿經驗傳承上師們的加持。

大衛．柯立斯頓森

澳大利亞墨爾本

2014.3.20.

❶ 英譯註：邱陽・創巴，《手印：早期詩歌集》（Mudra: Early Poems and Songs）（Boston：Shambhala Publications，2001），15。

關於〈獅子吼〉

本書結集紐修・堪仁波切在我們1982年至1985年三年閉關期間給予的法教，是依循藏傳佛教寧瑪派九乘教法次第所教導。因此，這本書所記載的法教，其順序是按照寧瑪派傳統道次第（lam rim）的九乘口傳呈現。

第一、二章之中的教法以傳承祖師龍欽巴和吉美・林巴尊者的傳記作為開始，目的是為了讓弟子生起信心和虔敬。紐修・堪仁波切教授佛法之道的起始點就是信心和虔敬。對心靈導師、傳承和成就者們的虔敬是自始至終貫穿本書和銜接仁波切教法的重要主題之一。

接著，上師在傳統上會給予修心的教法（lojong；blo sbyong），這是把所有大乘佛教的教導精煉為簡單的戒律而運用於每個人的修持上。這些教導收錄在第三章，龍欽巴大師最後的教言〈無垢光〉中，至於本章節最後的龍欽巴傳記中，則延伸至大師圓寂的詳細敘述。龍欽巴是大圓滿傳承中最受尊崇的西藏大師之一，他最後的教言以其詩歌演繹大乘之道的精華，尤其為後人喜愛。大乘的教法是進入金剛乘本尊瑜伽和大圓滿的基礎，因此書中將它們放在金剛乘教法之前。堪仁波切清晰的講述這個教法的架構，詳述很多龍欽巴的教導，並有洞見的引導我們理解法本的要義。堪仁波切指出，龍欽巴大師在他最後的教言中對大乘修心的教導是特別為追隨大圓滿法教的人設計的。

在第四章中，仁波切介紹自己傳承的主要來源，即龍欽巴和吉美・林巴尊者的系列法教。這引入龍欽寧體包含經乘修心教言在內的詳細內容，但主要的關注在於金剛乘的觀想本尊和大圓滿修持。此章便開始深入金剛乘法教，直到本書最末。

這一章中，仁波切首先將龍欽巴和吉美・林巴尊者的著述和佛陀三轉法輪教導的內容相結合。接著他介紹了寧瑪派的密乘體系——由最初的源頭——印度大師無垢光尊者和蓮花生大士以及伏藏的傳統開始。仁波切介紹了吉美・林巴尊者從他的上師處得到的傳承和教法，這奠定了他成為一位伏藏大師的基礎。接著敘述吉美・林巴的伏藏教法——龍欽寧體，其中就包含了〈獅子吼〉在龍欽寧體的出處。經由紐修・堪仁波切對他傳承詳盡的介紹，讀者便有了認識紐修・堪仁波切教言和修行傳承的來源和主要教法的基礎。

接下去在第五章「如何領受教法」，金剛乘和大圓滿實際的教授開始了。金剛乘的教導總是由開展領受本尊觀修和大圓滿教法的正確態度開始，這也是本章的主題。傳統上，寧瑪派的上師們在給予本尊瑜伽和大圓滿灌頂之前，都會由這方面的教授開始，再進入後面章節的本尊自性和大圓滿修持的教導。這是給予口傳教導的自然次序。我們在第五章會讀到灌頂前的入門簡介指導，接著在第六章是灌頂基礎之上觀修本尊的指導。

因此，第六章標題是「觀修本尊的意義」。我們會領受關於諸佛、本尊意涵的教導。在此，堪仁波切從諸多層面展開對智慧本尊的理解。仁波切對吉美・林巴尊者的「珍寶伏藏」的教導和詳細解說，同其他原始資料一起接續在第十三章之中——證實這些教法都來自紐修・堪仁波切的傳承教法。這一章的開頭對諸佛、本尊在世俗諦和勝義諦的觀點給予了詳細的解說。仁波切將諸佛的究竟意義和本尊的究竟意義解釋為「從至上而下」——大圓滿教法中法身的觀點。這不同於世俗或相對層次對諸佛、本尊的理解——由下至上——有著相對階次的往上直到究竟證悟。

對諸佛、本尊以及佛地在法身、報身、化身幾個方面的介紹之後，仁波切教導了觀修本尊的生起次第和圓滿次第的一些重點。這之後是如何真正見到本尊的慧解。最後，章末是對閉關者修持本尊瑜伽的建議。這章的結尾，仁波切開始指出現象如幻本質的大圓滿見地，解說心的本質。這是因為修持本尊瑜伽的重點之一是禪修一切現象如幻，也因為本尊瑜伽的圓滿次第的精髓要義式認識出心的本質。這個見地是本尊瑜伽圓滿次第的基礎，也是其結果。

紐修・堪仁波切對本尊瑜伽的教導自然帶入下一章 — 第七章 — 仁波切對龍欽巴的大圓滿法教〈虛幻休息〉」的介紹。類似於之前的教導，這裡也是教法自然的推進開展，因為本尊瑜伽修持始終要結合座下觀修現象的如幻本質。仁波切接續本尊瑜伽章節最後部份的教導，進一步深入的給予幻相本質的教導。這樣的教導連結了本尊瑜伽和大圓滿的修持，同時它們也是本尊瑜伽和大圓滿修持的基礎。所以，這個大圓滿的法本適合本尊瑜伽、上師瑜伽、和大圓滿修持。這章後半段，仁波切開始指出大圓滿見，帶領我們趨向吉美・林巴尊者的〈獅子吼〉。

在下一章——第八章「覺知的重要性」之中，仁波切用了對道歌〈覺知：心之鏡〉的簡短釋論的形式給予了覺知的主要教導。仁波切解釋了對覺知一般的理解，以及對它精深的理解——意指對大圓滿見地的認識和保任。這一章介紹了對領會〈獅子吼〉釋論教法的基本原則，比如修持靜止、動念和如何覺知到靜止和動念。這練習將我們帶入大圓滿的主要修持——認識和保任本覺（rig pa）。

本章對於口傳教授的開展也是至關重要，因為它介紹了理解〈獅子吼〉所必要的止禪——安住修，和觀禪——觀察修。在對吉美·林巴〈獅子吼〉介紹和釋論中，堪仁波切也繼續對這兩方面的要點做了解釋。在此，堪仁波切進一步詳細解說止觀雙運的重要性，以避免發生修持的偏差。他區分了修持靜和動以及留意在本章中修持認識和保任覺知的教法。這一章將覺知作為行者進入大圓滿的基礎來介紹，同時也給予了理解〈獅子吼〉釋論的教法所必要的指導。

接下來第九章是〈獅子吼〉原典。在這裡出現的原因是在接下去的第十章，堪仁波切的釋論穿插於原典之中，因此，沒有先閱讀原典而想對它整體意思有了解會比較困難。所以，在第九章，讀者可以領略〈獅子吼〉教法的總體全貌，也對之後原文穿插釋論的細節講述有個很好的準備。（編註：中文版編入「原典」）

我們在第十章透過仁波切對〈獅子吼〉的釋論，進入寧瑪派修持口傳，也就是佐欽——大圓滿——的口傳。〈獅子吼〉指出本覺，藏文作rigpa，也就是心性，同時也詳細列舉出在佐欽修持中可能出現的謬誤。這一章開篇即是紐修·堪仁波切的介紹，他引介止觀禪修，並結合第八章「覺知的重要性」有關覺知的教法。仁波切解釋道，通常在大圓滿修持中易出現的錯誤是因為沒有結合止、觀禪修，以及將佐欽的意義智識化理解，而落入各種障礙之中。（編註：中文版改編入第九章）

堪仁波切在概述這段中，從更細緻介紹大圓滿見地開始，接著進入原典中甚深的大圓滿教導。仁波切為〈獅子吼〉的釋論是一個獨特的教法，迄今為止的英譯教法中，也難能找到與之媲美的。在一些英文版的大手印修持法本中，雖然也解釋過認識和保任見地的錯謬，但在比如對修持見地相關的八種錯誤、三種偏離和四種歧途點方面，大圓滿教法有不同的解釋。

在大圓滿諸大師口授教法中，關於修持上的錯誤和偏差是一個重要的主題，而且有大量類似的口授教法。〈獅子吼〉中與此相關的教法可以視為引領行者趨向大圓滿教法中所說的「建立確信」（shenjay；shan 'byed），也就是行者覺知的智慧和二元心的差別的確信。如果有人想依照上師指導進行修持，〈獅子吼〉這些教法的評估和修正，是個絕佳的起始點。它能幫助行者與上師討論關於如何正確理解見、修、行、果，提供非常多的入手處。紐修・堪仁波切的釋論展示了對大圓滿見地和禪修的精深教導，指出眾多在修持大圓滿上出錯的細節，並給予如何避免或解決這些謬誤、偏離和歧途的珍貴諫言。

本書最適宜的總結，莫過於緊接在〈獅子吼〉之後的十一章中紐修・堪仁波切的任運金剛歌。堪仁波切在全書中展示的成就和修道頂峰，都透過這些證道歌表達出來，同時也為仁波切的教法做了最好的總結。（編註：中文版為第十章）

附錄是吉美・林巴尊者在他第一次三年閉關所作的《山居法》的〈竅訣奇妙海——對獨自閉關修行者的忠告〉。其中雖然沒有任何紐修・堪仁波切的釋論，但在吉美・林巴尊者傳記一章中，仁波切引用了這個法本。將這個法本放入給予關閉關行者教言的書中，對激勵讀者精進於每日的修持和個人的禪修閉關，是恰如其分的。

最後，原典〈獅子吼〉，是針對於藏文讀者，以及有興趣從自己上師處得到此法本的口傳，以便更好的把〈獅子吼〉教法運用在自己修持的人。傳統上的教導是，如果某人希望修持一個法，得到口傳是非常重要的。書中收錄法本原文，就便於行者在適合自己修持的時候，從他們的上師處求受口傳。

確吉．尼瑪仁波切在推薦此書時建議我們：「紐修．堪仁波切畢生都以隱姓埋名的瑜伽士身分在生活，而他卻是經乘和咒乘教法的大師，既是一位大學者，也是修行成就者。他的教法無疑是有力的寶藏。然而要確實獲得其利益，必須在持有這些傳承的具德上師指導下學習這些教法。最好是盡力獲取這些甚深教法相關的灌頂、口傳和教授。」

正如確吉．尼瑪仁波切所指，這本書含有很多有關金剛乘佛法禪修的口傳教授。傳統上強調未經灌頂（wang；dbang）、口傳（lung）和教授（men ngak；man ngag），是無法真實了解和體驗的。通常，像本書中這樣的金剛乘口傳教授的翻譯，都是以限制的卷冊出版面世，讀者需在老師允許下才能閱讀。沒有持有傳承的具德上師指導，正如紐修．堪仁波切在吉美．林巴尊者的〈獅子吼〉釋論中詳盡敘述一樣——讀者很難避免誤入智識性理解文句的企圖。

這一部紐修．堪仁波切的教法，為剛入道的行者，或是有經驗的瑜伽行者，提供了整個寧瑪傳承整體教法的豐富資料。它以傳統大圓滿教法的形式，為其修持勾勒出恰當的基礎，並介紹甚深的大圓滿教法和糾正修持上的誤解和錯誤的不可或缺的教導。

本書專有名詞拼音

本書中重要名相的藏文對譯，都附在緊接該名相後的括弧中。它們是採用藏文的威利音譯系統（Wylie system）書寫。這樣可以讓讀者透過英文字母的拼讀，準確的找到藏文單字或短語的書寫形式。換言之，這個音譯系統不是為引導藏文發音或閱讀而設計的；也就是說，它不是音節發音的譯文，而是根據藏文逐個字母拼寫出來的。在一些名詞或短語的英文翻譯之後，也提供藏文音節和音譯的兩種拼寫。偶爾也有對紐修·堪仁波切所說的詞提供梵文的音節拼寫和威利的音譯。

當兩個音譯的詞由一個分號隔開，前面的一個始終是藏文的拼音，或極少數情況是梵文的拼音；第二個詞始終是威利的音譯。提供這兩種拼寫的原因是，在一些情況下希望讓人們有更多接觸藏文名詞的機會。這讓一般已經接受過這些教法，或是在這個傳承但還未開始學習藏文文法或威利音譯的讀者，有機會學習一些最常用的修持方面的名相。讀者只需要記得：分號隔開的兩個名詞拼寫，第一個始終是音節拼讀，通常是藏文，偶爾是梵文；第二個名詞或短語始終是藏文的詞依照威利系統的音譯。❶

❶ 編註：關於中譯本中附加之拼音，若括號內為藏文或英、法文等，一律不另加說明。例如，多爾多揑省（Dordogne），此為法國地名；本尊（yidam），括號內為藏文的威利拼寫。智慧本尊（yeshe lha；ye shes kyi lha），前者是音節拼讀，後者為威利拼寫。十地（梵文：bhumi；藏文：sa），前者為梵文，後為藏文的威利拼寫。供讀者參酌。

選擇用這種方式，是因為全部用藏文音節來拼寫的話，對不懂如何念藏文或威利音譯的人，會不能清楚和準確的了解紐修·堪仁波切所說的藏文。唯一能使仁波切的話語對所有讀者都清楚的方式是用威利音譯。這是因為有些藏文單詞發音相近，而唯一能確切知道文中所翻譯的藏文名相是哪一個的方式——就是用威利音譯。只提供藏文音節發音標註，而不同時提供威利音譯，將不能使人理解藏文詞義——因為完全靠發音準確摸索出實際的藏文用詞，是不太可能的。

原典

༄༅། །ཞལ་ཆེམས་དྲི་མ་མེད་པའི་འོད་ཅེས་བྱ་བ་བཞུགས་སོ། །

遺言—無垢光

龍欽巴 著／羅卓仁謙 藏譯中

རིན་ཆེན་ཤོག་སེར་སྐོར།

出自大寶黃紙——

ཞལ་ཆེམས་དྲི་མ་མེད་པའི་འོད་ཅེས་བྱ་བ་འཕགས་པ་ཐུགས་རྗེ་ཆེན་པོ་དང་ལྡན་པ་ཐམས་ཅད་ལ་ཕྱག་འཚལ་ལོ། །

遺言無垢光。頂禮聖者大悲具足尊！

ལེགས་པའི་ཉི་མ་ཤིན་ཏུ་རྨད་བྱུང་གསལ་གྱུར་པ། །ཐུགས་རྗེའི་དབང་གིས་སྣ་ཚོགས་རོལ་པ་སྟོན་མཛད་ཅིང་། །

妙善大日極盡卓倫而清明，　　大悲威力開演種種遊化相，

མཛད་པའི་འཕྲོ་འདུས་འགྲོ་བ་ཡོངས་ལ་རྗེས་གཟིགས་ནས།

།གདོད་མའི་གཞི་དབྱིངས་གཞོལ་བར་མཛད་ལ་ཕྱག་འཚལ་ལོ། །

威儀展攝悲憫憐視諸眾生，安住本然基界諸尊我頂禮。

གང་གིས་མཛད་པ་མ་ལུས་མཐར་ཕྱིན་ནས། །སྐྱེ་བོ་རྟག་པར་འཛིན་རྣམས་གདུལ་བྱའི་ཕྱིར། །

無餘究竟圓滿諸威儀，　　爲調執士爲常諸眾生，

གྲོང་ཁྱེར་དམ་པ་ཤིན་ཏུ་རྨད་བྱུང་བ། །རྩ་མཆོག་གྲོང་གཤེགས་མཛད་ལ་ཕྱག་འཚལ་ལོ། །

究竟殊勝眞實大城中，　　拘施那羅涅槃我頂禮。

英譯中

Longchenpa's Final Testament, "Immaculate Light"

龍欽巴的遺教〈無垢光〉

龍欽巴 著／大衛・柯立斯頓森 藏譯英／妙琳法師 英譯中

Homage to all sublime beings endowed with great compassion.
I pay homage to those who are like the excellent sun, supreme and brilliant.
By the power of your compassion, you exhibit manifold displays,
Unfolding activity and gazing upon all beings
While remaining in the primordial ground expanse (gdod ma'i gzhi dbyings).

善法如同明日當空，崇高而光芒萬丈。
法界中永恆不滅的悲心，在此顯現了無數的化身。
諸佛事業的化身者都以慈悲之眼凝望眾生。
我在這裡，
要向那些安住於原始本基光明中的聖者至誠頂禮。

Homage to the one who, upon fulfilling his destiny,
Traveled to Kushinagar,
The holy and supreme city,
To tame those who cling to the permanence of things.

即使是在應盡的事業完成之後，
為了調伏那些於悲苦中執有為實的眾生，
在那無比殊勝榮耀的聖地，
向往昔入涅的善逝至誠頂禮。

འཁོར་བའི་རང་བཞིན་སྔར་ནི་ཤེས་ཟིན་ཏེ།
昔已洞徹輪迴之自性，

ད་ནི་མི་རྟག་སྒྱུ་མའི་ལུས་འདོར་བས།
今捨無常幻化此色身，

།འཇིག་རྟེན་ཆོས་ལ་སྙིང་པོ་མེད་པའི་ཕྱིར། །
世間諸法無有實義故，

།གཅིག་ཏུ་ཕན་པའི་གདམས་ངག་བཤད་ཀྱིས་ཉོན། །
當說唯利樂訣故諦聽：

ཚེ་འདིར་བདེན་པར་བཟུང་ཡང་བསླུ་བསླུ་འདྲ།
雖執是生眞實再受欺，

ཡིད་བརྟན་མེད་ཅེས་ངེས་པར་རྟོགས་བྱས་ནས།
當決定證彼不堪倚賴，

།མི་རྟག་སྙིང་པོ་མེད་པའི་རང་བཞིན་ལ། །
無常無有實義自性中，

།དེ་རིང་ཉིད་ནས་དམ་པའི་ཆོས་མཛོད་ཅིག །
今日當始修持正法寶。

རྟག་པ་མེད་པའི་མཛའ་བཤེས་མ་ གྲོན་པོ་འདྲ།
毫無恆常譬如親友等，

སྒྱུ་མའི་གྲོགས་ལ་ཆགས་སེམས་རབ་སྤངས་ཏེ།
當捨貪著幻化親友念，

།རེ་ཞིག་འདུས་ཀྱང་མྱུར་དུ་འབྲལ་བས་ན། །
暫時聚會復速即分離，

།གཏན་དུ་ཕན་པ་དམ་པའི་ཆོས་མཛོད་ཅིག །
精進修持決定利樂法。

Having understood the nature of samsara,
And that worldly things are futile,
Now I am casting off my transient, illusory body.
Listen as I impart this advice, which alone is of benefit.

我早已洞徹了輪迴的本質，
世間八風已經變得絲毫沒有意義，
此時此刻應當準備捨棄這虛幻不實的身軀，
盡未來際，願我只言說那有益的教誨。

Believing that this life is real, you are deceived again and again
By its transitory, futile nature.
Realizing with certainty that it is not to be relied upon,
From today onward, practice the sacred dharma.

相信今生實存，
其無常和無意義的本質一再將我們欺騙。
要確切領悟它不可依靠。
從今日起，你們應當精進行持正法。

Friends are not forever;
Like guests they gather for a while and then part.
So cut emotional ties to your illusory companions
And practice the sacred dharma that brings you lasting benefit.

朋友不會常在；
如同訪客聚散一場，
捨棄對你如幻伴侶的一切情執，
而修持帶給你長久利益的正法。

བསགས་ཀྱང་འཇོག་པའི་ནོར་རྫས་སྦྲང་རྩི་འདྲ། །རང་གིས་བསགས་ཀྱང་གཞན་གྱིས་ལོངས་སྤྱོད་པས། །

積聚財富譬如採蜂蜜，己所積聚爲他人所用，

རང་དབང་ཡོད་དུས་བསོད་ནམས་སྦྱིན་པའི་ཚོགས། །ཕྱི་མའི་ལམ་བརྒྱགས་ད་ལྟ་གྲབས་མཛོད་ཅིག །

得自在時當行佈施糧，今起聚集當來之道糧。

བརྩིགས་ཀྱང་འཇིག་པའི་ཁང་ཁྱིམ་གཡར་པོ་འདྲ། །སྡོད་པའི་དབང་མེད་འགྲོ་བའི་གནས་སྐབས་ཡོད། །

堆疊亦壞屋舍如租賃，不能自在居住有離時，

འདུ་འཛིའི་གནས་ལ་ཆགས་སྲེད་རབ་སྤངས་ཏེ། །ད་ལྟ་ཉིད་ནས་དབེན་པའི་གནས་བརྟེན་ཅིག །

當斷貪愛喧擾此處所，自今刻起安住寂靜處。

མཛའ་འདང་མི་མཛའ་བྱིས་པའི་རྩེད་མོ་འདྲ། །དོན་མེད་ཆགས་སྡང་འབར་བའི་མེ་དཔུང་ཅན། །

親近疏遠譬如幼童戲，無義貪嗔熾然之火團，

ཕན་ཚུན་འཐབས་རྩོད་འཁོན་འཛིན་རབ་སྤངས་ལ། །ད་ལྟ་ཉིད་ནས་རང་གིས་སེམས་ཐུལ་ཅིག །

當斷互相爭鬥懷恨等，自今刻起始調伏自心。

Accumulated and hoarded, wealth is just like honey;
You have toiled for it, but it will be enjoyed by others.
So while you have the chance, accumulate the merit of generosity,
And thus make ready the provisions needed for the next life.

積累財物好比辛勞攢蜂蜜，
到頭終由他人享。
不如把握因緣，
為來世準備，累積福德資糧。

Your well-constructed homes are perishable by nature and are merely on loan to you.
When your time comes, you cannot remain there.
So give up your clinging to the bustle of busy places,
And from now on rely upon a place of solitude!

牢靠的家宅本質也是壞滅，
僅是暫時予你寓居，
當離別的時候來臨，
誰也無法留駐。
拋棄對這些忙亂喧囂地方的種種渴求，
從現在起去那僻靜之處獨修。

Likes and dislikes are akin to children's games.
They are a blazing inferno of futile attachments and aversions.
So abandon all your quarrels and enmities,
And from now on subdue your own mind!

親疏好惡堪比兒戲，
它們是無意義的貪嗔之火燃燒的地獄。
因此拋棄你所有的爭執與怨仇，
此刻起的要務是調伏自心。

སྙིང་པོ་མེད་པའི་བྱ་བ་སྒྱུ་མ་འདྲ།
無有實義所作如幻象，

།རེ་ཞིག་བརྩོན་ཡང་མཐའ་མ་འབྲས་བུ་མེད། །
暫時精勤終將無一果，

ཚེ་འདིའི་བྱ་བཞག་འཇིག་རྟེན་ཆོས་སྤངས་ལ།
當捨此生造作世間法，

།ད་ལྟ་ཉིད་ནས་ཐར་པའི་ལམ་ཚོལ་ཅིག །
自今刻起追求解脫道。

དལ་འབྱོར་ལུས་རྟེན་རིན་ཆེན་གྲུ་བོ་འདྲ།
得暇滿身譬如珍寶舟，

།སྡུག་བསྔལ་མཚོ་ལས་སྒྲོལ་བའི་སྟོབས་ཡོད་པས། །
俱足遊越苦海汪洋力，

ལེ་ལོ་སྙོམས་ལས་སྒྱིད་ལུགས་སེམས་བོར་ལ།
當捨懈怠隨墮散漫心，

།ད་ལྟ་ཉིད་ནས་བརྩོན་པའི་སྟོབས་བསྐྱེད་ཅིག །
自今刻起生起精進力。

དམ་པའི་བླ་མ་འཇིགས་སའི་སྐྱེ་ལམ་འདྲ།
眞實上師導越恐怖處，

།འཁོར་བའི་དགྲ་ལས་སྐྱོབ་པའི་དེད་དཔོན་ལ། །
救護出離輪迴敵商主，

སྒོ་གསུམ་རྩོལ་མེད་སྲིད་ཞུ་ཆེན་པོ་ཡིས།
三門無造作恭敬承事，

།ད་ལྟ་ཉིད་ནས་མཆོད་ཅིང་བརྟེན་པར་མཛོད། །
自今刻起供養而依止。

Deeds are futile and illusionary;
However much you strive, in the end they bring you no reward.
So abandon the activities of this life, all worldly concerns,
And from now on seek the path to liberation!

世間諸事皆無義且如幻。
儘管你那麼奮力爭取，
它們終歸沒有任何回報。
所以放下今生的瑣事和一切世俗的擔憂，
現在便開始尋求解脫之道！

Having obtained this favorable body,
Like a precious boat it grants the power to liberate you from the ocean of sorrow.
Hence, cast off laziness, indolence (snyoms las), and discouraged indifference (sgyid lug),
And from now on develop the vigor (stobs) of diligence.

人身的難得你們要了知，
就如同一艘如意寶船。
它能駛過痛苦之海洋，
所以要消除懶惰（snyoms las）與散漫（sgyid lug）的心，
發起你精進無比的力量（stobs）。

The holy lama is your escort through frightening places,
A guide who protects you from worldly foes.
Effortlessly expressing great reverence with your three doors,
Venerate and rely upon him from now on!

至尊神聖的上師，
是帶你穿越恐怖之境，
保護你免遭世間魔敵的唯一依怙，
應以三門極其恭敬的做無造作的承事供養，
從此刻起崇敬並依靠他！

ཟབ་མོའི་གདམས་པ་བདུད་རྩིའི་སྨན་དང་འདྲ། །ཉོན་མོངས་ནད་རྣམས་གསོ་བའི་མཆོག་ཡིན་པས། །

深奧口訣如甘露妙藥，能癒煩惱諸疫殊勝法，

རྒྱུད་ལ་བརྟེན་ཞིང་ལེགས་པར་གོམས་པ་ཡིས། །ད་ལྟ་ཉིད་ནས་གློང་དུ་འགྱུར་བར་མཛོད། །

常存心續妙善串習力，自今刻起自在攝自心。

བསླབ་གསུམ་རྣམ་དག་ཡིད་བཞིན་ནོར་བུ་འདྲ། །འདི་ཕྱིར་བདེ་ཞིང་མཐར་ཐུག་ལེགས་པའི་ལམ། །

三學清淨譬如摩尼寶，是故能引究竟安樂道，

བྱང་ཆུབ་ཞི་བ་དམ་པ་ཐོབ་པས་ན། །ད་ལྟ་ཉིད་ནས་རྒྱུད་ལ་བརྟེན་པར་མཛོད། །

復得大覺寂靜眞實果，自今刻起當依心續中。

སྣ་ཚོགས་ཐོས་པ་རིན་ཆེན་སྒྲོན་མེ་འདྲ། །གཏི་མུག་སེལ་ཞིང་ཐར་ལམ་སྣང་བར་བྱེད། །

多聞諸法譬如珍寶炬，盡除無名照亮解脫道，

ཡེ་ཤེས་མིག་འབྱེད་ཕན་བདེའི་འོད་འཕྲོ་བས། །ད་ལྟ་ཉིད་ནས་ཕྱོགས་རིས་མེད་པར་མཛོད། །

開本智眼放利樂光芒，自今刻起行持當無別。

Profound advice is like ambrosial medicine,
The supreme remedy for the malady of afflictive emotions.
By relying on it and becoming well trained in it,
Master your emotions from now on!

寶貴深奧的竅訣就是真正的甘露，
可以治療一切煩惱痛苦。
依靠這些甘露並好好去實踐，
從此刻起成為你情緒的主宰。

The pure three trainings, like a wish-fulfilling jewel,
Are the excellent path that brings you happiness in this life and the next,
As well as the ultimate happiness of attaining the sacred peace of enlightenment.
So let your mind rely upon them from now on!

清淨的三學是真正的如意摩尼寶，
可以令你今生來世都得到安樂，
並且最終得到寂滅的無上菩提果，
所以從此刻開始要依戒定慧調伏自相續。

Hearing a variety of teachings is like being given a precious lamp
That removes ignorance and illuminates the path to liberation.
Opening your wisdom eye, you shine with the light of benefit and well-being.
So from now on, be impartial and free from bias.

聞思正法就如同點亮了明燈，
能夠徹照三有輪迴的黑暗愚癡之路，
睜開你的慧眼，讓自己閃耀出利益與善行之光。
因此從現在起無有分別與偏私。

ལེགས་པར་བསམ་པ་གསེར་མཁན་མཁས་པ་འདྲ།

善思念者譬如熟金師，

།ཡིན་མིན་ཐེ་ཚོམ་སྒྲོ་འདོགས་ཀུན་གཅོད་པས། །

能斷是非一切疑網計，

ཐོས་པའི་རང་བཞིན་བསམ་བྱུང་ཤེས་རབ་ཀྱིས།

思所聞法而生勝慧力，

།ད་ལྟ་ཉིད་ནས་ཁོང་དུ་ཆུད་པར་མཛོད། །

自今刻起當咸得通達。

སྒོམ་པའི་རང་བཞིན་བདུད་རྩིའི་རོ་མྱོང་འདྲ།

修之自性如嚐甘露味，

།ཐོས་བསམ་དོན་སྒོམ་ཉོན་མོངས་ནད་ཀུན་ཞི། །

修聞思理除諸煩惱疾，

སྤྲོས་པའི་མཚོ་བརྒལ་སྙིང་པོའི་ཕ་རོལ་ཕྱིན།

越戲論海登寶藏彼岸，

།ད་ལྟ་ཉིད་ནས་ནགས་སུ་བསྒོམ་པར་མཛོད། །

自今刻起當住林中修。

ལྟ་བའི་རང་བཞིན་དྲི་མེད་ནམ་མཁའ་འདྲ།

見地自性無垢如虛空，

།མཐོ་དམན་རྒྱ་ཆད་ཕྱོགས་ལྷུང་ཀུན་དང་བྲལ། །

遠離高低侷限偏私墮，

ཡངས་དོག་མེད་ཅིང་སྨྲ་བསམ་བརྗོད་ལས་འདས།

難以度量離言思詮說，

།ད་ལྟ་ཉིད་ནས་རྟོགས་པའི་ཐབས་མཛོད་ཅིག །

自今刻起當尋了悟法。

Excellent contemplation is like a skilled goldsmith;
It clears away all your misconceptions and doubts.
So through the intelligence that stems from reflection,
Assimilate and master it from now on!

卓越的思維與觀修，
就如同巧手的金匠。
淨除一切是非與疑慮。
透過由思維所生的觀慧，
從此刻開始內化並掌握它！

The nature of meditation is like tasting nectar.
Meditating on the meaning of hearing and contemplation, afflictive emotions are cured.
Crossing the ocean of existence, you reach the shore of the essence.
Meditate in the deep forest from now on!

修行的本質就像是品嚐甘露，
通過聞思才能消除種種煩惱疾病，
渡過世間的海洋抵達究竟勝義的彼岸，
從現在開始去叢林深處實修。

The view is by nature like the immaculate space,
Free of all concepts of high and low, without limits or bias,
Dimensionless, inexpressible by thought or word.
Find a way to realize this from now on!

見的本質如同無垢的虛空，
脫離了一切高低的分別念，無有局限或偏私，
這不可度量和表述的遠離言思的境界，
此刻就去尋求了悟它的方法！

སྒོམ་པའི་རང་བཞིན་རི་བོ་རྒྱ་མཚོ་འདྲ། |འཕོ་འགྱུར་མེད་ཅིང་དྭངས་ལ་རྙོག་པ་མེད། །

修之自性如高山深海， 無有動搖清澈無污穢，

རྣམ་གཡེང་སྤྲོས་པའི་མཚན་མ་ཀུན་ཞི་བ། |ད་ལྟ་ཉིད་ནས་དེ་བཞིན་བསྒོམ་པར་མཛད། །

息滅散亂一切戲論相， 自今刻起當如理修持。

སྤྱོད་པའི་རང་བཞིན་སྐྱེ་བོ་མཁས་པ་འདྲ། |དུས་སུ་བབས་དང་གང་ཕན་གནས་སྐབས་ཤེས། །

行之自性譬如善智者， 熟知利益時法關要等，

ཆགས་ཞོགས་བླང་དོར་དགག་སྒྲུབ་སྒྱུ་མའི་ངང་། |ད་ལྟ་ཉིད་ནས་གཟུང་འཛིན་གྲོལ་བར་མཛོད། །

貪愛取捨破立幻化中， 自今刻起超越能取相。

འབྲས་བུའི་རང་བཞིན་དེད་དཔོན་ནོར་ལོན་འདྲ། |རང་ཉིད་འབྱོར་པས་གཞན་དོན་ལྷུན་གྱིས་གྲུབ། །

果之自性如取寶商主， 自業圓滿任運成他業，

རེ་དང་དོགས་མེད་ངང་གིས་བློ་བདེ་བ། |ད་ལྟ་ཉིད་ནས་ཐོབ་ཕྱིར་འབད་པར་མཛོད། །

無希無遮境中心安樂， 自今刻起爲得當精勤。

Meditation is by nature like the mountains and oceans,
Without fluctuations, transitions, and changes, limpid and untarnished.
Pacifying all concepts and distractions,
Meditate exactly like this from now on!

修的本質如同高山與大海，
無有變遷沒有染淨的分別，
消弭概念和種種戲論，
此刻就開始如此精進的實修！

Conduct is by nature like a wise person
Who knows the exact time and most opportune way to help.
Since obstacles, accepting and rejecting, affirming and negating, are illusory,
Liberate subject-object fixation from now on!

行的本質如同智者，
他們掌握並熟識做事的時間和方法，
並且取捨破立種種幻術，洞徹法界真諦，
此刻就開始從二取中徹底解脫出來吧！

Fruition is by nature like a ship's captain discovering treasure;
Your own spiritual wealth will spontaneously benefit others.
Naturally at ease, without hope or fear,
Try to acquire this from now on!

果的本質如同出海找尋如意寶的舵手，
你自己心靈的富足會自然利益他人。
本然輕鬆，無有希懼——
嘗試從此邁向這樣的果位吧。

སེམས་ཀྱི་རང་བཞིན་ཆོས་དབྱིངས་ནམ་མཁའ་འདྲ། །ནམ་མཁའི་རང་བཞིན་སེམས་ཉིད་གཉུག་མའི་དོན། །

自心本性法界如虛空，　虛空自性心性本然義，

དོན་ལ་གཉིས་མེད་མཉམ་རྫོགས་ཆེན་པོ་རུ། །ད་ལྟ་ཉིད་ནས་ངེས་པར་རྟོགས་པར་མཛོད། །

義利無二平等大圓滿，　自今刻起當認定證解。

སྣ་ཚོགས་ཆོས་རྣམས་མེ་ལོང་གཟུགས་བརྙན་འདྲ། །སྣང་བས་སྟོངས་ཏེ་ལོགས་ན་སྟོང་པ་མེད། །

種種諸法譬如鏡中影，　顯而空寂離已亦無空，

གཅིག་དང་ཐ་དང་མ་བརྟག་ཉམས་དགའ་བར། །ད་ལྟ་ཉིད་ནས་གཉིས་མེད་མཁྱེན་པར་མཛོད། །

不抉一異平等而安樂，　自今刻起當無二了知。

བཟུང་བའི་ཡུལ་ལ་འཛིན་པ་རྨི་ལམ་འདྲ། །དོན་ལ་གཉིས་མེད་བག་ཆགས་གཉིས་སྣང་སྟེ། །

執著所取之境如夢境，　實無二法習氣顯爲二，

དེ་ཡང་བློས་བཏགས་རང་གི་ངོ་བོས་སྟོང་། །ད་ལྟར་ཉིད་ནས་གཉིས་མེད་མཁྱེན་པར་མཛོད། །

此唯假立自性畢竟空，　自今刻起精勤證無二。

The nature of mind is the dharmadhatu, like space,
Since the nature of space is akin to the meaning of the innate nature of mind,
Ultimately nondual and perfectly equalized.
Realize this with certainty from now on!

心的本質是法界，如同虛空，
心性的本義就是如此——
這究竟的平等無二，
當下以確信去實證吧。

Phenomena in their diversity are like reflections in a mirror.
Apparent yet empty, the "empty" is not something separate and distinct [from appearances].
How delightful to be free of judging them as either identical or separate.
Know this with certainty from now on!

萬事萬物的顯現彷彿鏡子中的影像，
顯而空，「空」並不與「顯」分離或不同。
不作一體以及異體的分別是多麼的安樂，
從此刻確信的了知。

The grasped object and the grasping subject are dreamlike.
Though in truth they are nondual, habitual tendencies create dualistic perception.
Moreover, one's mental designations are empty of self-nature.
Understand nonduality from now on!

能所二取宛如春夢一場，
實際上只是兩種習氣在作祟。
本質亦為空性的心識，
從此刻起應當對無二全然了知。

འཁོར་འདས་རང་བཞིན་སྒྱུ་མའི་རྩེད་མོ་འདྲ། |བཟང་ངན་སྣང་ཡང་ངོ་བོ་མཉམ་པ་ཉིད། །

輪涅自性譬如幻化戲，　雖顯善惡體性本平等，

ཐམས་ཅད་མ་སྐྱེས་ནམ་མཁའི་རང་བཞིན་དུ། |ད་ལྟ་ཉིད་ནས་ངེས་པར་མཁྱེན་པར་མཛོད། །

一切無生虛空自性中，　自今刻起當定解了知。

འཁྲུལ་སྣང་བདེ་སྡུག་སྤྲུལ་པའི་རང་བཞིན་འདྲ། |དགེ་སྡིག་རྒྱུ་འབྲས་སོ་སོར་ཤར་དུས་ནས། །

苦樂幻象譬如化現性，　善惡因果分別顯現已，

རང་བཞིན་མ་སྐྱེས་ངོ་བོ་འཕོ་བསྒྱུར་མེད། |ད་ལྟ་ཉིད་ནས་ངེས་པར་མཁྱེན་པར་མཛོད། །

自性不生體性無動搖，　自今刻起當定解了知。

བློས་བཏགས་ཆོས་རྣམས་བྱིས་པའི་རྩོད་པ་འདྲ། |དོན་ལ་མི་གནས་རྟོག་པས་རབ་ཕྱེ་ནས། །

假計諸法譬如幼童諍，　不住眞實分別所辨析，

བཟང་ངན་གྲུབ་མཐའི་ཕྱོགས་འཛིན་སོ་སོར་ཞེན། |ད་ལྟ་ཉིས་ནས་མཉམ་ཉིད་མཁྱེན་པར་མཛོད། །

個別執著善惡諸宗見，　自今刻起當修等性智。

Samsara and nirvana are by nature like a magical display.
Though things appear as good and bad, in essence they are equivalent.
All is unborn and has the nature of space.
Understand this with certainty from now on!

輪涅的本質猶如一場幻術的遊戲，
顯現上總有好壞，
可是本質卻是無二大平等。
一切都是無生的，具有虛空的本質，
從此刻起應當樹立正見。

Deluded appearances, happiness and sorrow, are all like phantoms.
Although virtuous and negative causes and results arise individually,
Their nature is unborn, and their essence is without transitions and transformations.
Understand this with certainty from now on!

染著的顯相與苦樂都是如幻影一般，
儘管善惡因果各自生起，
它們的本質是無生而自性無有變化，
從此刻就確信這個道理。

All mentally labeled phenomena are like children's games.
In reality they do not exist, but they are differentiated by thoughts,
And there is clinging to good and bad, or to one's individual biased beliefs.
Understand the equalized sameness [of everything] from now on!

心識所辨別的一切萬法如同孩童的遊戲，
其實它們並不實存，而是戲論分別，
帶著對好壞或各自偏私的信仰的執著。
從此刻起應當了知一切皆是平等的。

གཞན་ཡང་སྦྱིན་པ་རིན་ཆེན་གཏེར་དང་འདྲ། །མི་ཟད་གོང་དུ་འཕེལ་ཞིང་འབྱོར་པའི་རྒྱུ། །
復次佈施譬如珍寶礦，　無盡增上圓滿之妙因，

ཐ་མ་མཆོག་འབྲིང་བསོད་ནམས་ཞིང་རྣམས་ལ། །ད་ལྟ་ཉིད་ནས་ཅི་འོས་སྦྱིན་པར་མཛོད། །
上中下等一切諸福田，　自今刻起當盡力佈施。

ཚུལ་ཁྲིམས་དྲི་མེད་ཤིང་རྟ་བཟང་པོ་འདྲ། །མངོན་མཐོ་ངེས་ལེགས་གྲོང་ཁྱེར་བགྲོད་པའི་སྐེགས། །
無垢戒律譬如良車乘，　導向善道究竟大城中，

སྡོམ་དང་ཆོས་སྡུད་སེམས་ཅན་དོན་བྱེད་རྣམས། །ད་ལྟ་ཉིད་ནས་རྒྱུད་ལ་བརྟེན་པར་མཛོད། །
攝律儀善法利眾等戒，　自今刻起當定持心中。

བཟོད་པ་མཚོ་ཆེན་མི་འཁྲུགས་མཆོག་དང་འདྲ། །གནོད་པས་མི་འཕྲོག་དཀའ་ཐུབ་ནང་ནས་མཆོག །
安忍譬如不動勝汪洋，　迫害難奪最勝之苦行，

སྡུག་བསྔལ་དང་ལེན་སྙིང་རྗེའི་ཆོས་སེམས་སོགས། །ད་ལྟ་ཉིད་ནས་གོམས་ཤིང་འདྲིས་པར་མཛོད། །
正取苦痛大悲法念等，　自今刻起串習成精熟。

Furthermore, generosity is like a precious treasure,
And the cause for ever-increasing, inexhaustible riches.
So, to the lesser, middling, and superior fields of merit,
Give what is suitable from now on!

布施善行就像是大地所蘊涵的寶藏，
是取之不盡用之不竭增上圓滿之妙因，
上、中、下等種種對境都是供養的福田，
盡力去精進布施吧。

Immaculate discipline is like a fine chariot,
The vehicle to carry you to the city of higher destinies and the excellence of enlightenment.
Practicing self-restraint and gathering virtuous actions for beings' benefit,3
Let your mind rely on discipline right now!

嚴持戒律就像優良的馬車，
它承載你駛向更高境界和圓滿的證悟。
持守律儀、勤修善法和饒益眾生，
從此刻起讓心依循戒律！

Patience is like a supreme, imperturbable ocean.
To remain unshaken by harm is the greatest spiritual challenge.
To be able to willingly accept suffering, and [to cultivate] the mind of compassion,
Become acquainted with patience from now on!

安忍好比是浩瀚平靜的海洋，
對於外界的傷害保持不動是你的殊勝苦行，
有能力甘願接受苦難並修持悲心，
從此刻起熟練安忍之法！

བརྩོན་འགྲུས་མེ་ཆེན་ཕུང་པོ་འབར་བ་འདྲ། ། མི་མཐུན་ཕྱོགས་བསྲེགས་དགེ་ལ་ཡང་དག་སྤྲོ། །

精進譬如熾然大火團，　　焚諸逆方眞希求善法，

སྙིད་ལུགས་སྙོམས་ལས་ལེ་ལོ་མེད་པ་ཡིས། ། ད་ལྟ་ཉིད་ནས་ཐར་ལམ་བསྒྲུབ་པར་མཛོད། །

無有懈怠墮想散漫等，　　自今刻起成就解脫道。

བསམ་གཏན་མི་གཡོ་རི་རྒྱལ་མཆོག་དང་འདྲ། ། དམིགས་པས་མི་བསྐྱོད་ཡུལ་ལ་ཡེངས་པ་མེད། །

靜慮不動譬如勝山王，　　緣持不動境中不放逸，

གང་ལ་མཉམ་གཞག་གཞན་གྱིས་མི་འཕྲོགས་པ། ། ད་ལྟ་ཉིད་ནས་རྒྱུད་ལ་གོམས་པར་མཛོད། །

等持一法餘法不能奪，　　自今刻起當串習心中。

ཤེས་རབ་རྒྱ་ཆེན་ཉི་མའི་དཀྱིལ་འཁོར་འདྲ། ། གཏི་མུག་མུན་སེལ་དམ་ཆོས་སྣང་བར་བྱེད། །

廣大般若譬如日光輪，　　除愚痴闇照亮正法藏，

ཐར་གླིང་མཆོག་སློལ་ཉེས་པའི་ཆུ་གཏེར་སྐེམས། ། ད་ལྟེ་ཉིད་ནས་གོང་དུ་འཕེལ་བར་མཛོད། །

耕解脫土涸盡惡業海，　　自今刻起當次第增上。

Diligence is like a great blazing fire,
Destroying all undesirable things, totally delighting in virtue.
So without discouraged indifference, indolence, or laziness,
Follow the path to liberation from now on!

精進就像燃燒的火焰，
將你的善業徹底照亮並燒盡一切不善。
因此，不要帶著挫敗的漠然、懈怠和怯懦，
此刻便開始向著解脫之道前進。

Immovable meditative stability is like supreme Mount Meru,
Focused, unmoving, and undistracted by objects.
Whatever the meditation, nothing else disturbs it.
From now on let your mind become accustomed to it!

禪定不可動搖的穩固如同巍峨的須彌山，
專注、不動以及無散於任何對境。
無論何種修持，其他無一物可擾動它。
從此刻起讓你的心熟悉它。

Vast transcendent intelligence is like the orb of the sun,
Dispelling the darkness of ignorance and illuminating the holy dharma,
Cultivating the sublime land of liberation and drying up the ocean of faults.
So develop it from now on!

如太陽壇城一般廣大的智慧，
將點燃正法的光芒以驅除一切黑暗，
耕耘解脫的殊勝沃土，並乾涸那過失之汪洋，
從此刻起如此精進開展。

ཐབས་མཁས་དེད་དཔོན་ནོར་བུ་ལེན་པ་འདྲ།

方便譬如善取寶商主，

།སྡུག་བསྔལ་མཚོ་བརྒལ་བདེ་ཆེན་གླིང་བགྲོད་ནས། །

越痛苦海登大樂洲土，

སྐུ་གསུམ་མཆོག་ཐོབ་དོན་གཉིས་ལྷུན་གྱིས་གྲུབ།

得勝三身任運成二利，

།ད་ལྟ་ཉིད་ནས་ཐབས་ཀྱིས་གཞན་ཕན་མཛོད། །

自今刻起方便成利他。

སྟོབས་ཆེན་པ་རོལ་གནོན་པའི་དཔའ་བོ་འདྲ།

大力譬如調伏敵勇士，

།ཉོན་མོངས་དཔུང་འཇོམས་བྱང་ཆུབ་ལམ་ལ་དགོད། །

摧煩惱軍導引菩提道，

དགེ་ཚོགས་མཐར་ཕྱིན་བར་ཆད་མེད་པས་ན།

究竟善聚毫無一障礙，

།ད་ལྟ་ཉིད་ནས་རྒྱུད་ལ་བརྟེན་པར་མཛོད། །

自今刻起恆持心續中。

སྨོན་ལམ་ཡིད་བཞིན་ནོར་བུ་ཆེན་པོ་འདྲ།

願力譬如摩尼如意寶，

།འདོད་དགུ་ལྷུན་གྲུབ་བདེ་ཆེན་རང་གིས་འཕེལ། །

所願運成大樂自然增，

ཞི་ལ་སེམས་གཞོལ་ཡིད་ལ་རེ་བ་སྐོང་།

心住寂靜能滿諸所願，

།ད་ལྟ་ཉིད་ནས་རླབས་ཆེན་འདེབས་པར་མཛོད། །

自今刻起當發廣大願。

Skillful means is like a sea captain guiding one to treasures,
Carrying beings across the ocean of suffering to the land of great bliss,
Where they attain the supreme three kayas4 and spontaneously fulfill the two aims.
So benefit others with skillful means from now on!

善巧方便如同出海尋寶的舵手，
帶眾生穿越苦海而抵達安樂的彼岸，
證得三身並任運二利，
因此現在就要透過善巧方便利他。

Great strength is like a brave warrior defeating his enemies,
Destroying the hordes of defilements and setting you on the path to enlightenment.
Since it completes the accumulation of merit without obstacles,
Let your mind rely on it from now on!

無上的大力好比制伏強敵的勇士，
能消除一切煩惱，並將你置於證悟之道，
因為它能無礙的圓滿福德資糧，
從此刻起讓你的心依它而安住！

Aspirational prayer (smon lam) is like a supreme wish-fulfilling jewel.
All wishes are spontaneously granted, and great bliss automatically flourishes.
One's mind is peaceful, one's aspirations fulfilled.
So pray with powerful waves of blessing (rlabs chen) from now on!

發善願(smon lam)是至上的如意寶，
種種大樂的悉地將由此自然展開，
調柔寂靜之心，將能圓滿善願。
所以此刻的修持要迴向廣大菩提善願！

ཡེ་ཤེས་མཁའ་ལ་ཆུ་འཛིན་འཁྲིགས་པ་འདྲ། །ཏིང་འཛིན་གཟུངས་སྤྲིན་ཕན་བདེའི་ཆར་འབེབ་པས། །
本智譬如空中之水雲，三昧總持普降利樂雨，

འགྲོ་ཀུན་དགེ་ཚོགས་ལོ་ཏོག་ལེགས་པར་བསྐྱུན། །ད་ལྟ་ཉིད་ནས་ཐོབ་ཕྱིར་འབད་པར་མཛོད། །
灌溉眾生善聚之莊稼，自今刻起爲得當精勤。

ཐབས་དང་ཤེས་རབ་བཞོན་པ་བཟང་པོ་འདྲ། །སྲིད་ཞིར་མི་ལྟུང་རང་གཞན་དོན་གཉིས་འགྲུབ། །
方便勝慧譬如一良車，不墮有寂成就自他利，

ལམ་ལྔ་མཐར་ཕྱིན་སྐུ་གསུམ་ལྷུན་གྱིས་གྲུབ། །ད་ལྟ་ཉིད་ནས་འབད་པས་བསྒྲུབ་པར་མཛོད། །
圓滿五道任運成三身，自今刻起當精勤成就。

བྱང་ཆུབ་ཕྱོགས་ཆོས་ལམ་བཟང་ཆེན་པོ་འདྲ། །དུས་གསུམ་འཕགས་རྣམས་སྔ་ཕྱིའི་གཤེགས་ཤུལ་ཏེ། །
菩提諸分譬如廣善道，三時勝者前後必行途，

དྲན་པ་ཉེར་གཞག་བཞི་སོགས་སུམ་ཅུ་བདུན། །ད་ལྟ་ཉིད་ནས་བསྒོམ་ཕྱིར་བརྩོན་པར་མཛོད། །
四念住等三十七支分，自今刻起當精勤禪修。

Primordial wisdom is like rain clouds gathered in the sky.
Beneficial rain falls from the clouds of meditative absorption and perfect recollection,
Propagating crops of virtue for all beings.
Endeavor to attain it from now on!

本初智慧如同天空中聚集的雨雲，
從禪定總持而普降的利樂法雨，
為眾生澆灌善法的莊稼，
從此刻起盡力獲得本智。

Skillful means and transcendent intelligence are like a fine vehicle.
One neither falls into worldly existence nor into the peace of nirvana.
One accomplishes the twofold aim for oneself and for others.
Completing the five paths, the three kayas are spontaneously present.
So strive to practice them from now on!

方便和智慧猶如一部絕佳車乘，
不會偏頗於有寂二邊並能自利利他。
圓滿五道，三身任運現前。
從此刻起精進的行持吧！

The factors of enlightenment are like an excellent highway,
The route traversed by all buddhas of the past and future,
Encompassing the four foundations of mindfulness5 and the thirty-seven factors.
Dedicate yourself to meditating on them from now on!

菩提分法如同殊勝的大道，
三世諸佛所必經之道。
四念住以及三十七道品，
從此刻起鞭策自己做此觀修！

གཞན་ཡང་བྱམས་པ་ཕ་མ་བཟང་པོ་འདྲ།

復次慈心如慈愛父母，

བརྩེ་བས་དོན་བྱེད་ཕན་པ་རྟག་ཏུ་སྒྲུབ།

悲憫所行恆成就利益，

།འགྲོ་དྲུག་བུ་ལ་ཐུགས་རྗེ་རྒྱུན་མི་འཆད། །

大悲不斷視六道眾子，

།ད་ལྟ་ཉིད་ནས་རྒྱུད་ལ་གོམས་པར་མཛོད། །

自今刻起當精勤禪修。

སྙིང་རྗེ་རྒྱལ་སྲས་བྱང་ཆུབ་སེམས་དཔའ་འདྲ།

悲心譬如佛子菩薩尊，

བྲལ་བར་འདོད་པ་བརྩོན་པའི་ཡ་ལད་ཅན།

披精進鎧願彼離苦聚，

།འགྲོ་བའི་སྡུག་བསྔལ་བདག་གི་སྡུག་བསྔལ་བཞིན། །

眾生痛苦視如己痛苦，

།ད་ལྟ་ཉིད་ནས་རྒྱུད་ལ་བརྟེན་པར་མཛོད། །

自今刻起當依心續中。

དགའ་བ་རིགས་ཀྱི་རྗེ་དཔོན་བཟང་པོ་འདྲ།

歡喜譬如種姓之族長，

ཚེད་ཏུ་བསྒོད་པ་བཞིན་དུ་རྗེས་ཡི་རང་།

一如爲彼而隨喜善根，

།གཞན་དག་དགེ་བས་རང་ཉིད་བློ་བདེ་བས། །

他人造善令己心安樂，

།ད་ལྟ་ཉིད་ནས་མཆོག་ཏུ་གོམས་པར་མཛོད། །

自今刻起當殊勝串習。

Furthermore, love is like good parents,
Bestowing compassion unceasingly upon their children, the beings of the six realms.
By serving others with such great love, benefit always ensues.
So let your mind rely upon love from now on!

仁慈如同一對善良的父母，
對六道眾生如對自己寵兒般慈愛不絕，
帶著慈心幫助他人總會有利益，
從此刻起依慈心而住！

Compassion is like a bodhisattva, a child of the victorious ones,
Who feels the pain of all beings as if it were his own.
Wishing them to be free of it, wear the armor of effort.
Let your mind rely upon compassion from now on!

悲心就像佛子菩薩一般，
對眾生的痛苦感同身受。
希望他們脫離痛苦而披上精進的鎧甲。
從此刻起讓自心依於悲心而修持！

Empathetic joy is like the lord of a noble family,
Who delights in the good deeds of others
And rejoices for their sake.
Become supremely accustomed to empathetic joy from now on!

歡喜有如尊貴氏族的一家之主，
欣喜於他人的善行，
並為之隨喜，
從此刻起應非常熟練於隨喜的修持！

བཏང་སྙོམས་རང་བཞིན་སྙོམས་པའི་ས་གཞི་འདྲ། །ཉེ་རིང་ཆགས་སྡང་མེད་ཅིང་ཟུག་རྔུ་བྲལ། །

等捨自性如平等大地，　無有遠近親疏愛憎等，

རྟག་ཏུ་མཉམ་པའི་ངང་ནས་བདེ་བ་ཆེ། །ད་ལྟ་ཉིད་ནས་རང་བཞིན་གོམས་པར་མཛོད། །

恆依平等境中大安樂，　自今刻起應自性串習。

བྱང་ཆུབ་སེམས་གཉིས་དེད་དཔོན་དམ་པ་འདྲ། །དགེ་ཀུན་ཐར་གླིང་བགྲོད་པའི་ཁ་ལོ་བ། །

二菩提心如眞實商主，　能引登上諸善解脫洲，

སྲིད་པས་མི་སྐྱོ་གཞན་དོན་ཕུན་སུམ་ཚོགས། །ད་ལྟ་ཉིད་ནས་ཡང་ཡང་བསྐྱེད་པར་མཛོད། །

不厭三有圓滿利他眾，　自今刻始當再再生起。

མོས་པ་རྒྱ་མཚོ་ཆུ་གཏེར་ཆེན་པོ་འདྲ། །དགེ་བས་གང་ཞིག་སྔ་ཕྱི་རོ་གཅིག་འཛིན། །

虔敬如廣大甚深汪洋，　善法所造前後持一味，

དུས་ཀུན་མི་ཉམས་དད་པའི་རླབས་གཡོ་བ། །ད་ལྟ་ཉིད་ནས་རྒྱུད་ལ་བརྟེན་པར་མཛོད། །

諸時不衰湧起信心浪，　自今刻起當依心續中。

The nature of equanimity is like level ground,
Free from torment, free from attachment and aversion to those near and far,
Always abiding in evenness and great bliss.
Become naturally accustomed to this from now on!

平等無別猶如自然平整之大地，
遠離痛苦、執著，以及親疏愛憎，
隨時安住於這樣的大平等和喜樂中，
從此刻起自然熟悉此修持。

The two facets of bodhicitta are like a holy leader,
A guide to take you to the all-virtuous land of liberation.
Unwearied by worldly existence, serving others perfectly,
Cultivate these again and again from now on!

兩種菩提心如一名神聖的領袖，
帶領你到善妙無上的解脫之地。
不厭煩世間並做圓滿自利利他，
從此刻起一再的生起菩提心！

Devotion (mos pa) is like a great oceanic reservoir,
Filled with all that is good,
Always of a single taste as waves of faith well up unfailingly.
Let your mind rely upon it from now on!

虔敬如同海洋般廣闊的水源，
行持善法的前後都保持著一味一體。
始終一味如同不懈湧起的信心之浪，
從此刻起讓你的心依於它！

བསྔོ་བ་མི་ཟད་ནམ་མཁའི་མཛོད་དང་འདྲ། །ཆོས་དབྱིངས་བསྔོས་པས་མི་མཉམ་གོང་དུ་འཕེལ། །

迴向譬如無盡虛空庫，迴向法界不衰反增長，

ཆོས་སྐུ་རོ་གཅིག་གཟུགས་སྐུ་ལྷུན་གྱིས་གྲུབ། །ད་ལྟ་ཉིད་ནས་འཁོར་གསུམ་དག་པར་མཛོད། །

法身一味色身任運成，自今刻起三輪空而造。

རྗེས་སུ་ཡི་རང་ནམ་མཁའི་ཁམས་དང་འདྲ། །བསོད་ནམས་མཐའ་ཡས་དམིགས་མེད་རློམ་སེམས་བྲལ། །

隨喜功德譬如虛空界，福德無邊無緣離取心，

མི་གཡོ་རབ་ཏུ་དྭངས་པའི་རྣམ་པ་ཅན། །ད་ལྟ་ཉིད་ནས་ཡང་ཡང་བརྟེན་པར་མཛོད། །

不動極爲清澈之形象，自今刻起當再再依止。

གཞན་ཡང་དྲན་པ་ལྕགས་ཀྱུ་བཟང་པོ་འདྲ། །སེམས་ཀྱི་གླང་པོ་མ་ཐུལ་སྨྱོས་པ་འཛིན། །

復次正念譬如妙鐵鉤，能拴未伏瘋狂心大象，

ཉེས་ལས་རབ་ལྡོག་རང་བཞིན་དགེ་ལ་སྦྱོར། །ད་ལྟ་ཉིད་ནས་རྒྱུད་ལ་བརྟེན་པར་མཛོད། །

捨眾惡業相應自性善，自今刻起當依心續中。

Dedication is like an inexhaustible sky treasury.
Dedicating [merit] in the dharmadhatu, it never diminishes but only increases.
In the single taste of dharmakaya, the rupakaya bodies are spontaneously present.
Dedicate within the purity of the three spheres[6] from now on!

迴向如同那無盡的虛空藏，
迴向給法界後將會日益蓬勃發展。
在一味的法身之中，色身化現任運現前，
從此刻起做三輪清淨的迴向吧！

Rejoicing is like the realm of space,
Bringing limitless nonconceptual merit,
Free of covetousness, unwavering, and utterly pure.
Constantly rely upon it from now on!

隨喜就像遼闊無邊的天空，
帶給你離概念的無盡福德，
令你徹底脫離驕舉心，
不動搖且虛空明淨，
從現在此刻依此於自相續中。

Mindfulness, moreover, is like a virtuous hook
That catches the crazed rampant elephant of the mind,
Leading it away from all faults and toward what is virtuous.
Rely on this from now on!

覺知就像善妙的鐵鉤，
能拴住心識這未經調伏的瘋象，
並將帶領它捨棄過失趨向善行，
從此刻起依此而行吧！

ཤེས་བཞིན་མ་ཡེངས་མེལ་ཚེ་བཟང་པོ་འདྲ།
正念譬如不放逸巡者，

།མི་དགེའི་རྐུན་པོས་གླགས་སྐབས་མི་རྙེད་ཅིང་། །
不令惡盜賊有可乘機，

དགེ་བའི་ནོར་མང་སྲུང་ལ་ཞུགས་པས་ན།
護持善法財富而安住，

།ད་ལྟ་ཉིད་ནས་ངེས་པར་བརྟེན་པར་མཛོད། །
自今刻起定當善依止。

བག་ཡོད་ལྕགས་རི་འོབས་བཟང་བསྐོར་བ་འདྲ།
不放逸如鐵牆繞壕溝，

།ཉོན་མོངས་ཚོམ་རྐུན་ཚོགས་ཀྱིས་མི་འཕྲོག་ཤིང་། །
煩惱盜賊眾等不能奪，

ལས་ཀྱི་དགྲ་ལས་རྒྱལ་བའི་དཔུང་ཚོགས་ཅན།
戰勝業力大敵之軍團，

།ད་ལྟ་ཉིད་ནས་སེམས་བསྲུང་འབད་པར་མཛོད། །
自今刻起當精勤守心。

གཞན་ཡང་དད་པ་ཞིང་ས་བཟང་པོ་འདྲ།
復次信心如肥沃田地，

།འདོད་དགུ་འབྱུང་ཞིང་བྱང་ཆུབ་ལོ་ཐོག་བསྐྱུན། །
能生如意培養菩提苗，

འདི་ཕྱིར་བདེ་ཞིང་རྟག་ཏུ་ཕན་པ་སྒྲུབ།
是故安樂恆常成辦利，

།ད་ལྟ་ཉིད་ནས་གོང་དུ་འཕེལ་བར་མཛོད། །
自今刻起漸次而增長。

Attentiveness is like an undistracted watchman
Who affords the thief of nonvirtue no opportunity,
And protects the supreme wealth of virtue.
Let your mind rely on it with certainty from now on!

專注就像無有渙散的夜巡者，
不給非善的盜賊有可乘之機，
保護眾多的善德財富，
從此刻起在心中依此確信。

Conscientiousness is like a well-constructed moat,
Which prevents brigand bands of afflictive emotions from striking.
It leads an army to victory over the foes of karma.
Strive to guard your mind from now on!

不放逸如同圍牆外的堅固壕溝，
煩惱這一盜賊將無機可趁。
戰勝業力之敵的勝利之師，
從此刻起應努力防止心識的渙散。

Faith, moreover, is like a fertile field,
Granting all wishes and yielding the harvest of enlightenment,
Thus creating happiness and continual benefit.
So let your faith develop and increase from now on!

信心就像一片肥沃的土地，
能實現願望並生出真實的菩提果實，
如此帶來安樂和持續的利益。
從此刻起應加以發展如此的信心。

གཏོང་ཕོད་པདྨའི་རྫིང་བུ་བཟང་པོ་འདྲ། །དམ་པ་འདུ་ཞིང་སྐྱེ་བོ་དགའ་བ་བསྐྱེད། །

佈施譬如美妙蓮花池，聚集眞善令士夫歡喜。

བདོག་པ་འབྲས་བཅས་ལོངས་སྤྱོད་སྙིང་པོ་ཡོད། ། ད་ལྟ་ཉིད་ནས་གཞན་དག་དགའ་བར་མཛོད། །

能生善果有義之受用，自今刻起令他人歡喜。

སྙན་པར་སྨྲ་བ་ལྷ་ཡི་རྔ་སྒྲ་འདྲ། །འགྲོ་བའི་ཡིད་འཛིན་མཐོང་ན་མི་མཐུན་མེད། །

說順耳語譬如天鼓音，攝眾生心無人見違逆，

དུལ་བའི་རྗེས་འགྲོ་དགའ་བ་བསྐྱེད་པས་ན། །ད་ལྟ་ཉིད་ནས་བསྟོད་པས་མགུ་བར་མཛོད། །

隨順調伏復生歡喜故，自今刻起當讚嘆歡喜。

ཞི་བའི་སྤྱོད་ལམ་དྲང་སྲོང་དམ་པ་འདྲ། །མི་དགེ་འགོག་ཅིང་འགྲོ་བའི་དད་པ་འཕེལ། །

寂靜威儀譬如眞梵志，除滅不善增眾生信心，

བཅོས་མའི་ཚུལ་སྤོངས་རང་བཞིན་དུལ་བའི་ངང་། །ད་ལྟ་ཉིད་ནས་སྤྱོད་ཡུལ་ཕུན་ཚོགས་མཛོད། །

斷造作行自性調伏中，自今刻起圓滿威儀行。

Generosity is like an exquisite lotus pond,
Attracting the sacred and delighting beings,
Rendering material objects fruitful, and wealth useful.
So give joy to others from now on!

布施好似一個美麗的蓮花池，
可令聚集的一切聖者和士夫喜悅，
使內在的果實財富具備了真實意義，
從此刻起對他人予樂布施。

Pleasing speech is like the drumbeat of the gods,
Captivating beings, agreeable in every way.
Since it subdues and delights sentient beings,
Offer them praise to delight them from now on!

愛語如天界的妙音鼓聲，
能加持眾生的心又不會產生一切不安。
做了這些事業之後會令自他皆心生歡喜，
從此刻起讚歎他人讓其歡喜吧！

Peaceful conduct is like a holy sage
Who halts nonvirtue and increases the faith of beings.
Giving up hypocrisy, abiding in natural serenity,
Engage in perfect conduct from now on!

溫和的行為如聖眾一般，
能阻止諸多不善以及啟發眾生的信心。
從此刻開始拋棄偽善，安住於自性的寂靜，
讓自身的行為趨近圓滿！

དམ་པའི་ཆོས་ཉིད་བདེ་གཤེགས་དབང་པོ་འདྲ། །ཀུན་དང་མཐུན་ཞིང་ཀུན་ལས་ཁྱད་པར་འཕགས། །
真實法性如善逝大王，隨順一切超勝一切法，

ཀུན་དང་ཆ་མཐུན་ཀུན་དང་མི་འདྲ་བར། །ད་ལྟ་ཉིད་ནས་རྒྱུད་ལ་བརྟེན་པར་མཛོད། །
順一切分復不似一切，自今刻起當依心續中。

དལ་འབྱོར་ལུས་འདི་སྒྱུ་མའི་ཁང་བཟང་འདྲ། །རེ་ཞིག་སྣང་ཡང་ནམ་འཇིག་ངེས་པ་མེད། །
暇滿此身譬如幻化屋，一時出現不定當壞損，

ཚེ་ལ་ལོང་མེད་འདུས་ཀྱང་འབྲལ་བའི་ཆོས། །ད་ལྟ་ཉིད་ནས་ཡང་ཡང་དྲན་པར་མཛོད། །
此生不定聚集復分離，自今刻起當再再念之。

ལོངས་སྤྱོད་གཡོ་བ་སྟོན་ཀའི་སྤྲིན་དང་འདྲ། །འབྱོར་པའི་རང་བཞིན་གང་དུ་རྒུད་པའི་ཆོས། །
受用譬如秋季之雲朵，財富自性即是衰壞法，

སྙིང་ནས་སྙིང་པོ་མེད་པའི་རང་བཞིན་དུ། །ད་ལྟ་ཉིད་ནས་ངེས་པར་རྟོགས་པར་མཛོད། །
至誠憶念無實義自性，自今刻起決定令證解。

The sacred dharma is like a mighty sugata,
In harmony with all, yet transcending all,
Equal to all, yet unlike anything.
Let your mind rely on the dharma from now on!

神聖的教法就像如來之王一樣，
於一切圓融，且超越一切，
與一切平等，又不同於任何事物。
從此刻起讓自心依於正法。

This body of freedoms and opportunities is like an illusory house,
Which appears and exists for an uncertain duration.
Since its nature is to form and then disintegrate, there is no time in this life to waste.
Remember this constantly from now on!

暇滿的人身如同幻化的殿堂，
只在不確定的時段顯現和存在，
因為它本質生滅，今生不應在此浪費時光。
從此刻起時刻憶念它！

Wealth is like fleeting autumn clouds.
The nature of possessions is to decline,
They have no true essence at their core.
Realize this with certainty from now on!

財富就像秋天飄動的雲朵，
所屬物之本質即是壞滅，
其核心並無真正的本質，
從此刻開始帶著確信去認識它！

༄༅། །འགྲོ་ཀུན་མི་རྟག་སྔ་ཕྱིའི་མགྲོན་པོ་འདྲ།
眾生無常如前後過客，

།རྒན་རབས་སྔོན་སོང་གཞོན་རབས་ཕྱི་ནས་འགྲོ། །
長者亡已幼者將離世，

ད་ལྟའི་རྣམས་ཀྱང་ལོ་བརྒྱར་གཅིག་མི་ལུས།
當今仍無一人過百歲，

།ད་ལྟ་ཉིད་ནས་ངེས་པར་རྟོགས་པར་མཛོད། །
自今刻起當定解體證。

ཚེ་འདིའི་སྣང་བ་དེ་རིང་ཉིན་གང་འདྲ།
此生顯像譬如今日相，

།བར་དོའི་སྣང་བ་དོ་ནུབ་རྨི་ལམ་ཚུལ། །
中陰顯像如日落夢境，

ཕྱི་མའི་སྣང་བ་སང་བཞིན་མྱུར་དུ་འོངས།
當來顯像如明日迅至，

།ད་ལྟ་ཉིད་ནས་དམ་པའི་ཆོས་མཛོད་ཅིག །
自今刻起當精勤正法。

དེ་ལྟར་ཆོས་ཀུན་འདྲ་བའི་དཔེས་བསྟན་ནས།
如是譬喻以開演諸法，

།ཡང་ཅིག་དད་ལྡན་རྣམས་ལ་བསྐུལ་བ་ནི། །
復再勸誡汝等諸信士，

འདུས་པའི་ཐ་མ་འབྲལ་བའི་ཆོས་ཡིན་པས།
一切聚集諸法末當散，

།ཁོ་བོ་མི་སྡོད་ཐར་བའི་གླིང་དུ་འགྲོ། །
我亦不住前往解脫洲。

All beings are ephemeral, like past and future guests.
The former generations have already gone, as in time the younger generations will.
After one hundred years, all those presently alive will have disappeared.
Realize this with certainty right now!

一切有情的生命無常，彷彿先後到來的客人。
老一輩走後年輕一輩隨後緊緊跟上。
現在的人百年後都將一個不存，
從此刻起帶著確信去認識它！

The experience of this life is like today's daytime;
The bardo appearance is like tonight's dream time;
The next life is like tomorrow, which will soon be here.
Practice the holy dharma from now on!

這一生的顯現如今日的白晝，
中有的顯現似今夜的夢境，
來世的顯現像明日般降臨，
從此刻起精勤修行正法。

Thus I have shown [the nature of] all things through examples.
Now I have one further exhortation for you, my devotees:
As the nature of all composite things is to fall apart,
Likewise I shall not remain; I am departing to the land of liberation.

我已如此透過事例來開示一切事物的本質。
現在我對你們——我的信眾，還有一個勸誡：
所有和合的事物都會壞散，
因此我也不會長住，而要去往大樂解脫洲。

འཁོར་བའི་ཆོས་ལ་སིད་བརྟེན་འགའ་མེད་པས།
輪迴諸法無絲毫可依，

།སྐྱེ་མེད་ཆོས་སྐུའི་གཏན་སྲིད་ཟིན་པར་མཛོད། །
當持無生法身堅定有，

འཇིག་རྟེན་སྣང་བ་སྒྱུ་མའི་བསླུ་བྲིད་མཁན།
世間顯像如幻術騙者，

།བརྫུན་པའི་རང་བཞིན་སྒེག་མོག་ཡོན་ཅན་འདྲ། །
虛妄自性譬如弄姿人，

དགེ་ལས་སེམས་འཕྲོག་ཉོན་མོངས་ཚོགས་འཕེལ་བས།
།རིང་དུ་སྤོངས་ཏེ་དམ་པའི་ཆོས་མཛོད་ཅིག །
奪善業心增長煩惱聚，當盡斷除修持正法寶。

ཆོག་ཤེས་མེད་ན་འབྱོར་ཡང་དབུལ་པོ་སྟེ།
若無厭足富者亦窮困，

།འཇུངས་པའི་སེམས་ལ་ཁེངས་པའི་དུས་མེད་དོ། །
無時能盡滿足貪婪心，

ཆོག་ཤེས་ལྡན་ན་འབྱོར་བའི་ཡང་རབ་ཡིན།
若能滿足極爲最勝財，

།ཅུང་ཟད་མཆིས་ལའང་བདེ་བས་སེམས་གང་ངོ། །
雖唯少分心中滿安樂。

ཆང་དང་བུད་མེད་ཉོན་མོངས་འབྱུང་ཁུངས་ལ།
酒水女子咸爲煩惱源，

།ཆགས་སྲེད་འདུན་པའི་སེམས་ནི་རབ་སྤངས་ཏེ། །
當盡斷除貪愛欲求心，

དྲང་སྲོང་རྣམས་ཀྱི་སྤྱོད་ལ་རབ་གནས་ནས།
當安住於諸梵志行儀，

།དབེན་པའི་གནས་སུ་ཞི་བའི་དོན་སྒོམས་ཤིག །
爲求寂靜住蘭若禪修。

Since samsaric phenomena cannot be relied upon in any way,
Capture the permanent domain of the unborn dharmakaya!
The appearances of this world are illusions that deceive you,
Deceptive in nature like a flirtatious person.
Since they remove you from virtue and increase your emotional afflictions,
Keep well away, and practice the sacred dharma!

任何世間之法都不能依靠，
我要佔據無生法身佛的果位城堡。
世間的顯現如幻術的欺騙，
虛假的本質似賣弄姿色之人，
種種這些會盜竊你的善心並讓你煩惱不斷增長，
所以應將這些拋棄而專心修持正法。

However wealthy you may be, without contentment you are poor.
A greedy mind's desires can never be fulfilled.
Contentment is the greatest of riches.
Having just a little, your mind is overwhelmed with happiness.

不知足的富裕其實就和貧窮沒有兩樣，
貪婪的心永遠沒有滿足的時候。
知足是世間最殊勝的財富，
只要有一點便會感到安樂。

As alcohol and lovers are the source of afflictive emotions,
Abandon the mind that craves and obsesses over them.
Emulating the way of the sages,
Meditate in solitude and discover peace!

酒和情人乃是煩惱的源泉，
要拋棄種種貪欲以及希求的思想。
應以眾聖人的行為做榜樣，
安住在僻靜之處專修清淨之法。

ཉིན་མཚན་མི་དལ་གཅིག་ཏུ་སེམས་དགེ་བ། །ཉེས་སྤྱངས་ཕན་པ་མཛད་དེས་གསུངས་བཞིན་དུ། །

日夜不斷自心唯造善，　如教斷惡造作諸利益，

སྐད་ཅིག་མ་ཡེངས་དམ་པའི་ཆོས་མཛོད་ཅིག །འཆི་ཁར་མི་འགྱོད་མ་འོངས་ཕན་པ་འགྲུབ། །

剎那不逸當修持正法，　臨死無悔能利益當來。

ཡང་ཅིག་ཡུན་རིང་ལས་སྨོན་དག་པ་ཡིས། །ཆོས་དང་དམ་ཚིག་འབྲེལ་བའི་སློབ་མ་དག །

復次長時具願善業等，　正法誓言相繫諸弟子，

འདུས་ཀྱང་འབྲལ་བའི་ཆོས་ཏེ་དཔོན་སློབ་གྱེས། །ཚོང་ཁང་མགྲོན་པོ་འདྲ་བར་མཁྱེན་པར་མཛོད། །

當知法聚必離師徒等，　譬如市集客商必分離。

སྙིང་ནས་གཅིག་ཏུ་ཕན་པའི་གདམས་སྨྲས་པ། སོགས། ། །ཡུལ་དང་ལོངས་སྤྱོད་མཛའ་བཤེས་གཉེན་འདུན་

內心至誠宣說利益語，　外境受用愛侶親友等，

ཚེ་འདིའི་རྣམ་གཡེང་འདུ་འཛི་ཀུན་སྤངས་ལ། །ཞི་བའི་གནས་སུ་བསམ་གཏན་བསྒོམ་པར་མཛོད། །

如是此生逸緣當斷除，　依寂靜處修持靜慮法。

With no time to lose, focus solely on virtue, day and night.
Give up your faults, and do what is beneficial.
In keeping with these words,
Without being distracted for a moment, practice the dharma.
So that you have no regrets at death, do what will benefit your future from now on!

晝夜不停地在心中行諸善事，
依照佛陀的教言棄罪做益事，
如此一剎那都不散亂地修持正法，
這樣在死亡到來時不會後悔，從此刻開始做對你未來有益之事！

One further point for you, who are my longtime disciples:
Due to our [shared] karma and pure aspirations,
We have been connected through the dharma and our sacred commitments.
But since it is in the nature of gatherings to part, master and disciples will separate.
Understand that we are like traders meeting in the marketplace.

長久跟隨我的弟子，這裡還有一個延伸出來的要點：
因為共同的業緣和清淨的祈願，
我們透過佛法和我們神聖的誓言而相連。
在聚合必分離的本質中，我們師徒也都將分離，
就像聚散在市集的商販。

I have given this advice from my heart solely to benefit you.
Abandon your country, possessions, loved ones and relatives,
All of this life's distractions and busyness,
And meditate in a peaceful place in order to stabilize your mind!

我從心底給你這句對你有益的諫言。
捨離故鄉、財富、愛侶及親友，
捨棄今生的散亂和忙碌，
為了穩定你的心在僻靜之處修持禪定吧！

ཅིས་ཀྱང་མི་ཕན་འགྲོ་བའི་དུས་བྱུང་ཚེ། །འཆི་ཁར་མི་འཇིགས་དམ་པའི་ཆོས་དགོས་པས། །

無一利益當離人世時，若欲不懼需依正法寶，

བླ་མའི་མན་ངག་ཟབ་དོན་སྙིང་པོའི་ཆོས། །ད་ལྟ་ཉིད་ནས་གོམས་ཤིང་བརྩོན་པར་མཛོད། །

上師口訣深奧精要法，自今刻起串習而精勤。

ཀུན་གྱི་ནང་ནས་འོད་གསལ་སྙིང་པོའི་ཆོས། །ཀུན་གྱི་སྙིང་པོ་སྙིང་ཐིག་གསང་བའི་དོན། །

諸法門中明光精要法，一切精要心滴秘密義，

ཀུན་ལས་མཆོག་གྱུར་ཚེ་གཅིག་སངས་རྒྱས་ལམ། །ཀུན་བཟང་བདེ་ཆེན་བསྒྲུབ་ལ་བརྩོན་པར་མཛོད། །

勝過一切即生成佛道，故當精勤成普賢大樂。

གཞན་ཡང་ཟབ་དོན་བདུད་རྩིའི་སྙིང་པོ་ཅན། །དམ་པ་རྣམས་ལས་བརྒྱུད་པའི་ཆོས་བཙལ་ཏེ། །

復次當求深奧甘露醍，傳自諸大士祖師妙法，

བརྩོན་པའི་སྟོབས་ཀྱིས་གཅིག་པུར་ཉམས་སུ་ལོངས། །མྱུར་དུ་རྒྱལ་བའི་གོ་འཕང་ཐོབ་པར་འགྱུར། །

唯依精勤妙力以修持，迅即成就勝者之果位。

When your time comes to die, nothing can prevent it.
To be fearless at death, you need the dharma
And your teacher's oral instructions on the profound essence of practice.
So take them to heart and practice right now!

沒有什麼能阻止你死亡的來臨，
要能夠無懼面對死亡，你需要佛法，
以及上師對修持精深的口傳指導，
現在就要在自相續中熟練它們！

Among all practices, those of the luminous essence—
And among those, the secret meaning of the Nyingthig, the most essential of all—
Are the supreme path to buddhahood in a single lifetime.
Dedicate yourself to accomplishing the great bliss of Samantabhadra.

法中之法是光明精義正法，
其中寧體教法的密意，乃最為精髓重要——
其殊勝的道路是一生成佛。
讓自己投入的去圓滿普賢大樂。

Furthermore, seek teachings from the lineages of the holy sages
Who possess the quintessential nectar of the profound meaning.
Then, with the power of your diligence, practice these in solitude!
Swiftly, you will attain the level of the victorious ones.

更進一步，要追尋聖賢傳承的教法，
他們持有甚深法意的精髓甘露。
接著以你的精進之力獨自去修行，
很快的，你便能得到勝者的果位。

ད་ལྟ་ཉིད་ནས་བདེ་མཆོག་ཀུན་འགྲུབ་ཅིང་། །ཕྱི་མའི་དུས་ནའང་ཕན་པ་དམ་པའི་ཆོས། །

自今刻起成就諸大樂， 當能利益來世之正法，

མཐོང་དང་མ་མཐོང་ཆེ་བའི་ཡོན་ཏན་ཅན། །སྙིང་པོའི་དོན་ལ་དེ་ནས་བརྩོན་པར་མཛོད། །

見與不見殊勝諸功德， 自今刻起當勤精要義。

སྤྲིན་བྲལ་ཟླ་བ་གང་བའི་ཚོགས་གང་བ། །སྐར་མའི་བདག་པོ་དེ་ཡང་འཆར་དུ་ཉེ། །

無雲盈滿圓月眾滿足， 眾星之主迅即當顯現。

ལྷ་བྲེ་གདུགས་དང་རྒྱལ་མཚན་རོལ་མོའི་སྒྲ། །མཁའ་འགྲོའི་ཚོགས་མང་ལྷགས་པས་མཛེས་གྱུར་ཅིང་། །

寶蓋寶傘寶幢妙樂音， 唯願諸空行眾來接引，

ཐུགས་རྗེ་མངའ་བའི་མགོན་པོ་པདྨའི་ཞལ། །དབུགས་འབྱིན་མཛད་པ་དེ་ཡིས་དེང་བཟུང་བས། །

具足大悲怙主蓮師尊， 當往生已當即刻攝受，

The sacred dharma accomplishes all supreme bliss right now in this very life,
As well as bringing you benefit in future times.
It is endowed with great qualities, both apparent and unseen.
Be diligent in understanding the meaning of the essence from now on!

今生此刻修持殊勝的正法就能圓滿一切至上的大樂，
並為你未來帶來利益。
這能賦予外在和隱藏的優勝特質。
從此刻起就要明了精髓的意涵！

In the cloud-free sky,
The lord of stars, the full moon,
Is soon to rise.

無雲的空中，
滿月這眾星之王將很快出現。

Canopies, parasols, banners, and music;
And all is beautified by the presence of a host of dakas and dakinis, . . .

在華蓋寶傘法幢和妙音中，
美麗的空行眾將來迎接我等。

[Behold] the lord imbued with compassion, the face of Padma.

大恩德的依怙蓮花生大士，我慈悲的父親。

By his confirmation,
My time has now come, like a traveler setting off.

我能得到這位大士的攝受，
該走的時刻像旅人般出發。

འགྲོ་བའི་དུས་བབས་འགྲོན་པོ་ལམ་ཞུགས་བཞིན།

譬如離時當至之客旅，

།འཆི་བས་དགའ་བའི་རྟེན་པ་ལེགས་གྲུབ་པ། །

死已方妙成就歡喜得，

རྒྱ་མཚོའི་དོན་ཡོངས་གྲུབ་པའི་ཚོང་པ་དང་།

殊勝更勝海中得寶商，

།གཡུལ་ལས་རྣམ་པར་རྒྱལ་བའི་ལྷ་དབང་དང་། །

戰勝凱旋帝釋天王尊，

བསམ་གཏན་གྲུབ་པའི་བདེ་བས་ཆེས་ལྷག་གོ

靜慮成就安樂等歡喜。

།ད་ནི་མི་སྡོད་པདྨ་ལས་འབྲེལ་རྩལ། །

我貝瑪雷折札今不住，

འཆི་མེད་བདེ་ཆེན་བཙན་ས་འཛིན་དུ་འགྲོ

當往統領無死大樂地，

།ཚེ་ཟད་ལས་ཟད་སྨོན་ལམ་འཕན་པ་ཟད། །

壽盡業盡願盡利益盡，

འཇིག་རྟེན་ཆོས་ཟད་ཚེ་འདིའི་སྣང་བ་ཟད།

世間法盡此生顯像盡，

།བར་དོའི་ཡུལ་ལ་ཞིང་སྣང་རྒྱ་ཆེ་བས། །

中陰境中廣大顯淨土，

རང་སྣང་ངོ་བོ་སྐད་ཅིག་རང་རིག་ནས།

剎那自明自顯之體性，

།གདོད་མའི་ས་ལ་གཏན་སྲིད་ཟིན་དུ་ཉེ། །

極盡恆常持駐本然地，

རང་ཉིད་འབྱོར་པས་གཞན་ཉིད་བློ་བདེ་བ།

自身圓滿亦令他安樂，

།སྤྲུལ་པའི་སྐྱེ་བས་ཐར་གླིང་ཕན་པ་བསྒྲུབ། །

我之化生當利解脫洲，

In death I have more delight
Than a seafaring merchant who has found what he sought;

面對死亡，
我比遠航尋寶滿載而歸的商主更為欣喜；

Than Indra victorious in battle;

比勝戰後凱旋的帝釋天王更榮耀；

Than the bliss from accomplishing meditative stability.

甚至比修得等持更為喜樂。

Now I, Pema Ledrel Tsal, will not remain;
I am going to capture the deathless citadel of great bliss.

而今我貝瑪・蓮遮・扎即將離世，
去佔據無死大樂的險要城堡。

My life is finished, my karma exhausted; prayers are now of no further benefit.
All my worldly work is done, and the experiences of this life have ended.
In the bardo, as the buddha fields unfold,

In a flash I will recognize that in essence they are my own manifestations,
And that I am close to reaching the omnipresent primordial ground.
My gifts have made others happy.
My reincarnation will benefit Tharpa Ling.
I pray that my future sacred disciples will meet him at that time,
And that his teachings will bring them joy and satisfaction.

現在我壽盡業盡發願已盡，
世間法及今生顯現皆已盡，
中有之地將顯出諸佛的剎土。

དེ་དུས་སློབ་མའི་དམ་པ་ཁྱེད་རྣམས་དང་།

是時汝等如法弟子眾，

།ཐད་ནས་ཆོས་ཀྱི་དགའ་བས་ཚིམ་པར་སྨོན། །

唯願相見法喜令滿足。

ད་རེས་ཚེ་འདིའི་འབྲེལ་བ་དེ་ལས་མེད།

今時此生業緣已徹盡，

།ཕྱོགས་མེད་སྤྱང་པོ་གང་བདེར་ཤི་བ་ལྟ། །

如無住所乞丐滿樂死，

མྱ་ངན་མ་བྱེད་རྒྱུན་དུ་གསོལ་བ་ཐོབ།

不當苦痛恆常復祈請，

།དེ་སྐད་ཕན་པར་སྨྲ་བའི་སྙིང་གི་གཏམ། །

是語即說利益之心語，

དད་ལྡན་ཕུང་པ་དགའ་བསྐྱེད་པདྨའི་སྤྲིན།

信士聚集歡喜蓮花雲，

།ལེགས་སྨྲས་དགེ་བས་འགྲོ་བ་ཁམས་གསུམ་པོ། །

妙說善業願三界有情，

གདོད་མའི་ས་ལ་མྱ་ངན་འདས་པར་ཤོག

登本然地而究竟涅槃，

།ཞལ་ཆེམས་དྲི་མ་མེད་པའི་འོད་ཅེས་བྱ་བ། །

名爲無垢光芒此遺言，

དྲི་མེད་འོད་ཟེར་གྱིས་གདམས་པ་རྫོགས་སོ།།

無垢光芒教誡已究竟，

བཀྲ་ཤིས་སོ།།

吉祥！

剎那間我將認出本質上它們都是我自己的顯現，
而我已如此接近於到達全知的本初地。
我所給予的已令他人獲得安樂，
我的轉世將利益塔巴林。
祈願我未來的聖弟子將在那時和他相見，
而他的教法將帶給他們法喜和滿足。

Now, as my connections to this life are ending,
I shall die happily like a homeless beggar.
Do not feel sad, but always pray to me!
These altruistic words of heart advice
Are a multitude of lotus flowers to delight the faithful bees.
By the virtue of these excellent words,
May all beings of the three realms
Transcend sorrow within the primordial ground.

此刻，我今生今世的緣份將盡，
我將如無家可歸的乞丐般快樂的死去。
你等不必難過而應常作祈請。
發自內心的這些金玉良言，
是具信心的蜜蜂的蓮花精華，
這一善說願使三界的眾生，
能夠在本初地超越悲苦。
——〈無垢光〉終。

སྙིང་ཏིག་སྒོམ་པའི་བྱ་བྲལ་གྱི་གོལ་ཤོར་ཚར་གཅོད་སེང་གེའི་ང་རོ་བཞུགས། །

斬斷寧體禪修隱士之過失論—獅子吼

吉美·林巴 著／羅卓仁謙 藏譯中

（一）

ཡེ་ནས་མ་བསྒོམས་མ་བསྒྱུར་མ་བཅོས་ཤིང་། །མ་ཡེངས་མ་བཟུང་རིག་པའི་སྙིང་པོ་ཅན།
།བཏང་བཞག་ཚད་འཛིན་བློ་བྲལ་རྫོགས་པ་ཆེར། །རང་བབས་གཉུག་མའི་རྒྱུན་གྱིས་ཕྱག་བགྱིའོ།
本然無修不變無造作，無逸無持明覺之寶藏，
取捨標準離念大圓滿，自然本然相續以頂禮。

འོད་གསལ་རྒྱུད་སྡེ་རྫོགས་པ་ཆེན་པོའི་བཅུད། །པདྨ་ཐུགས་ཏིག་མཁའ་འགྲོའི་སྙིང་གི་ཁྲག
།རིམ་དགུའི་ཐེག་པ་ཀུན་ལས་འདས་པའི་དོན། །དགོངས་བརྒྱུད་ཁོ་ནའི་མཐུ་ལས་བརྗོད་བྱ་མིན།
明光密續大圓滿精華，蓮花心滴空行之心血，
超越九乘次第眞實義，獨依理趣傳承不堪說。

དེ་ལྟར་ཡང་སྙིང་པོའི་དོན་མཆོག་ལ། །གཅིག་ཏུ་གཞོལ་བའི་སྒོམ་ཆེན་རྣམས་ཀྱི་དོན།
།རྟོག་དཔྱོད་འཇུར་བཙིར་ཁྲིགས་བཅད་མ་ཡིན་པར། །ཀློང་ཆེན་དགོངས་པའི་མཛོད་ནས་འདི་བྱུས་སོ། །
雖言如是寶藏眞實義，專注一念一切禪師理，
非由榨盡尋伺所列名，實依龍欽寶藏而造論。

英譯中

The Lion's Roar That Vanquishes the Diversions and Errors of Hermits Who Meditate upon the Heart Essence

修持寧體法摧伏歧途之獅子吼

吉美·林巴 著／大衛·柯立斯頓森 藏譯英／妙琳法師 英譯中

（一）

In the innate natural continuity,
I bow to the Great Perfection,
Beyond meditation, modification, and change,
Without distraction or fixation,
Endowed with a core of awareness,
And transcending the conceptual mind that deliberately accepts and rejects.

在俱生的本然相續中，我向大圓滿頂禮，超越禪修、修整和改變，無有散亂或執著，帶著本覺的核心，超越概念心刻意的取捨。

This is the vital essence of the tantras of the luminous Great Perfection,
The heart essence of Padma, the heart blood of the dakinis.
It is the ultimate meaning that transcends the gradual approach of the nine vehicles.
It can be expressed only through the power of the wisdom mind transmission.
For the sake of those yogi meditators
Who are single-mindedly dedicated to the supreme essential meaning,
I have composed this text,
Not through restrictive conceptual analysis,
But from the treasury of the vast expanse of the wisdom mind.

這是光明大圓滿密續的重要精華，蓮師的心滴，空行母的心血。
這是超越九乘次第漸進的究竟意義。它只能透過智慧心傳承的力量來表達。為了專注一致潛心修持殊勝精要法教的瑜伽士的利益，我不是透過有限的概念分析，而是來自智慧心廣大的寶藏，寫下這個法本。

（二）

དེ་ལ་འདིར་སྔོན་གྱི་སྨོན་ལམ་དག་པས་མཚམས་སྦྱར། རྟོགས་པ་དོན་གྱི་བརྒྱུད་པ་དང་ལྡན་པའི་བླ་མ་དམ་པ་མཚན་ཉིད་དང་ལྡན་པ་ཞིག་དང་མཇལ།

基由過去清淨的願力令我們接觸到了具有眞實證量傳承的合格眞實上師，

དེ་ལ་རྩེ་གཅིག་གི་དད་འདུན་དྲག་པོས་ཡིད་ཆེད་ཤེས་ཀྱི་བློ་ཁེལ་བས་གསོལ་བ་འདེབས་ཤེས་ན་རྐྱེན་མོས་གུས་ཀྱིས་བྱས་ཏེ་བླ་མའི་རྟོགས་པ་སློབ་མ་ལ་འཕོས་ནས།

如果懂得專心一致地對其產生強烈的虔信並肯定地祈請「您知我心！」，經由這虔信的助緣，能讓弟子得到上師的證量，

རང་བཞིན་སྤྲོས་བྲལ་རྫོགས་པ་ཆེན་པོའི་གནས་ལུགས་ཚིག་དང་དཔེ་ཡིས་མི་མཚོན། གོ་མ་འགགས་ཤིང་། རྒྱ་མ་ཆད། ཕྱོགས་སུ་མ་ལྷུང་བ་ད་ལྟའི་ཁྲིགས་ཆོད་ཀྱི་ཤེས་པ་སྤུ་མ་བཅོས་མདོག་མ་བསྒྱུར་བ་འདི་བ་སྒོམ་ལ་ཁྲིལ་གྱིས་སོང་ནས་སྒོམ་རྒྱུའི་ཞེན་པ་དག །

經過盤繞禪修於自性離戲大圓滿的實相、文字與譬喻所無法象徵、無礙不斷且毫不偏頗的當下立斷赤裸、色澤不變之心，進而淨化對禪修的貪著，

（二）

Here, one's pure aspirations made in past lifetimes
Are joined with meeting a fully qualified holy guru
Who holds the ultimate lineage of realization.
Then, if you know how to supplicate,
Through surrendering to such a teacher with complete trust,
And with fervent, single-minded yearning faith,
Your devotion will serve as the contributing condition,
And the guru's realization will be transferred to the disciple.

這裡，一個人過去世的清淨願心，與持有究竟證悟傳承的殊勝具德上師的相遇結合。接著，如果你知道如何祈請，帶著完全的信任臣服於這樣的上師，並生起懇切、一心嚮往的信念，你的虔敬便是順緣，那麼，上師的證悟將傳予弟子。

This nature, free from conceptual elaborations,
Is the natural state of the Great Perfection,
Which cannot be shown by words or examples.
It is an unimpeded manifestation, without limitations,
And it does not fall into extreme views.
It is the immediate awareness of Directly Cutting Through,
Which never sheds its coat nor changes color.

這離於概念詮釋的自性，大圓滿的本然狀態，無法用語言或事例來展示。它是無礙、無限的顯現，不落入極端的見解。是立斷的當下本覺——赤裸而色澤不變。

As meditation has fully become just this,
You have purified the attachment to meditating.
Released from the chains of view and meditation,
Certainty is born from within.
The "thinker" is gone without a trace.

當你的禪修完全如此，就是淨除了對禪修的執著。當見地和修行的鎖鏈解開，確信會由內在誕生。「思考者」就此消失無蹤。

ལྟ་སྒོམ་གྱི་སྒྲོག་ལས་གྲོལ། ངེས་ཤེས་ནང་ནས་སྐྱེ། སྐྱེ་མཁན་ཡུལ་མེད་དུ་སོང་། བཟང་རྟོག་གིས་ཕན་མ་བཏགས། །ངན་རྟོག་གིས་གནོད་མ་བསྐྱལ།

超越見修的增益，生起內在的認定，產生念頭者消逝入空無，不爲善念所利益、不爲惡念所迫害、

ལུང་མ་བསྟན་གྱི་མགོ་མ་བསྐོར་བར་དབྱིངས་རིག་ཆམ་བརྡལ་དུ་སོང་ནས་ལམ་རྟགས་ཀྱི་ཡོན་ཏན་མངོན་དུ་འགྱུར་ཞིང་།

不爲無記所欺誑，明覺緩然而寬坦，出現一切道上徵兆的功德，

དེ་ལ་གོལ་ས་དང་།ནོར་ས་དང་། ཤོར་ས་ཞེས་བྱའི་མིང་མེད་པ་ཞིག་ལགས་སོ། །

不再有「歧途」、「誤塗」、「失途」等的名字。

དེ་ལྟ་ནའང་། ཆོས་འདི་ཐེག་པའི་རྩེ་རྒྱལ་ཡིན་ཀྱང་གང་ཟག་ལ་མཆོག་དམན་འབྲིང་གསུམ་སྣ་ཚོགས་ཡོད་ཅིང་དབང་པོ་ཡང་རབ་ཤ་སྟག་ཚོགས་དཀའ་བས་གདུལ་བྱ་དང་འདུལ་བྱེད་ཀྱི་བར་དུ་འཛོལ་ཤོར་ནས་བསྒོམས་ཀྱང་ཡོན་ཏན་སྐྱེ་དཀའ་བའི་སྐྱོན་འདི་ནས་ཤོར་རོ། །

儘管此法是諸乘之頂王，但行者有上、中、下等種種差別，其根器也很難全然都是利根眾生，一旦所化弟子與能化法門不相應，那就會掉入就算禪修也很難生起功德的過失中。

（三）

དེ་ལ་རིམ་སྐྱེས་པའི་དབང་དུ་བྱས་ན་ཐུགས་དམ་ལ་གོ་བ་མྱོང་བ་རྟོགས་པ་གསུམ་ཡོད་པ། ཐུན་མོང་ཐེག་པའི་ལམ་རིམ་དང་སྦྱར་ན།

以漸悟眾生來看，禪修有「解」、「領」、「證」三個過程，將其與共通乘的次第搭配來看，

You are no longer benefited by good thoughts, harmed by bad thoughts,
Or misled by thoughts of an indeterminate nature.

你不再受益於好的念頭，受損於壞的念頭，或被本質不定的念頭誤導。

Expanse and awareness have become all-pervasive.
And so the spiritual qualities, which are the signs of the path, have been actualized.
Even the names of so-called errors, diversions, and ways of straying do not exist.

界智廣闊遍在。證悟的特質——道之徵兆，此時已被體證。甚至錯謬、偏離和歧途點這些名詞都不存在。

However, although this teaching is the pinnacle of all vehicles,
There are individuals of the superior, middling, and lesser categories.
Since it is difficult to find those [disciples] of the most superior acumen,
There might be misunderstandings between guru and disciple.
In that case, even if the disciple meditates,
Due to this shortcoming, he or she will find it difficult to develop good qualities,
And will go astray.

然而，儘管這是一切乘的最高法教，仍有利根、中根和劣根之各個不同。因為根器最利的弟子難覓，上師與弟子之間也可能有誤解。這種情況下，即使弟子禪修，因為這樣的缺陷，他或她會發現難於開展善的特質，而從道上偏離。

（三）

In relation to this, from the viewpoint of
The personal meditation practice of those who follow a gradual path,
There are the three stages:
Intellectual understanding, actual experience, and realization.

與此相關的，從跟隨漸修道的禪修者的觀點，觀修有三個階段：智識理解、實修經驗、證悟體證。

ཚོགས་ལམ་པས་གོ། །སྦྱོར་ལམ་པས་མྱོང་། མཐོང་ལམ་པས་རྟོགས་ཞེས་མཁས་གྲུབ་རྣམས་གསུངས་པ་འདི་ཤིན་ཏུ་བཀའ་བཙན་པར་སྣང་ངོ་། །

資糧道「解」、加行道「領」、見道「證」，這是一切智者與成就者們的主張，實爲至理。

དེང་སང་གི་དུས་སུ་ཕལ་ཆེར་གོ་བ་ལ་སྒོམ་རྣལ་མར་བཟུང་ནས་རྒྱུས་འདེབས་སུ་ཤོར་བ་མང་། དེ་ཇི་ལྟ་བུ་ཞེ་ན།

現代許多人將「解」視爲眞實的禪修而專注投入，這是如何的呢？

ཤེས་པ་གསལ་སྟོང་གང་དུ་འང་མི་རྟོག་པའི་མཉམ་གཞག་ལྷོད་ལྷོད་འབོལ་འབོལ་འདི་སྐྱེས་དུས་བདེ་ཉམས་ཁོ་ན་ཤས་ཆེ། ངའི་སྒོམ་འདི་ཀ་ཡིན། འདི་ལས་ལྷག་པ་སུས་ཀྱང་མི་ཤེས། ངས་འདི་ལྟ་བུ་རྟོགས་སྙམ་པའི་རང་མཐོང་ཡང་སྐྱེ་བ་ཡོད་པས་འདིའི་ཚེ་བླ་མ་ཚད་ལྡན་གྱིས་མ་ཟིན་ན།

當心識不分別明空之放鬆、柔和的等至禪定出現時，只會有強烈的樂分，有人也會產生「這就是我的禪修，沒有比這更殊勝的了！我證悟到此禪定了！」等念頭，此時若沒有具格上師的攝受，

ཇི་སྐད་དུ་རྗོགས་ཆེན་ནས། གོ་བ་ལྡན་པ་འདྲ་སྐེ་གོག་ནས་འགྲོ། ཞེས་བཤད་པ་ལྟར། རྒྱན་བཟང་ངན་དང་འཕྲད་ཚེ་ཆུ་དང་འོ་མ་སོ་སོར་ཕྱེ་བ་མང་ཞིང་། དེ་ཡང་རྐྱེན་ངན་ལམ་དུ་ཁྱེར་བ་ནི་ཉུང་ཟད་སླ་མོད།

[Interlinear note (yig chung) within the root text:
Relating these to the stages of the path of the general vehicle:
On the path of accumulation, one acquires intellectual understanding.
On the path of joining, one gains actual experience.
And on the path of seeing, one gains realization.
These words of the learned and accomplished ones appear to be very true.]

[根本頌行間文字（yig chung），將這些和基礎乘的道次第連繫起來：在資糧道，一個人所獲得的是智識理解。在加行道，一個人獲得的是實際經驗。在見道，一個人獲得證悟。學修圓滿的成就者講述的這些話確實不虛。]

These days it seems there are many who consider
Their mere intellectual understanding to be genuine meditation.
And so, there are many who go astray by attaching conceptual labels [to experience].

現在似乎很多人都認為，僅是他們理性的理解就是純正的禪修。因此，很多人執著（覺受的）概念標籤而走偏了。

To explain how this occurs:
At times consciousness is clear and empty,
Your meditative equipoise is without any thoughts at all,
And you are in a relaxed and comfortable mood.
When this happens, it simply indicates that the meditation experience of bliss is predominant.

出現這樣的情況，是因為：意識不時是清晰而空靈的，你禪修穩定到沒有任何念頭，而你也很放鬆，感覺適宜。當出現這種情況，只表示喜樂的禪修經驗現前。

[You may think,] "My meditation is exactly it! No one knows any better than me. My realization is just like this!" and you will feel proud.
However, if at this point you do not rely upon an authentic teacher, then as it says in the Dzogchen teachings,
"Intellectual understanding is like a patch, it wears off."

就如同大圓滿云：「解如補丁匍匐行」，當接觸到善惡等助緣時，大都多會如同清水與牛奶分開一般：儘管將逆緣帶入道上稍微容易，

བཟང་རྐྱེན་ལམ་དུ་ཁྱེར་བ་ཤིན་ཏུ་དཀའ་བས་རྟོགས་པ་མཐོན་པོར་རློམ་པ་དག་ཀྱང་ཚེ་འདིའི་ཆེ་ཐབས་འབའ་ཞིག་ལྷུར་ལེན་ཅིང༌། རྣམ་གཡེང་ལྷའི་བུའི་བདུད་ལ་ཞེན་པ་ཕོ་ནས་གང་བ་འདི་ནི་ཚོགས་དྲུག་རང་གྲོལ་གྱི་གནད་མ་རྟོགས་པས་ལན་ལ།
但將善緣導入道上是非常困難的，許多自以爲證量高端的人卻也只爭取著此生的成就，完全執著於放逸的天子魔等，這是沒有證悟到六識自解脫的關要所致，

དེང་སང་ནི་འདི་ལ་ཡ་མཚན་དང་གྲུབ་རྟགས་སུ་བྱེད་པས་འདིར་སྨྲ་བ་པོ་བྱ་རོག་དཀར་པོ་ཟེར་མོད།
當今大都將此視爲稀有與成就的徵兆，這是所謂的「長舌白鴉」。

（或許很多人會想：）「這正是我的禪修！沒人比我懂得更多。這就是我的證悟！」從而生起驕慢。然而，如果這時你沒有依止一位具德的上師，那麼就像佐欽教法所說：「智識上的理解就像衣服的補丁，終會脫落。」

As this illustrates, there are many who, when they meet with good or bad circumstances, [separate from their practice] like water separates from milk. Furthermore, bad circumstances are somewhat easier to successfully bring to the path,

對此形象的證明是，有很多這樣的人，在遭遇順境或逆緣時，禪修經驗頓時分離不見，就像水從牛奶中分離出來。

Furthermore, bad circumstances are somewhat easier to successfully bring to the path,
But bringing good circumstances to the path is very difficult.
Thus there are those who arrogantly presume that they have high realization, yet strive for the glories of this life. They are distracted, filled solely with attachment to the "mara demon of the 'child of the gods.'"
This is due to not having understood the key point of the self-liberation of the six sense fields.

此外，逆緣比較容易成功的轉為道用，順境中修道卻是非常困難。因此有人傲慢的認為自己的證悟很高，卻在爭取此生的榮耀。他們如此散逸，完全由執著天子魔獨佔。這是因為沒有真正理解六識自解脫的要義。

These days there are many who speak of these [kinds of views and meditation] as if they were amazing signs of accomplishment . . . although those who point this out are just [regarded as] "white ravens."

現在很多人對此（見地和禪修）津津樂道，就像它們已經是成就的殊勝徵兆⋯⋯。儘管那些指正它們的人被看作是「白鴉」。

（四）

འོན་ཀྱང་སྙིང་ནས་དམ་ཆོས་བྱེད་པ་དག་འདིའི་ཚེ་མཚན་མ་ཅན་གྱི་ལྟ་བ་ཐོམ་རོ་ཡེ་བ་དེ་ལ་སྒོམ་གོ་མི་གཅོད་པར་ཐུན་བཞིར་བླ་མའི་རྣལ་འབྱོར་ལ་རྩལ་འདོན་ཅིང་དབང་བཞི་བླངས་རྗེས་ཐུགས་ཡིད་བསྲེས་པའི་ངང་ལ་རིག་པ་ཁ་ཡན་དུ་གློད་ལ་ཉམས་དེའི་ངོ་བོ་གཏད་མེད་ཁུངས་མེད་དུ་མ་སོང་བར་སྙིང་ལ་རྗེ་རྡུས་གཏུག་གོ །

發自內心修行正法的行者們，此時不需斬斷對這具相糊塗見地的禪修，以四座上師瑜伽來開展明覺之力，在自受四灌頂並將師心我心相融後，讓明覺坦然放鬆，此覺受本質上沒有指認、來源與目標，徹底用心實踐。

དེ་བཞིན་དུ་ཉམས་མྱོང་ལ་ཞི་གནས་ཤས་ཆེ་བའི་སྟོང་ཉམས་དང་། ལྷག་མཐོང་ཤས་ཆེ་བའི་གསལ་ཉམས་སོགས་མདོར་ན་འགྱུ་དྲན་གྱི་མཚང་རིག་ཅིང་སོ་སོར་རྟོག་པའི་ཤེས་རབ་ཀྱི་རྩལ་འབར་ནས་གནས་འགྱུ་གཉིས་ཀ་སྒོམ་དུ་ཁྱེར་ཤེས་པ་ཡོད་ཀྱང་།

同樣的，體受中出現寂止分較強烈的空受、勝觀分較強烈的明受等，總之，就算在認知到自心動搖與念想的問題後，懂得增長妙觀察智的能力並能將動靜兩分都帶入道上，

（四）

However, for those of you who practice the sacred dharma from your hearts, such a fixated conceptual view will not help your practice of meditation.

無論如何，對發心實修珍貴佛法的你們來說，這樣概念性的見地，不會對你的禪修有幫助。

In the four sessions of daily practice, you should focus on guru yoga,
Receiving the four empowerments.
Then, within the state of merging your mind with the guru's mind,
Let awareness be free and unbound.
Persevere thus from the depths of your heart,
Until the essence of this experience
Has become unsupported and free of any reference point.

在每天四座修持中，你應該專注於上師瑜伽，接受四種灌頂。接著，在自心與上師心的融合之中，讓本覺鬆綁自由。從內心深處去如此保任，直到這個經驗的精髓不再依靠任何支撐和參照點。

Likewise, for meditation experiences:
When calm abiding meditation predominates, there will be experiences of emptiness.
When insight predominates, there will be experiences of clarity and so forth.

同樣的，對禪修覺受來說，在以止的禪修為主時，會生起空的覺受。在以觀的禪修為主時，會生起明的覺受，諸如此類。

In brief, knowing the vital point of discursive thoughts,
The power of discriminating intelligence blazes forth.

簡言之，儘管你清楚明瞭妄念的要點，並懂得用妙觀察力的顯耀光芒

ཤེས་མཁན་གྱི་ངོ་བོ་ལ་ང་བདག་གི་འཛིན་སྟངས་དམ་སྲིང་ངེ་བ་དང་། བརྟག་དཔྱད་བསམ་གཞིགས་ཀྱི་ག་ཤེས་ལ་ཤོར་བ་སོགས་ཤིན་ཏུ་གསོག་ཏུ་གྱུར་པའི་ཤེས་བྱའི་སྒྲིབ་པ་རྔམ་པོ་ཆེ་འདི་ན་ཡོད་པས།
但仍然掉入認知者那緊緊握住的我執體性和抉擇分別的思考等極隱密的所知障大鼓中，

རྣམ་རྟོག་ལ་ཆོས་སྐུའི་མིང་འདོགས་མི་སྤྱི་བར་ད་ལྟར་གྱི་ཤེས་པ་གྲ་མ་ཉམས་ཤིང་ཟུར་མ་ཆག་པ་འདི་ཀ་ལ་སྒོམ་མཁན་གྱི་གཉེན་པོ་དང་། ལྟ་བའི་ཞེན་པས་མ་བཅིངས་པར་ཟང་ཐལ་ཁ་ཡན་དུ་ལམ་དུ་འཁྱེར་བ་ཁོ་ན་ལས་ལྷག་པའི་མཉམ་གཞག་དང་རྗེས་ཐོབ་ཀྱི་གོ་བ་ལ་བརྟག་དཔྱད་ཀྱི་བྱ་ཤོར་ན།
甚至認爲有比不被修持者的對治和見地的執著所束縛，將妄念當下名爲法身那完整無缺之心識廣大直接地導入道上的唯一法門，還更爲殊勝的等至禪定，並落入後得位的抉擇分別中。

And although you know how to bring both stillness and movement into meditation,
Yet the essence of the "knower" is under the tight grip of ego fixation,
And you stray into a pattern of analytical examination and so forth.
These are highly undetectable and dangerous conceptual obscurations.
Therefore, as these are present, it is premature to label thoughts as "dharmakaya."

將靜和動帶入禪修，然而這個「認知者」的本質仍然牢固於自我的掌控中，而你會偏離到分析檢視的模式之中。這些是極其不易察覺和危險的概念遮障。因此，當這些現前時，給念頭貼上「法身」的標籤，為時過早。

Do not bind this immediate awareness, which is unimpaired and uncorrupted,
With the meditators' "remedies,"
Or with attachment to your view.

當下的本覺無有缺失和損壞，不要用禪修者的對治法，或用你對見地的執著束縛它。

You should solely take as the path
This free and unbound,
Unimpeded open transparency.

你應該單純以這自由無礙、無染開放的明覺為道。

Moreover, if you fall under the influence of speculation
Based on your ideas about meditation and postmeditation,
Then you will [enter] the dangerous passage of diversions, errors, and strayings on the path.
If you do not know how to identify these, then you will be unable to distinguish whether or not [your meditation] is correct.

此外，如果你基於自己對禪修和座下修的想法，而落入思維的影響，那麼你會走入危險的錯謬、偏離和歧途之道。如果你不知道如何辨別它們，那麼你將不能夠分辨自己禪修是否正確。

（五）

ལམ་གོལ་ས་དང་། ནོར་ས་དང་། ཤོར་ས་གསུམ་གྱི་འཕྲང་ཡོད་དེ་དེ་ལ་དེ་དག་གི་ངོས་ཟིན་མ་ཤེས་ན། ཡིན་པ་དང་མིན་པའི་སྟངས་མི་ཕྱེད་པས་འདིར་དེ་དག་གི་མཚང་འཆད་ལ།

如果不懂得認出歧途、誤塗、失途等狹路中，就無法分辨正確與錯誤的方式，因此接下來要解說這些的過失。

སྟོང་པ་ཉིད་ཅེས་པ་དེ་ཡེ་གདོད་མ་ནས་སྟོང་ཞིང་བདག་མེད་པ་སྤྲོས་པའི་མཐའ་བཞིའམ་བརྒྱད་དང་བྲལ་བ་ད་ལྟའི་ཤེས་པ་བློ་འདས་པ་ཡན་འདི་ཀ་རིག་པ་ལ་ཟེར་བ་དེ་མ་གོ་བར།

「空性」：不了解這是指本然空寂無我，遠離四邊或八邊之戲論，超越念想的當下直然明覺，

ཐེག་པ་འོག་མ་ལྟར་ཡོད་མེད་དགག་སྒྲུབ་ཀྱི་བློས་དཔྱད་པའི་རྗེས་ཀྱི་ཅིག་ཡང་མེད་པའི་སྟོང་པའམ། རྒྱུད་སྡེ་འོག་མ་ལྟར་སྭ་བྷཱ་ཝའི་སྔགས་སོགས་ཀྱིས་སྟོང་པར་སྦྱངས་པའི་ཏིང་ངེ་འཛིན་གསལ་སྟོང་ཙམ་དུ་ཁས་ལེན་ཅིང་སྒྱུ་མ་ལྟ་བུའི་ལྟ་བ་ལྟར་སྐྱོང་ན་ནོར།

卻如同下乘般用有無、破立的念頭來分析後，視之爲毫無一物的空寂，或是像下部密續般認爲那是在持誦觀空咒淨化入空的明空三昧，抱有諸法如幻的見解，這是錯誤的。

（六）

དེ་བཞིན་དུ་ཞི་གནས་ནི་ཕྲ་རགས་ཀྱི་རྣམ་རྟོག་རང་སར་ཞི་སྟེ། སེམས་ཉིད་འགྱུ་དྲན་གྱི་རླབས་དང་བྲལ་ནས་དངས་སེང་དེ་གནས་པའི་ཆ་རང་རིག་རང་གསལ་དེ་ཡིན་པ་མ་གོ་བར་གནས་པ་དྲན་མེད་ཧད་པོ་ལ་གོ་ན་ནོར།

（五）

Therefore, the hidden flaws of these are explained here:
What is "emptiness"?
It is that which is empty and without a self-entity from primordial beginning.
It is free from the four and the eight extreme views.
This immediate awareness, which is free and unbound and beyond concepts,
Is known as "rigpa."

因此，它們所隱藏的瑕疵解釋如下：什麼是「空性」？它是從本初開始就無有自性的空。它離四種或八種極端的見解。這當下的本覺，自在無礙，超越概念，被了知為「rigpa」。

This may not be understood.
For example, in the lower vehicles, there is conceptual analysis to affirm nonexistence and to negate existence. And following this, you arrive at an empty, blank nothingness.
Or, as in the lower tantric classes with the svabhava mantra and so forth, through meditative concentration, you purify everything into emptiness, [asserting] a mere "clarity and emptiness."
Or, if you experience an [imputed] view that [everything] is like an illusion,
These are errors.

或許這不易被理解。舉例說，在低等乘中，有概念性的分析，確定無實存，否定存在。跟隨這個引導，你達到一種空無、空白的無有一物。或者，透過低階咒乘的觀空咒修持等，以及禪定專注，你清淨一切而進入空性——安立一個純粹的「明空」；或者，你的經驗歸結於為「諸法如幻」的見地，這些都是謬誤。

（六）

Likewise, for "calm abiding meditation":
The coarse and subtle thoughts are naturally pacified in and of themselves.
The nature of mind, free of the waves of discursive thoughts,
Has an abiding aspect that is vividly clear and wakeful,
Self-illuminating self-awareness.

同理，對於「寂止」，不了解那是粗細一切念頭自然寂靜，遠離波動之濤浪的心性自明自清的清澈分，卻視爲沒有念頭的昏厥，這是錯誤的。

（七）

ལྷག་མཐོང་ནི་གནས་འགྱུ་གཉིས་ཀ་རང་ངོ་རིག་པའི་ཤེས་པའི་རང་གདངས་གསལ་རིག་འཛིན་མེད་འདི་ཀ་ཡིན་པ་ལ། དེ་མ་གོ་བར་གནས་འགྱུ་ལ་བརྟག་དཔྱད་བྱེད་པའི་བློ་དང་ནོར་ས་ཡོད།

「勝觀」，是指新的動靜兩者都是了知自性的之自然光澤、是沒有執著的明覺，有些人不了解這個道理，誤以爲那是分析自心種種動靜的念頭。

（八）

མཉམ་གཞག་དང་རྗེས་ཐོབ་ཅེས་པ་ལ་བཞེད་ལུགས་སྣ་ཚོགས་ཡོད་ཀྱང་། རྫོགས་ཆེན་རང་སྐད་དུ་གང་ཤར་གྱི་ངོ་བོ་དྲན་པའི་རྩིས་ཟིན་བཞིན་པའི་ངང་དུ་གནས་པ་ལ་མཉམ་གཞག་དང་། དེ་ཉིད་ཤེས་བཞིན་གྱི་ངང་དུ་སྤྱོལ་བསྒྱུར་སོགས་འགྱུ་བའི་ཆ་དེ་རྗེས་ཐོབ་ཡིན་པ་མ་གོ་བར། ལྟ་སྣང་ས་ཀྱི་སྟོང་པ་ལ་རྩེ་གཅིག་ཏུ་འཛོག་པ་ལ་མཉམ་གཞག་དང་། དེ་ལས་ལངས་ནས་གང་ཤར་ལ་སྒྱུ་མ་ལྟ་བུའི་སྟོང་ཉིད་ཀྱི་རྒྱས་འདེབས་བྱེད་པ་ལ་རྗེས་ཐོབ་ཏུ་འདོགས་པ་ནོར།

Misunderstanding this, thinking that calm abiding is a mindless vacant state, is an error.

同樣的，對「止的禪修」而言：粗重和細微的念頭都會自然平息。心的本質，無有散亂念頭之波濤，有明晰和清醒的安住，自明的自覺。對此誤解為止是一種無心空白的狀態，是一種錯謬。

（七）

Regarding "insight":
It is the recognition that both stillness and movement
Are the natural reflection
Of the essence of your awareness.
It is clear and aware without grasping—that's it!
Otherwise if you do not understand this and investigate stillness and movement,
It is an error.

對於「觀」：它是認識到靜和動都是覺知本質的自然反映。它清晰、覺知並無執——那便是了！否則，如果對此不理解而檢視靜與動，那就是一個錯謬。

（八）

There are a variety of ways of explaining
What are known as "meditative equipoise" and "postmeditation."

對於我們所知的「禪定的安住」與「座下的禪修」，有多種不同的解釋方法。

However, according Dzogchen's own terminology,
"Meditative equipoise" is to abide
While embracing the essence of whatever arises with mindfulness.

然而，根據佐欽自宗的說法，「禪定」是覺知內心所生起的一切的本質而安住。

「等至與後得」的定位主張有很多種，但根據大圓滿自宗來看，內心出現的一切，在正念攝受的情況下安住即是「等至」，在正知的情況下有顯現與轉變等種種內心活動則是「後得」。不了解此道理，卻將專注投入於空寂的視角視為「等至」，離開此狀態後將自心顯現的一切用「視之如幻」的空性來封印它們，將此視為「後得」，這是錯誤的。

（九）

ཡེངས་མེད་ནི། འཁྲུལ་འབྲུམས་ཀྱི་རྣམ་རྟོག་འོག་འགྱུར་ཤོར་བ་དང་ལུང་མ་བསྟན་དུ་མ་སོང་བར་ཡང་དག་གཉུག་མའི་དྲན་པ་ལ་ཟེར་གྱིས། ཡེངས་ཀྱི་དོགས་པའི་ཟོན་འཛུག་པ་དང་། སྡུག་བཙིར་འཛུར་དྲན་གྱིས་བཅིངས་ན་ནོར།

「無逸」是指不落入錯誤繁雜的膚淺妄念或不趨向無記之中，維持眞實本然的正念，而不是懷疑放逸而刻意謹愼、用力地用念頭束縛自心，這是錯誤的。

Then, while being attentive to that [practice],
The aspect of movement, that which transforms and changes,
Is known as "postmeditation."

接著，當持續留意這個[修習]的當下，動的轉化和改變之面向，就是所謂的「座下修」。

Misunderstanding this, [you think that] to one-pointedly keep in mind an empty viewpoint is "meditative equipoise."
And following this, you superimpose an illusion-like emptiness upon whatever arises and call this "postmeditation."
This is an error.

對此誤解，而以為心中抱持專注一境於一個空的觀點就是禪定。而後對生起的任何狀態，都給它安立一個如幻空性，並稱之為「座下修」。這是一個錯謬。

（九）
What is meant by "nondistraction"?
It means that you do not stray into the subtle undercurrents of deluded thinking.
And, you do not enter into a state of vague oblivion.
This is known as genuine, innate mindfulness.
If you are anxious about being distracted,
And if you are bound by deliberate, restricted mindfulness,
Then these are errors.

什麼是「無散」？它意味著你不偏離進妄念的微細暗流。而且，也不進入一種模糊忘卻的狀態。這才是被稱作真正、本具的覺知。如果你擔心被散亂干擾，如果你被刻意和局限的覺知束縛，這些都是錯謬。

（十）

ཐ་མལ་གྱི་ཤེས་པ་ནི་ད་ལྟའི་ཤེས་པ་སྐྱོན་ཡོན་གང་གིས་ཀྱང་མ་བསླད་པའི་རང་བབས་འདི་ཀ་རིག་པའི་རྒྱུན་གྱིས་སྐྱོང་བ་ལ་ཟེར་བ་མ་གོ་བར། འཇིག་རྟེན་ཐ་མལ་གྱི་རྣམ་རྟོག་རང་རྒྱུད་པ་ལ་ངོས་འཛིན་པ་ནོར།

「凡心識」：不了解這是指心識當下這不被任何優點或缺點所沾染、自然安住的明覺相續，卻將它視爲世間凡夫的妄念相續，這是錯誤的。

（十一）

སྒོམ་མེད་ནི་གནས་ལུགས་ལྷུམས་སུ་ཞུགས་ནས་སྒོམ་མི་སྒོམ་གྱི་ཞེན་པ་དག་སྟེ་སེམས་ལ་བཟོ་བཅོས་དང་དམིགས་གཏད་གང་ཡང་མེད་པར་ཁྲབ་གདལ་གྱི་དྲན་པའི་མཁར་ཚུགས་པ་ལ་ཟེར་གྱིས། བློས་བཏང་བའི་བཏང་སྙོམས་ཐ་མལ་དུ་སྡོད་པའམ། ཅི་ཡིན་འདི་ཡིན་མེད་པའི་ལུང་མ་བསྟན་དུ་རྒྱུ་འབྱམས་ན་ནོར།

「無修」是指安住在實相胎中，淨化「有修」、「無修」的一切執著，內心毫無刻意與著力點，如此寬闊片在的正念城池，如果停留在放棄念頭的凡夫捨位，或是散漫於是非皆非的無記中則是錯誤的。

（十二）

གང་ཤར་སྐྱོང་བ་ཟེར་བ་དེ། གང་ཤར་གྱི་རྣམ་རྟོག་དེ་ལ་ཅེར་གྱིས་བལྟས་ནས་དགག་པ་ཡང་མ་ཡིན། དེ་ལ་བརྟག་གཞིག་བྱེད་པ་ཡང་མ་ཡིན། དེའི་རྗེས་སུ་འབྲང་བ་ཡང་མ་ཡིན་པར་རྣམ་རྟོག་ཤར་མཁན་པོ་རང་གི་རིག་ཐོག་ཏུ་གློད་ནས་གནས་འགྱུ་ཟང་ཐལ་དུ་སྐྱོང་བ་ལ་ཟེར་བ་མ་གོ་བར། གང་ཤར་རང་དགར་རྗེས་སུ་འབྲང་ཞིང་རྟོག་དཔྱོད་བྱེད་ན་ནོར།

（十）

What is “ordinary mind”?
It is said to be immediate awareness,
Which is untainted by either faults or good qualities,
Left as it naturally is.
It is sustaining the continuous flow of awareness.
Misunderstanding this, to identify it as your ordinary, autonomous mundane thinking is an error.

什麼是「平常心」？那就是所謂即刻的本覺，不受過失或善德染污，而自然如是。它是保任本覺的相續之流。對此誤解，而認為它是你平凡、自發的世俗心念，這是一個錯謬。

（十一）

What is “nonmeditation”?
Entering the womb of the natural state,
The attachment to meditating or not meditating is purified.
Without any artificial modification or any reference point whatsoever,
You establish the citadel of all-pervasive mindfulness.
If you are in a state of careless indifference, remaining in your ordinary manner,
Or if you are daydreaming in an indeterminate, vague oblivion,
These are errors.

什麼是「無修」？安住於實相胎中，清淨修與無修的執著。沒有任何刻意的修整和參照點，你將建立起遍在覺知的城堡。如果你待在一個漠然、無所謂的凡俗狀態，或是在不確定的模糊忘失中做白日夢，這些都是錯謬。

（十二）

What does “sustaining whatever arises” refer to?
Whatever thought arises, look directly at it,
Neither blocking it, nor examining it, nor following after it.
Release the thinker itself within awareness,
And sustain the unimpeded open transparency of stillness and movement.
Misunderstanding this, to carelessly follow after whatever thoughts arise and analyze them is an error.

「維持一切顯像」不了解這是指赤裸直視內心顯現的一切妄念，不排斥、不分析、不追隨，放鬆在顯現妄念的心識明覺中，維持這廣大的動靜。卻追隨並分析內心顯現的一切妄念，這是錯誤的。

（十三）

དེ་བཞིན་དུ་གོལ་ས་གསུམ་ནི། བདེ་བ་ལ་ཞེན་ན་འདོད་ཁམས་ཀྱི་ལྷར་སྐྱེ། གསལ་བ་ལ་ཞེན་ན་གཟུགས་ཁམས་ཀྱི་ལྷར་སྐྱེ། མི་རྟོག་པ་ལ་ཞེན་ན་གཟུགས་མེད་ཀྱི་ལྷར་སྐྱེ་བས་གོལ་ས་ཞེས་བྱ་ལ། དེའི་ངོས་འཛིན་དང་ནོར་ས་བཤད་ན།

而「三種歧途」，是指貪執樂受會投生欲界天、貪執明會投生色界天、貪執無念會投生無色界天，所以稱爲「歧途」，其標準與錯誤如下：

（十四）

བདེ་བ་ཞེས་བྱ་བ་དེ་རྩ་བའི་སྡུག་བསྔལ་ཆེན་པོ་གསུམ་གྱིས་མ་བསྙད་པར་གནས་ལུགས་དེའི་ངང་ལ་འབྲལ་མི་ཐོད་པ་ལྟ་བུའི་དགའ་བདེའི་ཉམས་འཆར་བ་ལ་ཟེར་གྱིས། ཟག་བཅས་འདོད་ཆགས་ཀྱི་བདེ་བ་ལྟ་བུའམ། ཡུལ་རྐྱེན་གྱིས་བསྒྱུར་བའི་སྐྱིད་སྣང་དག་དགའ་སྤྲོའི་རྣམ་རྟོག་འཆར་བ་ལྟ་བུ་ལ་ཟེར་བ་མ་ཡིན།

「樂」是指不被三種根本大痛苦所沾染，出現了如同無法離開實相境界般的喜樂體受，不是指有漏欲樂、境界等條件所影響的愉悅和內心所出現的喜悅妄念等。

「維持一切顯像」指的是什麼？任何念頭生起，直接看著它，既不阻擋，也不檢視它，或跟隨它。在本覺中放掉思維者本身，保持那動靜的無礙開放的透明。對此誤解，不慎的追逐生起的念頭，以及對它們分析，是一種錯謬。

（十三）

Similarly, there are three diversions:
If you are attached to bliss, you will be born as a god in the desire realms.
If you are attached to clarity, you will be born as a god in the form realms.
And if you are attached to nonthought, you will be born as a god in the formless realms.
These are known as points of diversion.
I will explain how to identify them and their errors:

相似的，偏離也有三種：如果你執著喜樂，你將投生於欲界。如果你執著清明，你將投生於色界天。如果你執著於無念，你將投生於無色界天。這些被稱為偏離點。我將解釋如何識別它們以及它們的錯誤：

（十四）

That which is known as "bliss" is untainted by the three major root sufferings.
It is like, for example, when you cannot bear to separate from
[Abiding] within the natural state.
It is said to be the arising of the experience of joyful bliss.

「喜樂」是不被三種根本痛苦染污的狀態。舉例來說，它像是你不願意離開本然狀態的[安住]。這就是所謂喜樂覺受的生起。

This is not like the bliss of defiled, outflowing desire.
Nor is it said to be like the arising of thoughts of happiness and delight.
Nor is it being delighted with changing objective circumstances.

這不同於染污或有漏欲樂的歡愉。也不是快樂和愉悅念頭所帶來的感受。也不是因為對境條件改變而感到的喜悅。

（十五）

གསལ་བ་ཞེས་པ་དེ་རྨུགས་པའམ་བྱིང་འཐིབས་ལྟ་བུའི་འགེགས་ཀྱིས་མ་བསླད་པར་རིག་པའི་ངར་ཆའམ་འཆར་སྒོ་འགག་མེད་དུ་གསལ་བ་ལ་ཟེར་གྱིས། ཡུལ་སྣང་གི་ཁ་དོག་བཟོ་དབྱིབས་སོགས་མཚན་བཅས་ཀྱི་འཆར་སྒོ་འཁྲུལ་སྣང་གི་རང་གཟུགས་ལ་ཟེར་བ་མ་ཡིན་ནོ། །

「明」是指不被昏沈掉舉等障礙所沾染，清晰無礙的明覺本分或自心顯門，而不是外境的顏色、形狀等有相顯門的幻象色法。

（十六）

མི་རྟོག་པ་ཡང་། རྣམ་རྟོག་མི་འགྱུ་དགུ་འགྱུ་ཨ་འཐས་འཁྲུལ་རྟོག་གི་གཡོ་འཁྲུགས་དང་བྲལ་བའི་རྟོག་མེད་ནམ་མཁའ་ལྟ་བུ་ལ་ཟེར་གྱིས། དྲན་མེད་དུ་བརྒྱལ་བ་ལྟ་བུའི་ཚོར་བ་འགགས་པའམ་གཉིད་འཐུག་ལྟ་བུའི་མུན་ནག་ལ་ཟེར་བ་མ་ཡིན་ནོ།

「無念」是指自心不受頑強的念頭活動等種種直接錯誤妄念所干擾，如同無念的虛空般，不是指沒有念頭的昏厥般無法感受，或是像深層睡眠般的暗鈍。

（十七）

མདོར་ན་ཉམས་གསུམ་པོ་འདི་ཡང་ལམ་རྟགས་ཀྱི་འཆར་ཚུལ་ཙམ་དུ་ཞུགས་འབྱུང་དུ་བྱུང་བ་ཡིན་པ་མ་རྟོགས། དེ་ཡོད་དུ་རེ་ནས་ཆེད་དུ་སྒོམ་པ་དང་། བྱུང་བ་ལ་སྒོམ་རྣལ་མར་བཟུང་ནས་ཞེན་ཅིང་ཆགས་ན་ཁམས་གསུམ་དུ་གོལ་བའི་རྒྱུ་ལས་མ་འདས་སོ། །

（十五）

What is known as "clarity" is that which is not tainted by the obstructing forces of drowsiness and fogginess.
It is the unobstructed shining forth
Of rigpa's aspect of potency,
Or of [rigpa's] avenues of expression.
It is not the avenues of perception endowed with the characteristics of apparent objects such as shapes, colors, and so forth,
Which are the natural forms of deluded perception.

被稱為「清明」是指不被昏沉和迷蒙障礙所染污。它是本覺有力或敏銳、無礙的閃耀。它不是被賦予了如形狀、顏色等外境特質的感知之道，那些都是染污的感知的幻象色法。

（十六）

Moreover, in regard to "nonthought":
It is free from thinking all kinds of thoughts
And from being disturbed by the deluded thinking that reifies things as being real.
It is said to be thought-free, like space.
It is not like fainting and losing consciousness.
Nor is it a black darkness like deep sleep.
Nor is it like when the senses withdraw and you feel nothing.

另外，關於「無念」：它是離一切念頭的思憶，和認為事物實有的迷惑想法的干擾。它被認為是如虛空一樣無有念頭。它不是像暈過去和失去知覺。也不是暗鈍的沉睡。也不實像失去感覺，無有感受。

（十七）

In brief, these three types of experiences are merely the manner in which signs of the path manifest, and they naturally and spontaneously occur.
However, if you do not realize this and meditate deliberately hoping for them,
And when they do occur, if you embrace them as though they were genuine meditation and become attached to them,
Then this will cause you to be diverted into the three realms of existence.

總之，沒有體會三種體受不過是修持道上附帶出現的徵兆，卻希望它們的出現而刻意修持，並將之視爲正確的禪修並進而貪職它，那就無法超越三界歧途之因。

（十八）

དེ་བཞིན་དུ་ཤོར་བཞི་ལ་སྟོང་པ་ཉིད་ཤེས་བྱའི་གཞིས་ལ་ཤོར་བ། སྟོང་པ་ཉིད་ལམ་དུ་ཤོར་བ། སྟོང་ཉིད་གཉེན་པོར་ཤོར་བ། སྟོང་ཉིད་རྒྱས་འདེབས་སུ་ཤོར་བ་དང་བཞི་ཡོད་ཅིང་དེ་དག་རེ་རེ་ལའང་ཡེ་ཤོར་དང་འཕྲལ་ཤོར་གཉིས་སུ་དབྱེ་བར་བཤད་ཀྱང་།

同樣的，「四失」包括「失於空性所知體」、「失於空性道」、「失於空性對治」、「失於空性封印」，它們每個又分爲「本來失落」與「突然失落」，雖然有這麼多的分類，

མདོར་རྡིལ་གྱིས་དྲིལ་ན་དོན་དམ་པའི་སྟོང་ཉིད་ཀྱི་ངོ་བོ་གདོད་ནས་རྣམ་པར་དག་པ་བྱས་ཆོས་དང་བློས་བཏགས་ཀྱི་སྤྲོག་ལས་གྲོལ་བ་ད་ལྟའི་རིག་པ་ཀ་དག་ཕྱོགས་ཡན་ཆེན་པོའི་གནད་མ་གོ་བར། སྣང་བ་ལ་སྟོང་པས་རྒྱས་འདེབས་ལྟ་བུའི་སྟོང་པ་ལོག་ནས་བསྒྲུབ་ན་གཞིས་ལ་ཤོར་བའོ། །

但總之，精要地來說：不了解勝義空性本體本然清淨，超越諸法與念頭所增加的概念，是當下直接本淨的明覺的這個關鍵，落入刻意將顯像視爲空性的「空」中而顛倒修持，那就是「失於體」。

簡而言之，這三種覺受都只是道所展現的形式，它們自然任運而出現。然而，如果你不能認識出它，並在禪修時刻意希求它們，當它們發生時，如果你認為它們是純正的禪修，而執著它們，這會使你無法超越三界。

（十八）

Likewise, there are the four ways of straying (in regard to emptiness):
Straying into emptiness's having the character of a knowable object,
Straying into taking emptiness as a path,
Straying into taking emptiness as a remedy, and
Straying into superimposing emptiness.
Each of these four is said to have an original straying point
And a temporary straying point.

相似的，有四種（關於空性的）歧途：認為空性是一個所知對境所具備的特質之歧途，將空性作為道的歧途，將空性作為對治的歧途，重疊安立空性的歧途。以上四種都有一個原始的歧途點，和一個暫時的歧途點。

However, if we briefly summarize them:
The essence of ultimate emptiness is primordially pure.
It is free from the fetters of being a compounded phenomenon
And of being a mental construct.
This present awareness is immense, boundless, primordial purity.

然而，如果我們簡單總結起來：究竟空性的本質是本初就清淨的。它無有和合現象的束縛，也無有心理建構。這當下的本覺是廣大、無量、本初的清淨。

Misunderstanding this key point, if you regard emptiness as something separate,
Like stamping emptiness onto appearances,
This is straying into [emptiness's] having the character of a knowable object.

如果你誤解這個要點，而將空性看作有別的某物，就像在顯現上標示空性，這就是認為空性是一個所知對境的特質的歧途。

（十九）

དེ་བཞིན་དུ་རང་རིག་ཐ་མལ་ཤེས་པའི་ལམ་ཁྲིད་ལ་ཡིད་མ་ཆེས་ཤིང་རྒྱུ་འབྲས་དབྱེར་མེད་ཀྱི་རང་བཞིན་ཡེ་ནས་ལྷུན་གྲུབ་ཏུ་ཚང་བ་མ་ཤེས་པར། ལམ་སྟོང་ཉིད་སྒོམ་པས་འབྲས་བུ་ཆོས་ཀྱི་སྐུ་གཞན་ནས་འབྱུང་དུ་རེ་ནས་འབད་པས་བློས་བཏགས་ཏེ་སྒོམ་པ་ནི་ལམ་དུ་ཤོར་བའོ། །

同樣的，不相信將自明導入凡心識的法門，也不知道因果無別的本然任運成就圓滿自性，卻在道上禪修空性，希望並努力追求從餘處產生的法身，這樣念頭創造的禪修即是「失於道」。

（二十）

ཉོན་མོངས་པ་དང་རྣམ་རྟོག་གང་ཤར་ཡང་དེ་ཁའི་ངོ་བོ་ཡེ་ནས་སྟོང་པ་ཉིད་ལས་མ་འདས་པས་སྤང་བྱའི་ཉོན་མོངས་དང༌། གཉེན་པོའི་སྟོང་ཉིད་གཉིས་སུ་མ་དགོས་པར་སྤང་བྱ་ཁོ་རང་རིག་པས་ངོས་ཟིན་པ་དང་མཉམ་དུ་སྦྲུལ་གྱི་མདུད་པ་ཞིག་པ་ལྟར་རང་གྲོལ་དུ་སོང་བའི་གནད་མ་གོ་བར།

不了解自心出現的一切煩惱與妄念，其本質上從來就沒有離開空性，不需要有所斷之煩惱與對治之空性的對立，用明覺認出所斷本身的同時，就能如同「蛇解自縛」般自然解脫的關鍵。

（十九）

Likewise, you may not be convinced that it is ordinary mind or self-knowing awareness (rang rig) that you take as the path.
You may not understand that cause and result are by nature inseparable
And are from the very beginning spontaneously present and already complete.

同樣，你還不信服空性是平常心或自明本覺，而將它當作道。你還未能理解因果在本質上不可分，它們在一開始就任運於當下而且已經完成。

Then by meditating on emptiness as a path, you exert yourself with the hope that the result of the dharmakaya will arrive from somewhere else.
By this, your meditation is mentally constructed.
This is the straying point of taking emptiness as a path.

然後用空性作為道來禪修，你用盡力氣希望禪修的結果，是法身在別處出現。這樣，你的禪修是心理建構出來。這就是把空性當作道的歧途。

（二十）

Once again, whatever thoughts and emotions arise,
Their essence is none other than emptiness from the very beginning.

再一次說，無論什麼念頭或情緒生起，它們的本質從一開始就不外乎是空性。

As there is nothing beyond that,
There is no need for these two things:
The afflictive emotion that is to be abandoned
And emptiness as a remedy [for it].

除此之外，別無他物，此二者都不需要：不論是要捨棄的煩惱情緒，或對治煩惱的空性。

སྤང་བྱའི་རྣམ་རྟོག་དང་ཉོན་མོངས་ཀྱི་སྟེང་དུ་གཉེན་པོའི་སྟོང་ཉིད་ལོགས་སུ་བསྒོམ་དགོས་ན་གཉེན་པོར་ཤོར་བའོ། །

在所斷的妄念與煩惱之上，另外再禪修對治所斷的空性，這是「失於對治」。

（二十一）

རྒྱས་འདེབས་ལ་ཤོར་བ་ནི་སྤྲོས་བཅས་དང་སྤྲོས་མེད་གང་ཡིན་ཀྱང་ཡེ་ནས་གློང་ཆེན་ཀུན་ཏུ་བཟང་མོའི་མཁའ་དབྱིངས་སུ་གསལ་སྟོང་ཟུང་འཇུག་ཆེན་པོར་ལྷུན་གྲུབ་ཏུ་མ་ཤེར་བར།

「失於封印」是指不了解有戲無戲等一切本然都在廣大普賢虛空法界中即是任運明空大雙運，

ཨ་འཐས་ཀྱི་སྒོམ་མཁན་དང་དམིགས་མེད་དུ་སྒྱོང་བའི་འཛིན་སྟངས་ཟུང་དུ་མ་ཚུད་པས་ཐབས་ཤེས་ཡ་བྲལ་བ་དང་། ཐ་མལ་གྱི་རིག་པ་བློ་འདས་ཀྱི་རྒྱུན་དམིགས་མེད་ཀྱི་བྱ་རས་མི་སྐྱོང་བར་ཐོག་མའི་གོ་ཡུལ་དེ་ཡིད་ལ་བཞག་ནས་བསྒོམ་བྱ་སྒོམ་བྱེད་མེད་དོ། །ཐམས་ཅད་སྟོང་པ་ཉིད་དོ། །ཐམས་ཅད་ཆོས་སྐུའོ། །ལས་འབྲས་མི་བདེན་ནོ། །བློ་ཡིན་ནོ། །རྣམ་རྟོག་ཡིན་ནོ། །གང་ཡང་མ་གྲུབ་པོ་ཞེས་ཐག་ཚོད་ཀྱི་སྟོང་ལྟས་རྒྱས་འདེབས་པ་ལ་ཟེར་གྱི།

無法雙運頑強的禪修與修持無緣之法，不能並行方便與智慧，不

When your awareness identifies the "object to be abandoned,"
At that very moment, like a snake naturally unknotting itself,
It is self-liberated.

當你的本覺認出「要捨棄的對境」，就在此刻當下，如同蛇自然鬆開自身纏成的結，它自解脫。

Misunderstanding this vital point,
If you need to meditate by applying an additional remedy of "emptiness"
Onto the thought or emotion that is to be abandoned,
This is straying into [taking emptiness as] a remedy.

如果你對此要點誤解，並在禪修時運用「空性」作為要捨棄的念頭或情緒之外的對治，這就是把空性當作對治的歧途。

（二十一）

Concerning the straying of superimposing emptiness:
Whether the [practice] is elaborate or unelaborate,
Within the primordial, vast sphere,
The spacious expanse of Samantabhadri,
Clarity and emptiness are spontaneously present as a great unity.

關於重疊安立一個空性的歧途：無論（修持）是繁複或是簡略，在本初、廣闊之境，和普賢王佛母廣大法界之中，明空任運雙融於當下。

By not understanding this,
Then the reified meditator
And the conceptual way of dissolving [all phenomena] into emptiness
Are not unified,
And thereby skillful means and wisdom are divorced.
And thus, you are not sustaining the continuity
Of "ordinary awareness" beyond concepts,
Through the nonreferential "watcher."

不明瞭這點，具相的禪者，和概念性方式[將一切現象]融入空性的，未以無緣的觀察維持著超越念想之凡心識明覺相續，僅僅記著最初聽到的內容，用「沒有能修所修！」、「一切皆空！」、「一切皆法身！」、「業果不實！」、「一切唯念！」、「皆是妄念！」等果斷的空性思想來封印自心，

འདི་ནི་དེང་སང་ཤིན་ཏུ་དོག་པས་ཉམས་སྐྱོང་དེ་དག་ལ་གདར་ཤ་མ་ཆོད་ན་ཁ་ཁྱེར་དང་ཚིག་ཁྱེར་མཁས་ཀྱང་། ཇི་སྐད་དུ་རྟོགས་ཆེན་ནས། ཉམས་ན་བུན་འདྲ་སྙེ་ཡལ་ནས་འགྲོ། །ཞེས་པ་བཞད་པ་ལྟར།

這種狀況現在非常常見，因此如果對體驗沒有決定性的認識，那就

能合而為一，方便和智慧就此分了家。這樣，你沒有透過無參照點的「觀者」，讓「平常本覺」的超越概念保持在自相續中。

And keeping your previous intellectual theories in mind,
You think:
"There is nothing to meditate upon and no meditator."
"Everything is emptiness."
"All is dharmakaya."
"Karma and its results do not really exist."
"This is mind."
"These are thoughts."
"Nothing at all can be found to exist."

心中帶著之前的智識理論，你認為：「沒有禪修對境和禪修者。」「每件事物都是空性的。」「一切都是法身。」「業力與其結果都不真的存在。」「這是心。」「皆是妄念。」「找不到存在的任何事物。」

This is what is known as superimposing [an intellectually] resolved view of emptiness.
Nowadays there are a great many who do this.

這就是所謂重疊安立[智識]解析出來的空性的見解。現今有太多人都是如此。

In brief, while meditation has been placed in your hand,
On the journey to the level "endowed with the excellence of all aspects,"
There are the concealed places and narrow, treacherous pathways
Of errors, diversions, and points of straying.

簡言之，當禪修要領已經放在你手中，直到這段旅途達到「恆常殊勝」的階段之前，都會遇到錯謬、偏離和歧途的隱蔽處和狹窄、不可靠的通道。

If you do not carefully discern these experiences,
Even if you are a clever talker and a shrewd writer,
As it says in the Dzogchen teachings,
"Meditation experiences are like mist, they will fade away."

如果你不謹慎識別這些經驗，即便你是能說善道或筆鋒銳利之人，像

算能言善辯，也會如同大圓滿所說「體如薄霧而消散」一般，

ཡུལ་གྱི་རྐྱེན་བཟང་ངན་ཕྲན་བུས་ཀྱང་སྒོམ་ཆེན་པ་བསླུས་ནས་རྐྱེན་ངོག་ཏུ་འཆོལ་བ་དེས་ལན་པར་གདའ་སྟེ།
也有些大禪師被少許的善惡境界所欺誑，掉入助緣之中。

（二十二）
དེའི་ཕྱིར་གེགས་སེལ་བོགས་འདོན་གྱི་གནད་ཁྱད་པར་ཅན་གྱིས་མ་ཟིན་ན་མི་དང་མ་འཕྲད་པའི་བཅད་རྒྱ་དམ་པོ་བྱེད་པ་དང་། སྡུག་བཙིར་བྱས་ཡུས་ཅན་གྱི་སེམས་འཛིན་ལུས་གནད་དམ་པོས་འཆིང་བ་དང་།
因此，如果不依仗除障捷徑的特別關鍵，僅僅避不接觸人群的嚴關，強烈的控制自心並維持嚴格的姿勢，

ལྷ་སྒོམ་པ་དང་སྔགས་བཟླ་བ་དང་། རྩ་རླུང་སྒོམ་པ་ལ་སོགས་སྡུག་པོ་སྦྱུས་བཙལ་ནས་ཉོས་པ་གཅིག་བྱུས་ཐར་པ་བྱང་ཆུབ་ག་ལ་ཐོབ་སྟེ།
觀修本尊、持誦咒語、修持氣脈等尋求併購買物品的方式，怎麼可能得到覺悟。

འཕགས་པ་སྡུད་པ་ལས། གང་ཞིག་དཔག་ཚད་ལྔ་བརྒྱ་ཡོད་པའི་རི་ཡི་སྲུལ། །སྦྲུལ་གྱིས་གང་བར་ལོ་མང་བྱེ་བར་གནས་བྱས་ཀྱང་། །དབེན་པ་འདི་མི་ཤེས་པའི་བྱང་ཆུབ་སེམས་དཔའ་ནི། །ལྷག་པའི་ང་རྒྱལ་སྙེད་ནས་འགྲོ་བར་གནས་པ་ཡིན། །ཞེས་གསུངས་སོ། །
聖攝頌云：「寬廣五百俱祇山峽中，充滿長住數十萬年蛇，不知此寂靜處之菩薩，得過慢已往彼而安住。」

佐欽教法所說：「禪修覺受就像薄霧，它終會散去。」

As it is explained, even trifling positive and negative circumstances
Can deceive a "great meditator."
This is due to his becoming completely confounded in the face of circumstances.

如前已解釋過，甚至不經意的順逆境界，也可能欺騙一個「禪修高手」。這是因為他在境界面前完全混亂了。

（二十二）

Therefore, if you don't embrace [your practice] by means of
This extraordinary vital point for removing obstacles and bringing enhancement,
Then staying in a strict retreat away from all human contact,
You will bemoan the ascetic hardships of your concentration practices.
You will bind yourself tightly in meditation postures,
Meditating on deities and reciting mantras,
Cultivating the practices of the channels and vital energies, and so forth.
But how will you attain liberation and enlightenment,
Merely through the difficulty of searching for and buying such goods?

因此，如果你不帶著這些遣除障礙和鞏固禪修的精深要點投入修持，就待在遠離人群的嚴格的閉關中，你會對專注修持的艱苦感到哀怨。你會把自己緊束在禪修坐姿，觀修本尊和持誦咒語、修持氣脈等等。但僅僅透過尋覓和買下這些東西的辛勞，你怎麼可能獲得解脫和證悟？

As it says in the Condensed Perfection of Wisdom Sutra,
"Though one may remain for countless years
In a mountain valley filled with snakes,
Five hundred miles from anywhere,
Yet such a bodhisattva, who does not understand [the true meaning of] solitude,
Will only develop further pride and will remain in samsara."

如同《般若攝頌》所云：「縱使有人多年住於滿是蛇的山谷，遠離塵囂五百哩，如果不明白寂靜處獨修的[真意]，這樣的菩薩也只會增長傲慢而繼續輪迴。」

（二十三）

དེའི་ཕྱིར་ན་གང་ཤར་ལམ་འཁྱེར་གྱི་གནད་ཤེས་ནས་ལུས་ཀྱི་མཚམས་ཁང་དུ་སེམས་ཀྱི་སྒྲུབ་པ་པོ་དབེན་པར་གནས་པའི་སྒྲུབ་པ་ཁོ་ན་ལས་ཆོད་ཆེ་བའི་ལམ་མེད་པས་ལོ་མཚམས་ཟླ་མཚམས་ཀྱི་དུས་ཡུས་ལ་རེ་ལྟོས་མི་འཆའ་བར་མི་ཚེ་ཁོ་ན་ལ་ཚད་བཟུང་ནས་གནས་ལུགས་མ་བཅོས་པའི་རྒྱུན་སྐྱོང་བ་ལ་འབད་ཅིང་།

因此，在知道所顯導入道上的關鍵後，沒有比讓自心行者安靜待在這個色身的關房之修行更殊勝的道路了，這不需要刻意期待或設定年關、月關等期限，以此生作爲期限，徹底投入維持無造作的相續，

བཟང་ངན་གྱི་རྣམ་རྟོག་གང་ཤར་ཡང་རྣམ་རྟོག་གོ་སྙམ་པའི་ཅེར་འཛིན་གྱི་ལྷན་པ་འདེབས་པ་དང་སྤང་བྱའི་སྟེང་དུ་གཉེན་པོའི་མེ་བཙའ་རྒྱག་པ་སོགས་གང་ཡང་མི་བྱེད་པར་མི་རྒན་གྱིས་བྱིས་པའི་རྩེད་མོ་ལ་བལྟ་བ་ལྟར་སྣང་མེད་སྤྲོས་བྲལ་གྱི་ངང་དུ་ཉིན་མཚན་བར་མེད་དུ་ལ་བཟློ་བར་བྱས་པས་ལྷག་མཐོང་རྟོག་མེད་ཀྱི་རྩལ་རྫོགས་ཏེ།

出現任何善惡的妄念時，都不需要有執著貼上「這是妄念！」的標籤，也不用用對治來焚燒所斷，要如同長者看著孩童的遊戲般，日夜不停、一再安住於無顯離戲的境界中，就能圓滿無念勝觀的力量，

གནས་འགྱུར་དྲན་རིག་བཟང་རྟོག་ངན་རྟོག་ཇི་ལྟ་བུ་འཆར་ཡང་རིག་སྟོང་ཟློ་འདས་རྫོགས་པ་ཆེན་པོའི་ཀློང་དུ་བཙན་ས་ཟིན་པས་ན།

（二十三）

Therefore, through understanding this vital point of taking whatever arises as the path,
Then in the hermitage of the body,
There is the practitioner, the mind,
Accomplishing the practice of remaining in solitude.
There is no path more effective than this.

因此，讓生起的任何狀況成為道用，透過明瞭這個關鍵，讓禪修者和心在身體這個隱居處，寂靜中成就自己的修行。沒有比這更有效的道了。

Thus, don't hope to make much of your months and years spent in retreat,
But just count your whole lifetime as the measure [of your retreat].
Place your efforts into sustaining the continuity of the uncontrived natural state.

如此，不要寄希望於自己經年累月都在閉關，要以你整個一生為[閉關]長度。精進於讓自相續保任在無有造作的本然狀態。

Whatever good or bad thoughts may arise,
Do not apply the "patch" of just directly apprehending it,
Noticing, "Oh, here is a thought."
Nor should you apply a remedy, as though it were a "moxibustion" treatment,
Onto the thought to be abandoned.
Doing nothing whatsoever, be unconcerned,
Like an old man watching children play.

任何善惡念頭生起，不要注意到「哦，有一個念頭。」而貼上只是直接解讀它的補丁，也不應該運用對治法，認為它就像「灸術」治療，可以消除念頭。什麼都不要做，不思慮，就像一個老人看著孩童遊戲。

By passing day and night without interruption
Within the state free from conceptual elaborations,
Thereby, you will perfect the mastery of thought-free insight.

無論自心出現善惡念頭等任何動靜，都能在明空離思的大圓滿境界中維持關要，

རྫོགས་ཆེན་ནས། རྟོགས་པ་ནམ་མཁའ་འདྲ་སྟེ་འགྱུར་བ་མེད། །ཅེས་པ་ལྟར་རྣལ་འབྱོར་པ་དེ་ལུས་ཐ་མལ་པ་ལྟར་སྣང་ཡང་སེམས་ཆོས་སྐུ་བྱ་རྩོལ་དང་བྲལ་བའི་དགོངས་པ་ལ་བཞུགས་པས།

那就恰如大圓滿所說「證如虛空無變化」般，儘管此瑜伽行者外在看起來像凡夫，自心卻已進入了超越刻意行爲的法身理趣，

སྣང་སྲིད་བླ་མའི་དཀྱིལ་འཁོར་གང་ཤར་ཡེ་ཤེས་ཆམ་བརྡལ་ཡུལ་སྣང་བརྡ་དང་དཔེ་ཆ། ས་ལམ་བྱར་མེད་ལྷུག་པ་དགོངས་པ་འཁོར་འདས་ཡེ་གྲོལ་གྱི་ཀློང་ནས་གནས་སྐབས་སུ་བསྟན་པ་དང་སེམས་ཅན་གྱི་དོན་འབད་མེད་ལྷུན་གྲུབ་ཏུ་འབྱུང་ཞིང་།

任何顯現的顯有上師壇城，皆是本智徹底寬闊的顯像與標記，都能無造作地放鬆，從理趣輪迴與涅槃本然解脫的境界中，暫時地不刻意、任運利益法教與眾生，

在沒有概念詮釋的狀態中，無有間斷的日夜修持，就此你會圓滿掌握無念智慧的修持。

Whether there is stillness, movement, or mindful awareness,
Whatever arises, [whether] good or bad thoughts,
By achieving stability within the expanse of empty awareness,
The Great Perfection beyond concepts,
Then as it says in Dzogchen,
"Realization is like space, unchanging."

無論是在靜止、活動，還是正念的本覺中，任何生起的好或壞的念頭，在空性本覺的廣大境中達到穩定，超越概念的大圓滿，那就如同佐欽所說：「證悟如同虛空，不變。」

So it is said that although the yogin's body may appear ordinary,
Since his mind remains in the wisdom realization of
The dharmakaya, free of effort and activity,
All that appears and exists is the mandala of the guru.
Whatever arises is all-pervading primordial wisdom,
And apparent objects are [experienced as] symbols and scriptures.

因此說儘管瑜伽士的身體顯現為凡夫，但因為他的心保持在證悟法身的智慧中，無有勤作與活動，一切顯現和存在都是上師的壇城。任何生起都是遍在的本初智慧，表面的事物都[經驗]為表徵和經典。

The [yogin's] wisdom mind, naturally at ease,
Is beyond the activities of the levels and paths.
And from the primordially liberated vast expanse of samsara and nirvana,
In the interim [until all beings are enlightened],
He will effortlessly and spontaneously
Accomplish the benefit of the teachings and living beings.

[瑜伽士的]智慧心，本然自在，超越了任何道次第的行為。從輪涅本初解脫的廣大境中，在[直至一切眾生證悟的]此階段，他會毫不費力，任運的完成利益法教和眾生。

ལུས་རྒྱའི་འཆིང་བ་ཞིག་པ་དང་དུས་མཚུངས་པར་བུམ་ནང་གི་ནམ་མཁའ་བུམ་པ་ཆག་པ་དང་ལྷན་ཅིག་ཕྱིའི་ནམ་མཁའ་དང་དབྱེར་མེད་རོ་གཅིག་ཏུ་གྱུར་པ་ལྟར།

身印的束縛消除的同時，如同瓶內的虛空在瓶子毀壞的同時與外在的虛空融為一體無別般，

གདོད་མའི་གཞི་དབྱིངས་ནང་གསལ་དཔྱོད་བྱེད་ཀྱི་ཤེས་པ་དང་བྲལ་བའི་གཞོན་ནུ་བུམ་པའི་སྐུར་མངོན་སངས་རྒྱས་བ་ནི་བསྒྲུབ་བྱའི་མཐར་ཐུག་གོ། །

現前成就了超越認知、本然基界內明的寶瓶童子身，這是究竟的目標。

（二十四）

འདིར་སྨྲས་པ། །ཀུན་རྫོབ་འཁྲུལ་བའི་སྣང་བ་རྫུན་པོ་ཆེ། །ཀློང་ཆེན་རིག་པའི་གཤིས་སུ་ཞུབ་ཆུད་པས། །ཀྱུ་དྲན་སེམས་ཀྱི་བྱ་བྱེད་བྱིས་པའི་གར། །བློ་འདས་དྲན་པའི་ངང་དུ་བག་ལ་ཞ། །

結云：世俗虛幻顯像大虛偽，證解廣大明覺本體已，自心思念能所愚人舞，安於不可思議正念境，

ལྟ་བ་མཐོན་པོར་སྒེགས་པའི་བཟང་རྟོག་དང་། །ཐེ་ཚོམ་སྒྲོག་ཏུ་ཚུད་པའི་ངན་རྟོག་ཆང་། །བཏུངས་པའི་གཏི་མུག་གཉིད་ཀྱིས་མ་བཟི་བར། །ཐ་མལ་རིག་པ་རྗེན་པ་ལྷོད་དེར་གནས། །

不為狂飲高等妙見地，及疑惑增益惡念等，所製酒水而痴睡沈醉，寬坦安住赤裸凡明覺。

Then at the same time as the enclosure of your physical body dissolves,
Just as when a vessel breaks
And the space within it merges inseparably as one with the space outside,
[The realized yogin] will manifest true enlightenment
Within the youthful vase body,
The primordial ground expanse of inner luminosity,
Free from the investigating mind.
This is the final, ultimate accomplishment!

而後在你色身消融的終止之時，如同舟船破敗，內在空間與外在空間合二為一。在童子寶瓶身中，[證悟的瑜伽士]將展現真正的覺悟——內在明覺的廣大本初之基，離探究之心。

這就是最終、究竟的成就！

（二十四）

In summary:
Relative deluded appearances, the great falsehood,
Have dissolved into the vast expanse
Of the essential nature of awareness.
Thus the mind play of discursive thoughts, like a child's dance,
Has subsided within the continuity of mindfulness beyond concepts.

總結——世俗迷惑的顯現，巨大的虛假，消融於本覺心髓的廣大境之中。如此，心所上演的如孩童舞蹈的散漫念頭，在超越概念的覺知保任中平息。

As I am not intoxicated by stuporous sleep
From imbibing the beer of good thoughts that pursue a high view
And bad thoughts that shackle in doubt,
I remain at ease in naked ordinary awareness.

當我不被頭腦灌滿的追求高深見地的好念頭，和束縛於疑惑的壞念頭，麻醉而沉睡，我輕鬆的保持在赤裸的平常本覺中。

གོ་ཡུལ་ཁ་ལྟར་འབྱམས་པའི་ཙུད་གོག་དང་། །གནས་འགྱུའི་འཕྲང་ལ་འཛེར་བའི་དུཀྑ་སོགས། །དགོངས་བརྒྱུད་རྡོ་རྗེའི་ཚིག་རྐང་ཟབ་མོ་ཡི། །ཐུང་ངུའི་གཏམ་གྱིས་ལན་བརྒྱར་ཐེལ་གྱིས་མནན། །

唯依理解而信口誇口，迷於動靜狹路苦痛等，理趣甚深金剛文句中，簡短妙語百遍盡調伏。

སྔོན་བསགས་སྨོན་ལམ་དཀར་པོའི་རྟེན་འབྲེལ་དང་། །ཟབ་ལམ་རྡོ་རྗེའི་རྣལ་འབྱོར་བཀའ་དྲིན་ལས། །དབུ་མའི་རྩ་མདུང་གྲོལ་བའི་ལག་རྗེས་སུ། །ཉམས་སྐྱོང་གནད་ཀྱི་མན་ངག་འདི་ཀོ་བྱས། །

往昔積累願力善緣起，甚深法道瑜珈大恩力，隨順中道本脈解脫印，修持體修關要此口訣。

དེ་ལྟའི་དབྱར་རྔའི་ང་རོ་བསྒྲགས་པ་ན། །མཁས་སྙེམས་ས་ཀུ་ཙི་ཡི་སྙིང་འགས་ཀྱང་། །ཉམས་རྟོགས་ཟབ་མོ་ཁོང་ནས་ཆུད་པའི་ཕྱིར། །ཀློང་བརྗོལ་གཏམ་ལ་སྦྲ་གསང་བྱ་མ་ཐུབ། །

如是演奏夏雷之谷音，雖碎自恃智者之肉心，體悟甚深證量覺受故，無法隱藏寬廣之言語，

དགེ་དེས་རང་བབས་དྲན་པ་སྐྱོང་བ་ལ། ། འཇུར་དྲན་འཆལ་བར་ཤོར་བའི་མི་དགེ་ཀུན། །ཞུགས་འབྱུང་གཉུག་མའི་ངང་དུ་དག་ནས་ཀྱང་། །ཀུན་གྱིས་རྫོགས་པ་ཆེན་པོ་རྟོགས་པར་ཤོག །

These profound and pithy vajra verses
Of the wisdom mind transmission
Will overpower, one hundred times over,
The exaggerated claims of those who spout their theoretical understanding,
As well as the piercing torment of the treacherous passage
Of stillness and movement.

這些智慧心傳承的，深奧又簡潔的金剛句口訣，將比誇口賣弄他們理論學識的人，以及動與靜的不可靠過程的尖銳折磨，超出一百倍力量。

Due to the auspicious connection of my previous accumulation [of merit]
And pure aspirations,
Together with the kindness of the profound path of the vajra yoga,
The knots of my central channel were released.
And as a testimony of this, I wrote these oral instructions on the vital points,
Based on my own experience.

因為我過去累積的[善德]和清淨發願的善妙緣起，加上金剛瑜伽甚深道法的慈悲，我中脈的結縛被打開了。這些口傳教法，都基於我自己的經驗。我寫下來作為見證。

When the roar of the summer thunder-drum resounds,
It splits asunder the mouse-like hearts of pretentious learned ones.
And as profound experience and realization have overflowed from within,
I was unable to conceal these words that spontaneously burst forth.

當夏日的雷鼓轟鳴迴響，它撕裂自命不凡的學者們老鼠般的心臟。當殊勝的覺證自然由內湧現，我無法抑制這些任運流出的文字。

By this virtue,
Through sustaining the natural flow of mindfulness,
All of the nonvirtue accrued from straying into erroneous, restricted mindfulness
Is spontaneously purified within the innate continuity.
May all realize the Great Perfection!

唯願此善令持自正念，波動失念等諸不善業，淨化返歸本然境界中，一切皆能證得大圓滿。

（二十五）

ཅེས་གོལ་ཤོར་ཚར་གཅོད་སེང་གེའི་ང་རོ་ཅེས་བྱ་བ་འདི་ཡང་དད་གཏོང་ཐོས་པའི་ནོར་གྱིས་ཕྱུག་ཅིང་། འོད་གསལ་རྫོགས་པ་ཆེན་པོ་ལ་འཕྲོ་ཞུད་མེད་པར་སྐྱོང་བའི་སྔོན་དགེའི་ལས་འཕྲོ་ཅན་ཆོས་འབྱུང་དམ་པ་གླིང་གྲོལ་དབྱིངས་རིག་དང་།

此〈斬斷寧體禪修隱士之過失論—獅子吼〉是基於多聞財富滿足、具足能夠毫無奔馳與退失地維持明光大圓滿之過去善業的龍卓應日，

དབེན་པ་གསུམ་གྱིས་རྒྱུད་བསྡམས་ཏེ་འདག་བྱར་ཁོ་ན་ལ་གནས་པས་འོད་གསལ་རྡོ་རྗེ་སྙིང་པོའི་སྒྲུབ་པ་ལ་བརྩོན་པ་སྐུ་གསུམ་དབྱིངས་རིག་སོགས་ཀྱིས་ལན་གཅིག་མ་ཡིན་པར་ཡང་ཡང་བསྐུལ་འདེབས་བྱུང་བར་བརྟེན།

以及以三種寂靜控制自心續，一心安住於能淨而精進修持明光金剛寶藏的顧松應日等法師們不只一次、一再一再地勸請，

འོད་གསལ་རྫོགས་པ་ཆེན་པོ་མངོན་སུམ་གྱི་གནས་ལ་གོམས་པར་རློམ་པའི་ཀུ་སུ་ལུའི་རྣལ་འབྱོར་པ་པདྨ་དབང་ཆེན་ཡེ་ཤེས་དཔལ་གྱི་རོལ་མཚོས། དཔལ་གྱི་མཆིམས་ཕུའི་ལྟེ་བ་འོག་མིན་མཁའ་འགྲོའི་ཚོགས་ཁང་གསང་ཆེན་མེ་ཏོག་ཕུག་གི་མཚམས་མལ་དུ་བྲིས་པ་འདི་ཁྲིད་མ་ཐོབ་པ་དང་། ཐོབ་ཀྱང་རང་རྩིས་ཀྱི་དུག་ཆུས་སྨྱོས་ཤིང་ལམ་གྱི་གནད་མ་ལོངས་པའི་སྐལ་མེད་ལོག་ལྟ་ཅན་གྱི་རིགས་ལ་བསྟན་པར་མི་བྱའོ། །

自認已慣於明光大圓滿現量觀要的古素魯瑜珈士—貝瑪旺謙耶謝巴爾極若措（蓮花大力本智吉祥遊戲海），書於吉祥欽普地區中央的

以此功德，透過保持覺知自然的流動，所有從偏離到錯誤和局限的覺知累積的不善在本具自相續中任運清淨。

祈願所有人都證悟大圓滿！

（二十五）

The Lions Roar That Vanquishes Diversions and Errors was insistently requested many times by my attendant Dampa Longdrol Ying Rig, who is rich in the wealth of faith, generosity, and learning, while constantly maintaining the practice of the luminous Great Perfection due to his past karmic connection; and also by Kusum Ying Rig, whose mind abides in the three solitudes, and remaining in closed retreat, is focused on the practice of the Luminous Vajra Heart. Based on these requests, I, the Kusulu yogin, Padma Wangchen Yeshe Palgyi Rol Tso (Powerful Lotus Wis¬dom Glorious Lake of Enjoyment), who consider myself familiar with the direct experience of the natural state (mngon sum gyi gnas) of the luminous Great Perfec¬tion, wrote this text during my retreat in the Great Secret Flower Cave of Ogmin Khadro Tshok Khang, "Feast Hall of the Akanishtha Dakinis," which is at the navel of Samye Chimpu. Do not show this text to those who have not received these instructions, or to those who, even if they have received them, hold wrong views; being intoxicated with the poisonous waters of pride, they thus lack the fortune to apply these vital points of the path. All those of you who are dedicated to practice, read this text again and again!

All those who have certainty may be given the reading transmission of it.

It is entrusted to the care of the sacred Nyingthig Protectors.

samaya gya gya gya

〈獅子吼：摧伏修持寧體法歧途〉經過我的侍者當巴・龍卓・英・日克（Dampa Longdrol Ying Rig）多次的懇切祈請。他充滿了信心、慷慨和學識，同時因為過去的業緣，持續明光大圓滿的修持。一直將心安住於三種寂靜，持續閉關並專注於修持光明金剛心的谷肅・英・日克（Kusum Ying Rig），也祈請。因為他們的祈請，我這個姑蘇魯（Kusulu）瑜伽士——貝瑪・旺晨・耶喜・巴吉・若而・措（愉悅之色究竟空行殿、極密妙花窟關房中。此法不能教授給沒有得到這些教授、或是得到教授卻如自飲自製毒酒而醉般沒有機緣拿起修道關要的邪見者們，

སྒྲུབ་པ་སྙིང་པོར་བྱེད་པ་རྣམས་ཀྱི་ཡི་གེ་འདི་ལ་ནན་ཏན་དུ་གཟིགས་ཤིག །ངེས་ཤེས་སྐྱེས་ཚད་ལ་ལུང་བྱིན་པ་ཡིན་ནོ། །སྙིང་ཏིག་གཉེན་པོའི་བཀའ་སྲུང་རྣམས་ལ་གཉེར་རོ། །ས་མ་ཡ། རྒྱ་རྒྱ་རྒྱ།

珍惜修持的行者們應當鄭重閱讀此文，一旦生起了認定、也就得到了口傳。

此法託付給寧體的威猛護法們管理。三昧耶！迦迦迦！

湖的顯耀有力智慧蓮花），認為自己熟悉於明光大圓滿的本然狀態（mngon sum gyi gnas）的直接體驗，而在殊勝的青樸奧明・康卓・措克・康——密嚴空行的薈供房的秘密花洞窟關房中寫下了這個法本。不要向沒有接受過這些教法的人公開這個法本，或即使接受過教法，但持有錯誤見解、被傲慢的毒水蠱惑而缺乏修持這些修道要點的福德之人。你們所有投入在修持中的人，要反覆閱讀！

對那些有確信的人，可以給予此法本的口傳。

它已託付於神聖的寧體護法的守護。

三昧耶！印！印！印！

釋論

1 成就不必一定化虹光：
龍欽巴生平

透過大圓滿之道，成為完全證悟的覺者：普賢如來法身佛的真實化現。

龍欽．饒降巴尊者（Longchen Rabjam，1308-63）出生在藏東一個叫友熱（Yoru）的地方，靠近八世紀時，蓮花生大士所建的桑耶寺。他的父親是一位瑜伽士，名字叫羅奔．丹巴．仲（Lopon Tenpa Sung）；母親是索南．尖（Sonam Gyen）。當母親懷他的時候，夢見一頭巨大的獅子，眉間的太陽和月亮光芒四射，遍照整個世界。接著獅子化為光，融入索南．尖，並和她的心融為一體。從那一刻起，在她整個懷孕的過程中，都經驗著強烈的喜樂、清明和無念的覺受。她的身體也無比輕盈，心變得清晰明淨，沒有一絲不適或疼痛。龍欽巴出生時，密咒女護法——智慧空行南珠．熱瑪德出現了。她捧起嬰孩，說道：「我將會保護他！」隨即消失在虛空。

龍欽巴三歲開始學習讀和寫，五歲時便精通讀寫。接著他開始學習各個領域的知識。七歲時，龍欽巴從他父親那裡接受到寧瑪伏藏師囊饒・尼瑪・沃瑟《修部八尊善逝集》(Kagyay Desheg Dupa;Bka' braguad bde gshegs' dus pa)的教授和灌頂。當他九歲時,母親去世了。

出家

在他12歲時,父親也往生了,龍欽巴隨後便在蓮花生大士建立的桑耶寺出家受沙彌戒,法號「慈誠・羅卓」,意為戒律智。之後他被稱為「智美・沃瑟」,意為「無垢光」。從他12歲至27歲,龍欽巴遍學醫學、星宿、邏輯和文法等各種世間學問。他19歲時,在偉大的噶當派佛學院桑普乃塘寺學習了長達六年。如今,這座佛學院僅存遺址。

龍欽巴完整的接受包括金剛乘眾多學派和傳承的所有佛法教授。因他非常博學,被譽為「龍欽・饒降巴」,意為「遍學通達者」、「境界廣大者」,或「全知廣大者」。他住在偉大的桑耶寺附近,當時人們他為「教證圓滿桑耶人」(Samye Lungmangpa;Bsam yas lung mang pa)。他能夠從經論和密續裡背誦出所有相關典籍,其他喇嘛都說:「你根本別想試著和他爭辯!他記得所有的經典文句。」

雲遊求法

當他27歲時,龍欽巴發現自心本然的充滿了出離的心念。他明白再怎麼博學也是不夠的,是時候去實修殊勝的大乘和密咒的金剛乘教法了。於是龍欽巴開始了遊方僧的生活。他只背著一個行囊和小帳篷,漫遊在拉薩和鄰近區域。他遵循雲遊僧人(dra khor；grva 'khor）的傳統方式，從一個寺院步行到另一個寺院，教授佛法、參與辯經、回答疑問。當一位喇嘛已成功達到這點，他會備受尊崇，並被珍視為一本活生生的佛經。如同藏文經典一樣，人們往往為這樣的上師貼上「佛法活經典」的招牌。

這個時期，龍欽巴在尋找一位大圓滿的上師，然而過程異常艱辛。當時享有盛名，並持有無垢光尊者秘密的耳傳教法（Bimai Sangwa Nyingthif；Bi ma'i gsang ba snying thig）的大圓滿大師：梅隆・多傑大師（Melong Dorje，也稱為「金剛鏡」）已經圓寂。然而，他有一位心子或法嗣：仁增・固瑪惹匝・耶謝・雪奴（Rigdzin Kumaradza Yeshe Shonnu），人稱「持明尊者、智王」，則從梅隆・多傑處得到過所有密咒、釋論和精要口訣的傳承。

大持明者仁增・固瑪惹匝當時和一百多位弟子在雅隆河谷的雅多嘉瑪（Yartodkyam），住在用犛牛氈搭成的一個個小帳篷裡。山谷裡的閉關營，聽起來似乎怡然自得；其實住在那裡並不舒適。冬天大雪堆積成山，寒冷無比，狂風大作時無法生火，條件相當艱苦。固瑪惹匝自己也住在僅能容身的小帳篷內，帳篷大小僅僅夠他在裡面坐直身體。

在那裡，跟隨仁增・固瑪惹匝的眾弟子如自然形成的曼達一般。他根據無垢尊者心髓（Vima Nyingthig；Bi ma snying thig）教授他們大圓滿。弟子們全部安住在本然（ye babs kyi bsam gtan）的禪定——大圓滿的自然狀態（rang bzhin gzhi lugs），因此，他們不像一般的凡夫。儘管外在看起來是一群住帳篷的乞丐，但帳篷裡住著的，是證悟成就和印度大圓滿成就者無垢光尊者無別的大師固瑪惹匝；傳播著的是大圓滿的教法；跟隨大師的是修持大圓滿的清淨弟子們。

龍欽巴一見到固瑪惹匝，便向他求受教法。固瑪惹匝非常歡喜，並告訴他：「昨晚我做了一個奇異的夢，充滿吉祥的徵兆，預示你的到來和我們之間的法緣。當我見到你時，立刻知道你將是我的法脈傳承的持有者。」接著固瑪惹匝指示他留在自己身邊，以便教導他。

接下來一段時期，龍欽巴經歷了各種艱困和磨礪。例如，在早期西藏求法——跟在印度也一樣——必須要有一筆「束脩」（即求法的費用，chos khral），作為對教法的供養。供養是幫助累積福報的善巧方便，儘管現在東方接受口傳已不再要求付費，而是憑個人的信心和虔敬隨喜捐贈。現在我們也用獻曼達來做為接受灌頂或教授的供養，而在龍欽巴的時代，必須要供養青稞或麥子。如同我們看到大譯師馬爾巴的生平故事，當時馬爾巴需要用26頭犛牛拖著的青稞作供養，才得到了一位薩迦堪布給予金剛瑜伽女的教法。

當龍欽巴跟固瑪惹匝求法的時候，習俗上也是需要供養求法費。縱然龍欽巴都已經如此博學，但沒有富人供養他。他就像我們這些待在閉關中心的人一樣——僅僅為了專注於學習佛法，試著從上師那裡接受教法而後去真正的修持。龍欽巴像乞丐一般的生活，當固瑪惹匝給大圓滿灌頂的時候，他沒有能力作供養，因此只能頂著風雪待在外面，受盡煎熬。他只有一個粗麻袋，平時用作禪修墊，晚上是他的睡袋。除了僧袍和這只麻袋，龍欽巴一無所有；然而他內心卻擁有大圓滿的寶藏。

當然，收集起來的求法費並不屬於固瑪惹匝一個人，而是給整個僧團。就像我們現在情形——當我們進入閉關中心，需要有人贊助我們的生活費以及供給閉關中心的花銷，才能讓我們有可能專注的進行大圓滿禪修。龍欽巴在他的傳記中提道：因為沒有求法的錢，他困窘難安。當時他想：「我那珍貴的上師在給予教法，然而我沒有能力供養。看來是我缺乏福德。這樣我不如明早天亮前就離開吧。不然其他學生看到我付不出求法費而不悅，找我麻煩。」就在那晚，固瑪惹匝在定中觀到龍欽巴所想，便招呼來侍者，並告知說由他自己負擔桑耶喇嘛的費用，因為龍欽巴是公認的大師。

當我們看到謙卑的龍欽巴大師在藏地冬天用一個舊麻袋作為臥具，更別提密勒日巴尊者經歷的艱辛，就能夠知道偉大的修行人都會經歷重重困境。現在我們很容易把修持環境想像得如夢幻般美妙，認為龍欽巴在固瑪惹匝閉關營的生活不至於多麼艱苦。我們說來容易，實際上當時的修行人，在不懈的修持大圓滿自然之境時，都要克服極度的艱難。龍欽巴每天如此鑽進鑽出他的粗麻袋，從沒有想過那樣極端惡劣的條件，可能會要了他的命。就這樣，龍欽巴克服艱難，求取並實修大圓滿的法教。

龍欽巴法教要點

在繼續龍欽巴生平故事之前，這裡有必要和價值提到：龍欽巴一生為當時和未來的弟子教授了許多口訣。比如，他寫出了利益未來修行人有的訣竅。精簡為三點：

- 向你的上師祈請加持
- 視上師爲三寶的化現，而祈請上師加持我們清淨障礙、累積資糧
- 守持金剛乘的三昧耶戒

對第一點來說，一切祈請之王是對自己的上師生起虔敬和信心。

要了解龍欽巴的一生，先了解他如何在修持的時候持續懇切的對固瑪惹匝和傳承上師祈請，虔心悲切的精進於上師瑜伽的修持（mos gus drag po）。在龍欽巴六年閉關中的一天，一個非凡虔敬的覺受無造作的生起，他經驗到自心與仁增．固瑪惹匝的智慧心無二無別。就這樣，龍欽．饒降巴真正證悟了大圓滿自然之境。

自此之後，他在所有行住坐臥的活動中，都始終保任在禪定中（Samadhi；ting nge 'dzin）。由此，我們可以了解到龍欽巴給予的三個精要重點的第一點——對自己的上師生起虔敬和信心——是多麼重要！這是我們如何能透過傳承和自己的上師們的加持，而奠定證悟佛法的基礎。

第二點是要將上師視為三寶的化現而對上師祈請，依此清淨業障、累積福德。正因為上師是累積無量福報的基礎，所以透過上師瑜伽積聚福德和淨化我們所有覆障，是相當重要的。上師代表了整個皈依處——佛、法、僧三寶，上師、本尊、護法三根本，以及三身或證悟身。因此，透過祈請和承事上師，修持佛法，以及獻供和觀想供養等等，就可以累積廣大的福德而臻至證悟。同樣的，一個人的業力、過失、錯誤和覆障，也因為上師的加持得以淨除。龍欽巴在他第一和第二個精要中告訴我們：如果希望有所覺受和證悟，我們需要全心投入的修持上師瑜伽。

龍欽巴寫下的第三個要點是如何看待毀壞三昧耶——密咒金剛乘傳統的誓言。龍欽巴在他的一些教言中告訴我們：他曾經和自己的一位金剛師兄發生爭執。與金剛兄弟姐妹不和、爭鬥是密行的一種過失，會在心中造成業障。當時龍欽巴立即懺悔，並向和他發生爭執的金剛師兄道歉。

那之後，在他很多教法中，龍欽巴都會提到：有時候，無論我們自己的是否有過錯，難免有人不喜歡我們。如果我們有名，也許就會引起一些人對我們的嫉妒、仿效、怨懟甚至毀謗。不管別人對我們感受如何，龍欽巴鼓勵我們不要爭論和張揚金剛師兄弟的過失，因為我們有可能被自己對他們的惡意、傷害和不悅的感受驅使。他告誡我們要持守誓言，避免和金剛兄弟有衝突。

固瑪惹匝的加持

讓我們再回到龍欽・饒降巴的生平故事：當他被接受作為弟子，龍欽巴在固瑪惹匝身邊待了六年，接受了所有大圓滿主要的教法。特別是龍欽巴在固瑪惹匝的指導下，從前行（ngondro；sngon 'dro）到立斷（trekchod；khregs chod）和頓超（thogal；thod rgal）等大圓滿主要修法，整個完成了無垢光尊者密續心髓的大圓滿之道的修持。固瑪惹匝還依據「甚深的經驗教授的口傳」（Mengak Nyongtri Chenmo；Man ngag myong khid chen mo）指導龍欽巴，這個經驗教授是指導學生從覺受一步一步修持到證悟。跟隨這個傳承，龍欽巴持續修持，直到他透過仁增・固瑪惹匝的加持，能夠真正經驗見、修、行。

龍欽巴從他的上師固瑪惹匝那裡接受到大圓滿教法之後，他出發去青樸（Chimpu）進行六年的閉關。其間偶爾出來看望仁增・固瑪惹匝，獲取教導和加持。不久之後，在岡日托噶（Gangri Thodkar）的鄔金光雲喜苑堡聖地，龍欽巴證悟了稱為「明智如量相」（rig pa tshad pheds）的大圓滿修持。之後，龍欽巴證得「一切顯相消融於法身」（chos nyid zad sa）的境界——頓超修持到本初清淨（ka dag khregs chod）的第四個淨觀。無造作的大圓滿自然之境（rdzogs chen gnas lugs bcos ma ma yin pa）在他心中生起。龍欽巴透過大圓滿之道成為了完全證悟的覺者——普賢如來法身佛的真實化現。

傳承

當龍欽巴透過大圓滿修持證悟，在他31歲時開始傳法教授直到他56歲圓寂。他在拉薩和殊勝的桑耶寺附近，甚至到不丹，向幾千名幸運的弟子傳授了大圓滿教法。在不丹的本塘，龍欽巴建立了塔巴林寺，意為「解脫聖境」——因為有太多眾生在這個聖地進入了解脫道。近代的多竹千仁波切，就在這個名叫桑姆的村落附近的塔巴林寺，給予了很多出自心髓（Nyingthig；Snying thig）的教法和灌頂。龍欽巴總共在不丹建立了八處佛法修持地，這八處閉關房和寺院被稱為「八大叢林寺院」。作為他和不丹的法緣的一部份，龍欽巴後來的一個轉世——偉大的掘藏師和伏藏之王貝瑪．林巴（Pema Lingpa），就出生在不丹。

當龍欽巴從不丹回到西藏之後，他繼續向眾多有幸親近他的眾生傳授灌頂和教導。這期間，他也為藏傳佛教所有派別著寫了大量的釋論和法本。尤其在他的寫作、對話和教法中，他保存了佐巴欽波——大圓滿——的教義和修持傳承。龍欽巴眾多證悟的特質之一，是他被看作是文殊師利——智慧之首，為了釐清和保存佐欽教法而來。當龍欽巴回到西藏，他主要的佐欽傳承就由他的弟子堪千．嘉達．倫度傳續下去，並且沒有中斷的保存到了今天。

圓寂

1363年，龍欽饒降巴在偉大的桑耶寺附近高山上的桑耶青樸（Samye Chimpu）——蓮花生大士與其弟子閉關的叢林離世。當時龍欽巴要求他的弟子備辦一些供養後離開，留他一人。當弟子們要求留下時，龍欽巴告訴他們，當他即將離開破敗的虛幻身時，他們只能安靜待在外面，單純修持。然後，龍欽巴以獅子般法身坐姿，心意解脫融入究竟法界。

當大師們依循大圓滿之道圓寂時，會直接在基❶上即時成佛（gzhi thog tu sangs rgyas）。有兩種示現成佛的方式。一種稱為「現前等覺」（mngon par rdzogs pa'i sangs rgyas），另一種稱為「正等覺」（yang dag pa'i sangs rgyas）。這兩種示現證悟的方式在本質上沒有差別，只是兩種不同的顯現。

這兩種示現中，前一種會展現很多徵兆和留下利益眾生的舍利子。後者是大師成就虹光身，不留下任何舍利或遺骸。在沒有遺骸的情況，粗重不淨的身體組成部分和元素（khams）和細微清淨的元素，帶著金剛智的本質（ye she rdo rje'I rang bzhin），完全融入一種金剛體——虹光金剛身。龍欽巴是以第一種方式示現圓寂的，所以他留下了舍利和遺體，作為對弟子和未來眾生的利益和激勵。

在龍欽巴示現涅槃之際，「現前等覺」的瑞相，比如彩虹、光明、雷鳴、大地震動、天降花雨都出現了。尊者荼毗之後，留下五種遺骸（sku gdung rigs lnga），這便是融入法界的徵兆。在這些遺骸之中，有如細小寶石和珍珠一般的，稱為「舍利子」（ring bsrel），以及大一些的遺骸，叫作「靈骨」（sku gdung）。「靈骨」有五種形式，分別稱為：夏熱木、巴熱木、曲熱木、賽熱木、聶熱木（梵文：shari ram, bari ram, churi ram, serrir ram, nyari ram）。它們象徵了五方佛部，也代表成就者證悟了五身和五智。龍欽巴

❶ 編註：即基、道、果中的基。佛性，指自然地呈現為所有眾生心的根本本質。

尊者荼毗之後，留下這五種體積大一些的靈骨，以及無數堅不可摧的珍珠一般的舍利子。

龍欽巴尊者如三金剛般的身、語、意完全證悟，與法身普賢王如來合一無別，其徵兆是他的眼睛、舌頭和心臟融合為拳頭大的一整塊。這塊神聖的舍利入火不壞，後來由龍欽巴的弟子們傳下來，現在供奉於不丹的皇太后府邸。龍欽巴的頭骨也在火化中保存完好，並生出黃白色石頭般的非凡舍利子。所有這些瑞相都顯示出龍欽巴尊者殊勝的證悟。這完全符合「大圓滿竅訣部」（mengakde；man ngag sde）的17個密續之一——「靈骨熾然續」（Ku Dong Bar Wai Gyud；Sku gdung 'bar ba'I rgyud）所描述的佐巴欽波成就者在荼毗後留下的靈骨的樣態形狀 。這就是對龍欽·饒降巴大師生平和成就的簡略敘述。

2 溫潤的耳語者：吉美·林巴生平

虔敬是大圓滿密法中的重點之一。
如果一個人能生起見上師如見一切諸佛的
信心和虔敬，那麼這就是一條簡單的道路。

顯耀的成就者、金剛持和持明者仁增·吉美·林巴（1729-98）出生在衛藏一個平凡的地方。當時正是佐欽的見地和教法由於學術臆斷和推測而開始衰敗的時候。吉美·林巴被看作是印度佐欽大師文殊友（Manjushrimitra）——佐欽大師噶拉·多傑（Garab Dorje）的主要弟子——的化身。吉美·林巴同時也被看作是龍欽·饒降巴·至美·沃瑟（Rabjam Drimey Ozer，1308-63）的化身。他的出世，蓮花生大士就曾預言過——我們在伏藏教法（terma；gter ma）「上師證悟之化現」（Lama Gong Du；Bla ma dgongs' dus）中讚美吉美·林巴的偈頌中可以讀到：

全知者，慈憫眾生之無主珍寶；
至美·沃瑟之化身，
智慧心寶藏之珍寶；

廣大明光的虛空瑜伽行者，
我向尊貴的吉美・林巴祈請。

吉美・林巴六歲時進入距離他出生地不遠的西藏南部充耶河谷的巴日圖卻林寺。在巴日寺，他接受了基本的僧伽教育，並進入了金剛乘道路。13歲時，他在大伏藏師察松林巴之子——成就的上師圖卻・多傑察指導下，得到了伏藏師喜饒・沃瑟的「明點解脫續」——〈證悟心的本然自由〉（Drol Thig Gongpa Rang Drol；Grol thig dgongs pa rang grol）伏藏法——灌頂和教授。這是巴日圖卻林的傳統教法。吉美・林巴用了12年精練了這些甚深的法教。在學習偈頌和修持明點解脫（Drol Thig；Grol thig）教法之外，他沒有投入修學其他法門。

吉美・林巴28歲時，在充耶巴吉日沃的寺廟附近開始了三年閉關，其間修持明點解脫的系列法教，並寫下了他的伏藏法系列——廣大心髓（龍欽寧體；Klong chen snying thig）。在龍欽寧體當中，根據著名的佐欽法本《無上智慧》，尊者寫下了出自「山居法門」（ri chos）類別的諫言，叫做〈對獨自閉關修行者的殊勝諫言〉（附錄）。在此教言中，吉美・林巴告訴我們關於他第一次三年閉關的經驗，在這三年之中，他沒有跟任何人說過一句話。而他只維持基本的生活所需，衣食僅夠溫飽。

吉美・林巴敘述他在閉關中每天的修持作息，概述了自己所修持的法門。每天他從前行開始，誠摯懇切的祈請。接著他禪修氣脈（tsa lung；rtsa rlung）的瑜伽練習，然後進入全天連續的上師瑜伽、本尊瑜伽生圓次第修持、夢瑜伽和附帶的瑜伽練習。

就是在吉美・林巴28歲開始的第一次三年閉關之始，他發掘了廣大心髓的伏藏法。當時他在虔敬祈請蓮花生大士之後入睡，進入了睡夢明光。吉美．林巴在明光中看到自己飛到了尼泊爾滿願大塔，從空行母那裡接受了廣大心髓續部伏藏的教法。接著整個龍欽寧體的教法從吉美．林巴心意中湧現，同時也閃耀出殊勝的證悟智慧。

以龍欽巴為師

在他三年閉關期間和之後，吉美．林巴學修了龍欽巴的教法，如《三休息論》（Ngalso Kor Sum；Ngal gso skor gsum）、《七寶藏》（Dzo Dun；Mdsod bdun），《四心滴》（Nyingthig Tabzhi；Snying thig ya bzhi）。透過閱讀龍欽巴的精要法教，吉美．林巴認識到龍欽．饒降巴確實是一位證悟的成就者。他對龍欽巴生起了強烈的虔敬，發誓即使犧牲性命，也要不懈的修持佛法，直至親見龍欽巴。中藏殊勝的桑耶寺附近山上的桑耶青樸，是蓮花生大士和他的25位弟子曾經一起閉關修行，也是印度的佐欽大師無垢友的弟子們閉關的地方。吉美．林巴決心要透過祈請、祝禱和上師瑜伽（lamai naljor；bla ma'I rnal 'byor）修行成就並親見龍欽巴。於是他就在青樸開始了第二次的三年閉關。

起初，吉美．林巴在上釀氏山洞閉關，很快搬到附近的下釀氏山洞。這裡曾是佐欽大師無垢光尊者的弟子——釀．定增．桑波（Nyang Tingzin Zangpo）修持的地方。這個山洞也被稱為「極密花洞窟」（Sangchen Metog Puk），吉美．林巴在這裡嚴格的閉關了三年。

吉美．林巴整年待在這個岩石下。它還不是那種可供修行人走進去、得到遮蔽的岩洞。於是他在岩石周圍以樹枝布塊砌成簡陋的牆壁。當下雨時，水流會完全浸濕牆壁。吉美．林巴就在這裡修持了三年，持續向龍欽巴懇切虔敬的祈請（mogu dragpo；mos gus drag po）。很幸運的是，吉美・林巴有一尊龍欽巴大師「與我無別」（nga 'dra ma）的佛像，形像同龍欽巴完全一樣，並且曾經得到龍欽巴的加持，這尊佛像成為了吉美・林巴修持的支柱。

三見龍欽巴

一天，吉美・林巴第一次在淨相中見到了龍欽巴，這是他三次親見龍欽巴的首次。龍欽巴出現在吉美・林巴前方的虛空，身著三法衣，相好圓滿，略微上了年紀。在多年虔敬祈請之後終於親見龍欽巴，實現了他內心最深的願望，就像商人遇到了找尋多年的珍寶。這時，龍欽巴對吉美・林巴說道：「願所詮智慧心要傳於你。願傳於你。願能詮之傳承得圓滿。」透過這次與龍欽巴大師智慧身（ye shes kyi sku）相會，龍欽巴無量的智慧證悟的特質，都從吉美林巴心中生起。

同一次閉關的第二年，當吉美・林巴待在下釀氏洞閉關修持，第二次親見龍欽巴得到了加持。這次龍欽巴沒有以可感知的形象出現，只是將一卷經函放在吉美・林巴頭頂，然後交予他說：「這裡可以找到對我所造《大車疏》的解釋。你必須對此寫一個釋論，那將會利益很多眾生。」

《大車疏》是龍欽巴對他《大圓滿心性休息》（Semnyid Ngalso；Sems nyid ngal gso）的廣大釋論。這第二次親見龍欽巴，吉美・林巴得到了龍欽巴語的加持。由此，他所有喉輪的微細結縛都打開了，語智慧的力量迸發出來。吉美・林巴從龍欽巴那裡得到了著作法本的加持。正如龍欽巴所願，吉美・林巴後來寫下了他最有名的《功德藏》（Yonten Dzod；Yon tan mdzod），作為《大車疏》的釋論。

在他閉關第三年，吉美・林巴又一次親見龍欽巴。當時龍欽巴以一個20來歲模樣的年輕人身形出現，身著學者僧的法衣，戴著高高的、有長耳遮的班智達法帽。在這個顯現中，吉美・林巴得到了龍欽巴證悟的智慧心的加持，他的心與龍欽巴的證悟心合二為一。由此，吉美・林巴的智慧和智識的力量猛增，他即刻明瞭所有的經乘和密乘教法、密續釋論和口傳教導。

吉美・林巴透過修持上師瑜伽和接受加持得到了很高的證悟和成就。在他青樸三年閉關期間，三次親見龍欽巴之前，他接受了「明點印上師修法」（La Drub Thigle Gyachen；Blas grub thig le'i rgya can）。在一次淨觀中，吉美・林巴見到曼達壇城，並從他內心深處升起了明點印（Thigle Gyachen；Thig le'i rgya can）。現在我們可以從龍欽寧體系列教法中找到這個吉美・林巴得到龍欽巴加持而來的修法。吉美・林巴寫道：在桑耶青樸閉關期間，龍欽巴所著的《三自休息論》（Shingta Sum；Shing rta gsum）和《七寶藏》都在我心中生起。他告訴後人，因為如此，他寫了很多竅訣，對見地和禪修的精華教導，以及簡軌法本中的修持重點。這其中就包含《修持寧體法摧伏歧途之獅吼》（Seng ge'i nga ro）——我們之後的教導中將會談及的。

上師明點印修法

當龍欽巴用「明點印上師修法」的口傳加持吉美・林巴時，他說：「如果有人希望如同你一樣見到我，他們透過修持這個明點印修持便可達成。觀想我的形象並懇切向我祈請，禪觀我與無垢友上師無二無別，那麼就有可能親見我，或聽到我的話語，或是在夢中見到我。如此得到加持之後，弟子的學識會即刻增長，尤其是他或她的大圓滿證悟將如同虛空一般廣大。」

一般來說，如果你希望修持時輪金剛或普巴金剛這樣的本尊，為了達到這個本尊修持的成就，獲致證悟，你首先要接受灌頂。然後你必須經歷生起和圓滿次第所有細節的修持。你需要進行各種禪修，歷經一個極其細節的過程。與此相比，上師瑜伽的「上師觀修」（la drub；bla sgrub）是通向佐欽的特殊形式——將上師視為唯一的「珍寶總集」。所有皈依的來源，比如三寶、三根本和三身，以及一切證悟者，都以上師的形象顯現。這是更加容易的途徑，同時減少了繁複的細節和方法。

虔敬是大圓滿密法中提到的重點之一。如果一個人能生起見上師如見一切諸佛的信心和虔敬，那麼這條路就非常簡單，且最為甚深。「上師明點印修法」賦予快速的加持，能使行者無需修持複雜的本尊瑜伽，單單透過上師虔敬便獲得證悟和成就的力量。正如堪布阿嘎——阿旺．帕桑在他對巴楚仁波切的《普賢上師言教》（Kunzang Lamai Zhelung；Kun bzang bla ma'i zhal lung）的解釋：這是佐欽或阿底瑜伽九乘次第獨特修持方式。透過觀修上師的加持，證悟會很快從行者心中生起。觀修上師（la drub；bla sgrub）涵蓋了上師的精髓，增進所有佛法的修持。同時，它也是修持中可能遇到的障礙的對治法。

一位噶舉上師名叫嘉瓦．揚．貢（Gyalwa Yang Gon，1213-87），說他自己沒有禪修藍色喜金剛，也就是噶舉主要的本尊之一，他主要的本尊修持對象是馬爾巴，即噶舉傳承的祖師。他甚至也沒有以觀修噶當派的綠度母為修持，僅僅是透過努力觀修上師，對上師生起強烈的虔敬，所有的成就（梵文：siddhi；藏文：dngos grub）和證悟由此而生。嘉瓦．揚．貢對喜金剛是否是藍色，或者綠度母是否為綠色，都不感興趣，他說：「既然透過單純觀修我的根本上師，所有證悟都生起了，我不需要再修持其他任何本尊。」

另外，馬爾巴的弟子岡波巴在他的自傳中說：未來末法時期，眾生不再有能力認識到大手印的真實意義。到那時，有一個對治這種情況的方法就是一心向他祈請。岡波巴說，透過虔敬的力量而見到他，末法時期的眾生便能生起對大手印的證悟。

岡波巴的弟子——大成就者喇嘛祥仁波切（Lama Zhang Rinpoche，1122-93），在談到有關證悟大手印真意的教導時曾說：「現今的西藏，有教法建議禪修是要保持在空性的等持中。有一些說禪修是要安住在心的清明，而另一些教法則說禪修是依喜樂而住。對於禪修有那麼多不同的教導。然而對我來說，沒有什麼比透過虔敬（mogu；mos gus）的禪修更為殊勝的。但是現在很少有人相信透過虔敬的力量而解脫是可能的。」

吉美·林巴的弘化

這次閉關圓滿之後，吉美·林巴開始到中藏朝聖。他只背著一個小包，沿路乞食，朝拜了所有的聖地。所到之處，他都精進的禪坐和修持。他的行儀就如同早期寧瑪派的大師蘇穹巴（Zurchungpa）所說：「他像山林的孩子，以雲霧為衣衫。」蘇穹巴這句話勾勒出一位瑜伽士遠離塵囂，獨自在山中修行的形象。

吉美·林巴從證悟法身而利益自己，也注定當因緣成熟的徵兆出現，便是他教導佛法利益他人的時候。在木猴年的1764年猴月初十，吉美·林巴尊者舉行大薈供之時，由空行圍繞的蓮花生大士出現在尊者面前。隨著蓮花生大士慈悲加持，以及上師、聖地、眷屬、教法和時間等五種殊勝條件具足之下，吉美．林巴認識到自己開始教導龍欽寧體的因緣已經成熟。他首先編寫出外上師的修持《上師意集》（Ladrub Rigdzin Dupa；Bla sgrub rig 'dzin 'dus pa），隨後陸續編寫和整理出三根本和各種修持的法本。

吉美．林巴尊者的四個主要弟子是他的心子，將吉美．林巴的教法傳遍了西藏。他們便是後來被稱為「四吉美」或「四無畏」的多竹．吉美．欽列．沃瑟（Dodrub Jigme Trinlay Ozer）、扎瑪．喇嘛吉美．嘉威．紐固（Trama Lama Jigme Gyalwai Nyugu）、喇嘛吉美．袞卓．南嘉（Lama Jigme Kundrol Namgyal）和喇嘛吉美．俄察．丹增（Lama Jigme Ngotsar Tenzin）。就這樣，龍欽寧體傳承逐漸聞名於西藏。東藏皇族的德格世家資助出版了尊者編撰的法本。他們還贊助出版了尊者結集、整合以及介紹的寧瑪舊譯密續集（Nyingma Gyubum；Rnying ma rgyud 'bum），和尊者所監督出版的經文。這些經本的木製模板至今仍保留在德格印經院，而令很多偉大的法教得以保存。

最後，吉美．林巴尊者在澤仁迥——藏南充耶的東喀河谷住了下來。他在那裡建立了一所寺院，繼續將秘密教法的甘露傳授給幸運的眾生。除了《廣大心髓》（龍欽寧體）的所有寶藏集，吉美．林巴還撰寫了很多法本，其中包含《功德藏》和吉美．林巴教誡弟子們禪修的諫言集：《禪修答疑》（Gom Chok Drilen；Sgom phyogs'dri lan）。另外還有《開示錄》（Tam Tsok；Gtam tshogs）——他為不同的人所寫的一般教言，和禮讚佛陀、龍欽巴和其他聖眾的〈禮讚文〉（Tod Tsok；Stod tshogs）。吉美．林巴的著作總共有九個系列。

在澤仁迥，吉美．林巴主要教授他自己掘出的伏藏和龍欽寧體的法本，以及他遍知之父——龍欽・饒降巴的著作。龍欽巴和吉美・林巴被譽為「全知父子」。吉美・林巴一生都過著簡約的生活，不斷為來到他面前的幸運眾生傳授法教。在他廣大事業之中，尊者還對拯救動物抱持熱忱，多次從獵人或屠夫刀下解救出很多生靈。

當吉美・林巴尊者年邁時，他的親近弟子問是否在臨終需要給予他任何協助。他答道：「我將不需任何幫助的直接進入蓮花宮。但你可以在耳邊輕聲告訴我，『現在已到你去銅色山淨土的時候了。』你只需要這麼做。」1798年，在承侍佛法和無量眾生數十載之後，70歲的吉美・林巴尊者示寂。在諸多瑞相之中，尊者進入蓮花淨光—蓮花生大士的銅色山淨土（Zangdog Palri；zangs mdog dpal ri），他超越一切痛苦，完全證悟，將珍貴的舍利留在了澤仁迥。

3 解脫的蜂蜜：〈無垢光〉釋論

留給與佐欽傳承有緣眾生的重要諫言。

龍欽巴的著述

龍欽・饒降巴的名字意為「境界廣大者」。而他也被尊稱為「至美・沃瑟」或〈無垢光〉，也就是出身非同凡響。他降誕在這個世界上，就是為了弘揚佐巴欽波——大圓滿——的教法。他廣大的智慧心，與法界、實相無別；為了利益眾生，他的智慧展現為色身。最後，在他圓寂時，他的智慧心消融於無造作的本初之基（thog ma'i gzhi 'dzin pa med pa）。

龍欽・饒降巴一般被稱為「龍欽巴」，意為「廣大者」。他將自己證悟大圓滿的智慧傳給了主要的弟子，包括祖古・札巴・沃瑟（Tulku Dragpa Ozer）和堪千・嘉達・倫竹（Khenchen Khyab¬dal Lhundrub）。龍欽巴的佐欽修持傳承中一個特殊口傳，被稱為「殊勝經驗指引的聽聞傳承」（Nyengyu Nyongtri Chenmo；Snyan brgyud myong khrid chen mo），或被稱之為殊勝經驗指引之口傳（Mengak Nyongtri Chenmo；Man ngak myong khrid chen mo），或簡單稱之為殊勝經驗指引（Nyongtri Chenmo；Myong khrid chen mo）。從古至今，這個教法從上師傳到弟子，不曾間斷。

為了代表龍欽巴的身相，他的弟子貢嘎．仁增塑了13尊仿龍欽巴像，試圖讓它們看起來像龍欽巴本人，這些塑像都被龍欽巴加持過。另外，所有五種珍貴的靈骨和很多細小的珍珠般的舍利從龍欽巴遺骨中保留下來，並流傳到後代作為對修行人的加持。

代表龍欽巴的語是尊者所著的《七寶藏》和三個系列的論著：《三更密心滴論》、《三自解脫論》和《三自休息論》。尊者圓寂前，寫下他最後的論著〈無垢光〉，以偈語的形式向未來的修行人開示如何觀照和修持，督促他們放下對今生的執著，不要留戀三界輪迴。

現世和未來的眾生為了能夠獲得同龍欽巴相同的證悟，有機會從上述尊者的身、語、意化現得到加持。當一位像龍欽巴尊者這樣的成就者進入寂靜涅槃，具有足夠福德的眾生可以見到他的智慧身。距離龍欽巴圓寂已經六百七十年的今天，仍然有上師透過祈請尊者得見他的形象。

儘管龍欽巴尊者的色身已經消融，但他的智慧心，仍以法界金剛智慧身（chos sku ye shes rdo rje'i sku）的形式繼續存在。如果我們從這個世間，甚至從月球或是任何地方向他祈請，因為他的智慧身不是具有遠近分別的物體，我們都能得到他的加持。龍欽巴尊者得到了無死的童瓶身（gzhon nu bum sku），即證悟法身的狀態，這跟一般人的去世非常不同。

龍欽巴將殊勝的經驗指引的聽聞傳承（Nyengyu Nyongtri Chenmo；Snyan brgyud myonf khrid chen mo）傳至他的弟子。從那之後，這個傳承延續下來——透過實際的經驗、覺空的本初智慧（sig stong yeshes rjen pa）——由上師傳給弟子。這樣的傳承沒有中斷的延續下來，直到今天。如果龍欽巴智慧心的傳承中斷了，那麼直接的口傳也就會失去，而我們今天留下的也會只是理論性的知識。

我們無法從書中找到大圓滿的自生智（rdzogs pa chen po'i rang byung ye shes）。因此，每個傳承持有者，都必須有從直接證悟生起的能力和加持力。真正從自己的經驗領會大圓滿的人，可以將這個經驗傳予他人；而非像是把一個東西從一個人手中交到另一個人手中那樣傳遞。如果智慧心的證悟傳承（thugs kyi dgongs pa）中斷，那麼佐欽教法就將從這個世界消失。自古至今的成就者們，接受了龍欽巴證悟心的傳承，建立起他們自己的直接證悟體驗。這個修持成就的傳承始終未曾間斷。那些證悟者，就是龍欽巴智慧心的持守者。

關於〈無垢光〉

現在我們要聽聞龍欽巴尊者最後的論著——〈無垢光〉（Drimay Oed；Dri med 'od）。這是尊者留給他當時以及後世弟子最後的教言，因此很重要的一點是我們對尊者的信心。在他圓寂前幾週，龍欽巴尊者吩咐侍者嘉瑟．索巴拿來筆和紙，寫下了這些文字。龍欽巴尊者囑咐這些諫言是留給來世追隨佛陀教法，尤其是與佐欽傳承有緣的眾生。

龍欽巴尊者的遺教——〈無垢光〉，出自他的《最密空行心髓》的三合集之一的《三更密心滴論》。當尊勝的龍欽巴尊者將要離開他的軀體進入涅槃時，留下了這激勵、提醒並支持後人修持的文字。這些諫言包括開示一切因緣和合的事物皆無常，以及三界輪迴是苦。同時也建議我們捨棄世俗活動而將整個生命投入禪修和精神修持。

如同在龍欽巴〈虛幻休息〉（Gyuma Ngalso；Sgyu ma ngal gso）的解釋：所有屬於三界輪迴的基、道、果的現象，實際都是虛幻的。因此，我們在聽聞這些教法時，應持著三界輪迴非實存的見地。首先，在「基」的層面，輪迴並不實存；在中間，當我們行於「道」上，它也不實存；最後到「果」的時候，輪迴也不實存。任何我們感知到的，就如同夢的經驗，如幻而毫無任何本質。帶著這樣的認知，我們可以看到輪迴本質便是苦；那是痛苦的惡性循環。世俗活動究竟來說是庸庸碌碌碌的，也不是真實存在的。

龍欽巴尊者也利用這個機會，在他的遺教中指出了法性。法性是道（zhi；gzhi）的本質。對此，我們要把它當作是接受佐欽教法的基礎加以認識。所以，我們要從一開始即分析法性，也就是「一切現象的真實本質」，直到知識上的理解從心中生起為止。否則，受到我們習性的迷惑力量驅使，身處的這個建築中，我們會把它們當作是堅固而真實的。事實上，正因為我們相信自己感知到的任何現象都是穩定和持續的，於是我們開始執著於這些事物。

因此，即使我們現階段還不能完全理解法性，也需要帶著這個見地來聽聞和思維。在這個理解的基礎上，我們會從自己上師真實不虛的言教中得到確信。如果沒有如此領會，我們會繼續錯誤相信自己迷惑的感知是真實和恆常的，從而阻礙自己得到真實的領悟。

頂禮普賢王如來

現在讓我們進入龍欽．饒降巴的最後教言：〈無垢光〉。

善法如同明日當空，崇高而光芒萬丈。
法界中永恆不滅的悲心，在此顯現了無數的化身。
諸佛事業的化身者都以慈悲之眼凝望眾生。
我在這裡，
要向那些安住於原始本基光明中的聖者至誠頂禮。

龍欽巴向諸佛聖者，如普賢王如來，以及他的上師們頂禮。

即使是在應盡的事業完成之後，
為了調伏那些於悲苦中執有為實的眾生，
在那無比殊勝榮耀的聖地，
向往昔入涅的善逝至誠頂禮。

這裡，龍欽巴向展現十二行誼❶，最後在拘尸那羅涅槃，如此示現無常本質的釋迦牟尼佛頂禮。

我早已洞徹了輪迴的本質，
世間八風已經變得絲毫沒有意義，
此時此刻應當準備捨棄這虛幻不實的身軀，
盡未來際，願我只言說那有益的教誨。

❶ 編註：指佛陀生平中的12件大事。第一行誼：從兜率降生、第二行誼：入住母胎、第三行誼：誕生、第四行誼：學習各種世學、第五行誼：圓滿世間，結婚生子等、第六行誼：出家、第七行誼：實踐苦行，放棄苦行、第八行誼：坐金剛座、第九行誼：伏魔、第十行誼：成正覺、第十一行誼：轉法輪、第十二行誼：示現涅槃。

看透虛幻人生

現在龍欽巴宣稱自己在轉生後要拋下這如幻的身軀，並勸告修行人用心聽從他的建議。

> 相信今生實存，
> 其無常和無意義的本質一再將我們欺騙。
> 要確切領悟它不可依靠。
> 從今日起，你們應當精進行持正法。

如果我們相信今生的顯相，我們將無法確定，因為我們經驗到如此多的騙局。認識今生無常和究竟無意義的本質，我們便不會執著這一世，而要日夜修持佛法。

> 朋友不會常在；
> 如同訪客聚散一場，
> 捨棄對你如幻伴侶的一切情執，
> 而修持帶給你長久利益的正法。

我們的配偶、父母和熟人都是短暫的過客，造訪輪迴中的三界宛如大城市裡人們的聚散。因此，龍欽巴極力勸告我們不要執著與朋友親眷的如幻顯現，專注於佛法和禪修。

> 積累財物好比辛勞攢蜂蜜，
> 到頭終由他人享。
> 不如把握因緣，
> 爲來世準備，累積福德資糧。

無論我們多麼富有，積累多少財產，一旦死亡來臨，所有這些事物都脫離我們的支配，落入他人之手。除此之外，當我們健在時，也可能隨時遭遇敵人威脅和損害對我們的財產，以及被盜賊偷走財物。這足以和忙碌採蜜供給他人的蜜蜂相比。龍欽巴催促我們不要執取財富和所有物，而應該把我們的生命投入在修持佛法中。

牢靠的家宅本質也是壞滅，
僅是暫時予你寓居，
當離別的時候來臨，
誰也無法留駐。
拋棄對這些忙亂喧囂地方的種種渴求，
從現在起去那僻靜之處獨修。

無論我們讓自己的房子多麼舒適美觀——甚至如仙宮一般，也不過是我們暫時借來的。當我們死亡時，無法將它帶走，所以它終究不是真正重要。從現在起直到往生那一刻，我們的居家和財物都可能給我們帶來很多擔憂和麻煩，要防止壞人、對手的侵害等等各種情況。因為這些問題，我們並不能完全舒適享受的待在那裡，總有那麼一點點隱憂伴隨著我們。因此，我們應該放棄對家宅的享受，放下對居家和社群一切的執取和嫌惡。到諸佛加持過的寂靜處去，我們應該在那裡精進修持佛法。

親疏好惡堪比兒戲，
它們是無意義的貪嗔之火燃燒的地獄。
因此拋棄你所有的爭執與怨仇，
此刻起的要務是調伏自心。

我們沉迷於愛憎、好惡的各種感受中。然而對於世間眷屬的一切念頭和情緒，都像在看兒戲般。我們一切的偏好都不可靠，只是讓我們累積無意義的執著和憎惡的惡業。我們需要放下所有怨懟的抗爭，無有遲疑的調伏自心、修持佛法。

世間諸事皆無義且如幻。
儘管你那麼奮力爭取，
它們終歸沒有任何回報。
所以放下今生的瑣事和一切世俗的擔憂，
現在便開始尋求解脫之道！

我們一切世間的活動事實上都是空的，就像魔術師製造的幻相。無論我們在這些幻相中停留多久，短暫或是長久，最後我們仍然會發現從中一無所獲。讓我們放下世俗活動，尋找解脫的道路，努力精進於心靈的修持吧。

人身的難得你們要了知，
就如同一艘如意寶船。
它能駛過痛苦之海洋，
所以要消除懶惰（snyoms las）與散漫（sgyid lug）的心，
發起你精進無比的力量（stobs）。

如同一艘載我們渡海的船，這珍貴的人身賦予我們跨越輪迴大海，到達解脫之城，成就佛果的機會。我們不要懶惰和散逸，始終精進的修持佛法。

上師與三學

至尊神聖的上師，
是帶你穿越恐怖之境，
保護你免遭世間魔敵的唯一依怙，

應以三門極其恭敬的做無造作的承事供養，
從此刻起崇敬並依靠他！

一位心靈導師，是引領並護送我們從三界痛苦的恐懼中解脫出來的嚮導。我們要恭敬（mchod）並依靠我們的上師，並全心的將自己投入在佛法中。

寶貴深奧的竅訣就是眞正的甘露，
可以治療一切煩惱痛苦。
依靠這些甘露並好好去實踐，
從此刻起成爲你情緒的主宰。

殊勝的法教就如同甘露，我們應該從上師那裡領受這珍貴的甘露，勤力的修持佛法。

清淨的三學是眞正的如意摩尼寶，
可以令你今生來世都得到安樂，
並且最終得到寂滅的無上菩提果，
所以從此刻開始要依戒定慧調伏自相續。

在殊勝法道上的「三學」是戒（梵文：shila；藏文：tshul khrims）、定（梵文：samadhi；藏文：ting nge 'dzin）、慧（梵文：prajna；藏文：shes rab）。它們就像如意寶珠，是成就我們今生和後世解脫安樂的因。所以，我們要毫不遲疑的放下懈怠，讓自己即刻趨向三學的如意寶。

聞思正法就如同點亮了明燈，
能夠徹照三有輪迴的黑暗愚癡之路，
睜開你的慧眼，讓自己閃耀出利益與善行之光。

因此從現在起無有分別與偏私。

廣泛的學習教法，如同一盞珍貴的明燈，如同能驅散黑暗的日、月。聞思深廣的佛法，是消除無明黑暗的途徑。

卓越的思惟與觀修，
就如同巧手的金匠。
淨除一切是非與疑慮。
透過由思維所生的觀慧，
從此刻開始內化並掌握它！

見、修、行、果

接下去，有關見、修、行、果，龍欽巴尊者給予我們以下教言：

修行的本質就像是品嚐甘露，
通過聞思才能消除種種煩惱疾病，
渡過世間的海洋抵達究竟勝義的彼岸，
從現在開始去叢林深處實修。

見的本質如同無垢的虛空，
脫離了一切高低的分別念，無有局限或偏私，
這不可度量和表述的遠離言思的境界，
此刻就去尋求了悟它的方法！

修的本質如同高山與大海，
無有變遷沒有染淨的分別，
消弭概念和種種戲論，

此刻就開始如此精進的實修！

行的本質如同智者，
他們掌握並熟識做事的時間和方法，
並且取捨破立種種幻術，洞徹法界眞諦，
此刻就開始從二取中徹底解脫出來吧！

果的本質如同出海找尋如意寶的舵手，
你自己心靈的富足會自然利益他人。
本然輕鬆，無有希懼——
嘗試從此邁向這樣的果位吧。

關於見、修、行、果，教言中說：見就如同虛空；禪修如同海洋；行持如同一位智者；果就像如意寶。我們要遵循龍欽巴尊者的教導，依靠見、修、行、果自己修持，以自利利他。

心的本質是法界，如同虛空，
心的本義就是如此——
這究竟的平等無二，
當下以確信去實證吧。

萬事萬物的顯現彷彿鏡子中的影像，
顯而空，「空」並不與「顯」分離或不同。
不作一體以及異體的分別是多麼的安樂，
從此刻確信的了知。

能所二取宛如春夢一場，
實際上只是兩種習氣在作祟。
本質亦爲空性的心識，

從此刻起應當對無二全然了知。

輪涅的本質猶如一場幻術的遊戲，
顯現上總有好壞，
可是本質卻是無二大平等。
一切都是無生的，具有虛空的本質，
從此刻起應當樹立正見。

輪涅的一切現象，在我們如虛空般的心性之中，就如同鏡子裡的投射。所有的顯現都不比兒戲更真實。一切就像幻影，所以我們不應該依附或執著它！見地如無邊的虛空一般廣大——沒有限制或二元的極端。我們不能落入二元對立，而要在法界的大平等性中，安住於禪修的平等見當中。

染著的顯相與苦樂都是如幻影一般，
儘管善惡因果各自生起，
它們的本質是無生而自性無有變化，
從此刻就確信這個道理。

心識所辨別的一切萬法如同孩童的遊戲，
其實它們並不實存，而是戲論分別，
帶著對好壞或各自偏私的信仰的執著。
從此刻起應當了知一切皆是平等的。

快樂、痛苦、善美或醜惡——輪迴三界中的一切現象都是如幻的顯現，就如同夢境。夢中我們感覺自己和其他事物都是真實、堅固，而有實質。然而，我們不應該對夢境執實，也不要執取它。對出現在心中的任何事物都不帶有偏見和執著，我們應該保持對無偏私的平等性（phyogs med mnyam par nyid kyi dgogs pa la gnas）的了知。

簡單來說，我們的感知（nangwa；snang ba）和思維過程（bsam blo）非常有限。我們把世界看得很大，認為它是恆常而堅固的，像鑽石一般不可摧，像大山一般不可動。但事實上，這樣的認知只是我們對它的概念。從究竟的見地來說，無盡的空間中充滿著無數個世界。而它們也都如同夢中的幻相——因緣和合而生起，卻是既不恆常，也不實存。因此，為了要理解我們所執著的現象並無實體，我們要有廣大和開放的心。

此外，儘管我們感知一切是真實的，但就連我們自己本身也沒有一點真實和恆常性。我們也有如幻相和夢境。我們所感知的對境和能感知的我們也都本質如幻。從成就者的觀點來看，宇宙中無量無邊的各種現象，可以輕鬆的安置在一顆小小的粒子上。這便是成就者們對宇宙的感知！

換句話說，大圓滿的本然狀態（nay lug；gnas lugs）是如此廣大，以致於根器下劣、信心和智慧開展不足的眾生無法領會其境界。因此，佐巴欽波——大圓滿，是利根的眾生所修持的。它的廣大如同無垠的天空。這便是它被稱為「佐巴欽波」、「大圓滿」、「完整無缺」。

以上都是關於「見地」的教法。接下去的偈語是有關菩薩十波羅蜜的修持。

菩薩要做的十件事

布施善行就像是大地所蘊涵的寶藏，

是取之不盡用之不竭的，
高、中、低等種種對境都是供養的福田，❷
盡力去精進布施吧。

嚴持戒律就像優良的馬車，
它承載你駛向更高境界和圓滿的證悟。
持守律儀、勤修善法和饒益眾生，❸
從此刻起讓心依循戒律！

安忍好比是浩瀚平靜的海洋，
對於外界的傷害保持不動是你的殊勝苦行，
有能力甘願接受苦難並修持悲心，
從此刻起熟練安忍之法！

精進就像燃燒的火焰，
將你的善業徹底照亮並燒盡一切不善。
因此，不要帶著挫敗的漠然、懈怠和怯懦，
此刻便開始向著解脫之道前進。

禪定不可動搖的穩固如同巍峨的須彌山，
專注、不動以及無散於任何對境。
無論何種修持，其他無一物可擾動它。
從此刻起讓你的心熟悉它。

如太陽壇城一般廣大的智慧，
將點燃正法的光芒以驅除一切黑暗，

❷ 這三者為苦難眾生、恩德眾生比如父母，以及具德眾生，如上師和聖者。
❸ 持戒的兩個面向是止惡行善。

耕耘解脫的殊勝沃土，並乾涸那過失之汪洋，
從此刻起如此精進開展。

善巧方便如同出海尋寶的舵手，
帶眾生穿越苦海而抵達安樂的彼岸，
證得三身並任運二利❹，
因此現在就要透過善巧方便利他。

無上的大力好比制伏強敵的勇士，
能消除一切煩惱，並將你置於證悟之道，
因爲它能無礙的圓滿福德資糧，
從此刻起讓你的心依它而安住！

發善願(smon lam)是至上的如意寶，
種種大樂的悉地將由此自然展開，
調柔寂靜之心，將能圓滿善願。
所以此刻的修持要迴向廣大菩提善願！

本初智慧如同天空中聚集的雨雲，
從禪定總持而普降的利樂法雨，
爲眾生澆灌善法的莊稼，
從此刻起盡力獲得本智。

在將心安住於見地的本然狀態的同時，我們應該修持布施、持戒、安忍、精進、禪定和般若這六度波羅蜜（梵文：paramita；藏文：phar phyin）。然後，透過善巧方便、大力和發願，我們不斷提升，直到進入本智的城堡。以上便是龍欽巴尊者教導我們

❹ 佛的三身。

的十種需要去開展的特質。為此，我們要全力投入的修持！

方便與智慧

現在，下面的偈語會更深入的教導菩薩十度的修持，十度可分為「方便」（梵文：upaya；藏文：thabs）與「智慧」（梵文：prajna；藏文：shes rab）兩個方面。

方便和智慧猶如一部絕佳車乘，
不會偏頗於有寂二邊並能自利利他。
圓滿五道，三身任運現前。
從此刻起精進的行持吧！

菩提分法如同殊勝的大道，
三世諸佛所必經之道。
四念住❺以及三十七道品，
從此刻起鞭策自己做此觀修！

證悟所必須的方便、智慧和三十七道品，都屬於大乘五道的修持。我們一定要跟隨這殊勝的法道，投入精進的修持。

接下去的偈頌是關於四無量心的教法。

四無量心

仁慈如同一對善良的父母，

❺ 四念住：身念住、受念住、心念住、法念住。

對六道眾生如對自己寵兒般慈愛不絕，
帶著慈心幫助他人總會有利益，
從此刻起依慈心而住！

悲心就像佛子菩薩一般，
對眾生的痛苦感同身受。
希望他們脫離痛苦而披上精進的鎧甲。
從此刻起讓自心依於悲心而修持！

歡喜有如尊貴氏族的一家之主，
欣喜於他人的善行，
並爲之隨喜，
從此刻起應非常熟練於隨喜的修持！

平等無別猶如自然平等之大地，
遠離痛苦、執著，以及親疏愛憎，
隨時安住於這樣的大平等和喜樂中，
從此刻起自然熟悉此修持。

兩種菩提心如一名神聖的領袖，
帶領你到善妙無上的解脫之地。
不厭煩世間並做圓滿自利利他，
從此刻起一再的生起菩提心！

虔敬如同海洋般廣闊的水源，
行持善法的前後都保持著一味一體。
始終一味如同不懈湧起的信心之浪，
從此刻起讓你的心依於它！

迴向如同那無盡的虛空藏，
迴向給法界後將會日益蓬勃發展。
在一味的法身之中，色身化現任運現前，
從此刻起做三輪❻清淨的迴向吧！

隨喜就像遼闊無邊的天空，
帶給你離概念的無盡福德，
令你徹底脫離驕舉心，
不動搖且虛空明淨，
從現在此刻依此於自相續中。

我們必須修持慈悲喜捨——四無量心，以及菩提心，對法教持有信心，迴向圓滿證悟，而為此隨喜，同時盡可能的出離今生的世俗活動。

接下去的段落教導我們如何禪修覺知（dran pa）、正念（shayzhin；shes bzhin）和無散（bag yod）。

覺知就像善妙的鐵鉤，
能拴住心識這未經調伏的瘋象，
並將帶領它捨棄過失趨向善行，
從此刻起依此而行吧！

專注就像無有渙散的夜巡者，
不給非善的盜賊有可乘之機，
保護眾多的善德財富，

❻ 主體、客體和行為。

從此刻起在心中依此確信。

不放逸如同圍牆外的堅固壕溝，
煩惱這一盜賊將無機可趁。
戰勝業力之敵的勝利之師，
從此刻起應努力防止心識的渙散。

我們需在心中保持慈悲喜捨等善行的修持。正念如同降伏狂象般心念的鐵鉤，專注像守護我們善德寶藏的衛士。因此我們應隨時不離正念和專注。總括來說，我們需要始終修持正念、專注和不放逸。

與人合諧相處的重點

信心就像一片肥沃的土地，
能實現願望並生出眞實的菩提果實，
如此帶來安樂和持續的利益。
從此刻起應加以發展如此的信心。

布施好似一個美麗的蓮花池，
可令聚集的一切聖者和士夫喜悅，
使內在的果實財富具備了眞實意義，
從此刻起對他人予樂布施。

愛語如天界的妙音鼓聲，
能加持眾生的心又不會產生一切不安。
做了這些事業之後會令自他皆心生歡喜，
從此刻起讚歎他人讓其歡喜吧！

溫和的行爲如聖眾一般，
能阻止諸多不善以及啓發眾生的信心。
從此刻開始拋棄僞善，安住於自性的寂靜，
讓自身的行爲趨近圓滿！

神聖的教法就像如來之王一樣，❼
於一切圓融，且超越一切，
與一切平等，又不同於任何事物。
從此刻起讓自心依於正法。

暇滿的人身如同幻術的殿堂，
只在不確定的時段顯現和存在，
因爲它本質生滅，今生不應在此浪費時光。
從此刻起時刻憶念它！

以上六段偈語是六種攝持弟子的方便，比如不帶瞋恚與我慢而愛語，自然會自利利他。當我們依循佛法而展現出和諧的行為，就像饋贈禮物等，會利益到我們自己和他人。這是我們該如何避免不如法的行為。

要精進啊！

財富就像秋天飄動的雲朵，
所屬物之本質即是壞滅，
其核心並無眞正的本質，
從此刻開始帶著確信去認識它！

❼ 善逝，即佛。

一切有情的生命無常，彷彿先後到來的客人。
老一輩走後年輕一輩隨後緊緊跟上。
現在的人百年後都將一個不存，
從此刻起帶著確信去認識它！

這一生的顯現如今日的白晝，
中有的顯現似今夜的夢境，
來世的顯現像明日般降臨，
從此刻起精勤修行正法。

這個人身如同幻化的屋宅。無論壽命多長，我們的生命都是無常的。我們的財富和所有如同天空的雲朵，無法確定能保存多久……明天或是後天？有誰知道？世間一切的生命都如同過客。已經往生的人像過客，還在生的也像過客，未來的生命也像過客。他們之中誰都沒有辦法長住和穩固不變。因此，我們無法依靠他們，而必須投入在修持佛法之中。

不管我們的生命是長是短、是苦是樂，它都將過去。今生所經歷的就像過了一個白天。而當我們死後的中陰階段❽就如同今晚的夢境。無論我們夢境是好是壞，它們都會迅速過去——一個不留。下一生就如同明日，無有恆常、堅實和確定。今生、中陰以及來世，就像這麼兩天一夜的經歷。既然我們的經驗既不恆常，也不穩固，我們一定要透過修持而「佔領覺知的城堡」，達到覺知的安住才是恆常與穩固的。

❽ 死亡之後的中間狀態。

最後奉勸

我已如此透過事例來開示一切事物的本質。
現在我對你們——我的信眾，還有一個勸誡：
所有和合的事物都會壞散，
因此我也不會長住，而要去往大樂解脫洲。

任何世間之法都不能依靠，
我要佔據無生法身佛的果位城堡。
世間的顯現如幻術的欺騙，
虛假的本質似賣弄姿色之人，
種種這些會盜竊你的善心並讓你煩惱不斷增長，
所以應將這些拋棄而專心修持正法。

不知足的富裕其實就和貧窮沒有兩樣，
貪婪的心永遠沒有滿足的時候。
知足是世間最殊勝的財富，
只要有一點便會感到安樂。

酒和情人乃是煩惱的源泉，
要拋棄種種貪欲以及希求的思想。
應以眾聖人的行爲做榜樣，
安住在僻靜之處專修清淨之法。

晝夜不停地在心中行諸善事，
依照佛陀的教言棄罪做益事，
如此一剎那都不散亂地修持正法，
這樣在死亡到來時不會後悔，從此刻開始做對你未來有益之事！

當龍欽巴尊者捨報前往法身解脫之境、寂靜法身、童瓶身和淨土時，他留下遺教給後世未能與他謀面的眾生。如尊者所教導，我們必須專注於修持佛法！

龍欽巴尊者教導我們：世俗的事物都不持久。即便我們是世界首富，如果不知足，也堪比乞丐。知足是最大的財富。我們可以運用所擁有的財富開展正向的活動，修持佛法。

那些酗酒成性、終日爛醉的人，顯然無法禪修。龍欽巴還囑咐我們不要沉迷於男女之情，因為那會導致爭執和衝突，而破壞我們的禪修。我們應該滿足於已經擁有的伴侶。如果我們言行無度、散逸放蕩，那就會造成修行的障礙。因此，我們不應該放縱自己的欲望，要在靜處獨自禪修。

龍欽巴尊者勸告我們不要待在城鎮村落裡，因為在那裡容易讓我們心緒難安。持續的干擾讓我們無法修持。我們始終應該選擇僻靜之處精進於佛法修持。那麼，當死亡來臨時，我們會了無遺憾。最好的情況是今生便能開悟——即使我們做不到，至少也不會留下遺憾。因此，我們必須清楚自己當下在做什麼。

死亡停不住，只有觀修以對

長久跟隨我的弟子，這裡還有一個延伸出來的要點：
因爲共同的業緣和清淨的祈願，
我們透過佛法和我們神聖的誓言而相連。
在聚合必分離的本質中，我們師徒也都將分離，
就像聚散在市集的商販。

我從心底給你這句對你有益的諫言。
捨離故鄉、財富、愛侶及親友，
捨棄今生的散亂和忙碌，
爲了穩定你的心在僻靜之處修持禪定吧！
沒有什麼能阻止你死亡的來臨，
要能夠無懼面對死亡，你需要佛法，
以及上師對修持精深的口傳指導，
現在就要在自相續中熟練它們！

法中之法是光明精義正法，
其中寧體教法的密意，乃最爲精髓重要——
其殊勝的道路是一生成佛。
讓自己投入的去圓滿普賢大樂。

當龍欽巴尊者的智慧心融入寬廣之法身時，他說出這個忠告：如果我們總是待在城市村鎮，那只會讓我們忙碌周旋於瑣事、工作和大量的世俗行為之中。真正的利益唯有從法教中來。因此，我們應該發自內心捨棄對自己的身體、朋友、眷屬、同伴、財物、資產和地位的關切，因為它們都不能帶給我們終極的利益。我們需要捨棄今生所有無常無實、如夢如幻的事物。它們轉瞬即逝的本質，意味著它們根本沒有完結的那一天，也無法帶給我們真正的滿足。就這個原因，我們應該依靜處修持而增長禪定（梵文：samadhi；藏文：ting nge 'dzin）。無論這是個無人的靜處，還是自己家裡，我們都應該在此禪修，以安住自己的心為目標。

透過禪修安住自心（bsam gtan sgom pa），是所有修持中最究竟的。這將引領我們步上聖者之道。對此修持的教法非常之多。然而，它們之中最殊勝的是來自我們的上師的教導。而所有上師教法之中，最殊勝的是「大圓滿金剛心髓」（Dzogchen Osel

Dorje Nyingpo；Rdzogs chen 'od gsal rdo rje sning po），秘密心滴（Sangwa Nyingthig, Gsang ba snying thig）。這是至關重要的精華（snying po'i bcud），如同心血凝聚的精華。在一生之中，它就能讓我們成就佛陀的智慧心。其實，龍欽巴尊者是建議我們修持佐欽——大圓滿。

更進一步，要追尋聖賢傳承的教法，
他們持有甚深法意的精髓甘露。
接著以你的精進之力獨自去修行，
很快的，你便能得到勝者的果位。

今生此刻修持殊勝的正法就能圓滿一切至上的大樂，
並爲你未來帶來利益。
這能賦予外在和隱藏的優勝特質。
從此刻起就要明了精髓的意涵！

我們應該無分別的從各個傳承的上師處接受教法，而後依教實修。無有分別的，我們應該祈請教法和修持，以利益自心，進入實修。珍貴的聖教不僅在今生，也會在未來世利益我們。

在此結束了嘉華龍欽巴尊者的教言。最後一部分關係到龍欽巴個人。他指出了自己的轉世——貝瑪・林巴——將會很快出生在東方的不丹的苯唐。

轉世的預告

無雲的空中，
滿月這眾星之王將很快出現。

「眾星之王」便是即將升起的月亮。月亮是暗喻龍欽巴的轉世——伏藏師貝瑪．林巴❾。這位轉世即將在東方出現。

在華蓋寶傘法幢和妙音中，
美麗的空行母們將來迎接我等。

這時，手持華蓋、寶傘和法幢，奏著法音的空行母們，已經來接引龍欽巴離開塵世。

大恩德的依怙蓮花生大士，我慈悲的父親。

龍欽巴注視著大慈悲父——蓮花生大士——的面容，怙主告知他離開這個世界的時刻已經到來。為此因緣，龍欽巴說：

我能得到這位大士的攝受，
該走的時刻像旅人般出發。

是龍欽巴尊者離開的時候了，就像旅人步上旅途。當他色身開始消融於法身的虛空，龍欽巴表示出歡欣。

面對死亡，
我比遠航尋寶滿載而歸的商主更爲欣喜；

龍欽巴此刻的經驗比尋到如意寶的商主更為歡喜，他如此圓滿了此生的意義。

比勝戰後凱旋的帝釋天王更榮耀；

❾ 貝瑪·林巴（1450-1521）。見〈貝瑪·林巴之生平傳記〉，翻譯：莎拉·哈丁（雪獅出版社，2003）。

當天人戰勝了阿修羅，帝釋天王達到了目標。

甚至修得等持更爲喜樂。

一位瑜伽士可以安住於不動的專一禪定（bsam gtan rtse gcig gyi ba med par），便是圓滿了他的禪修，達到了修持的目的。這都證明了龍欽巴持續安住在不變的法性中，凝視蓮花生大士的面容，受到勇父、空行的邀請和接引。當對諸佛淨土的淨觀展開，龍欽巴經驗到不可言詮的喜悅。像勝戰而歸的帝釋天王，或是圓滿了禪修的瑜伽士，或是尋獲至寶的商主，龍欽巴充滿了妙樂和法喜。

而今我——貝瑪·蓮遮·扎⑩——即將離世，
去佔據無死大樂的險要城堡。

龍欽巴尊者融於開闊之界（ying；dbyings），佔據了無死大樂的城堡——智慧身的要塞法身。此刻，龍欽巴在法界——現象本質的廣大境中證悟了。

至此，都是由龍欽巴的侍者嘉瑟·索巴執筆記錄，但在這裡，這位侍者已經非常不安，無法繼續下去。龍欽巴尊者仍然繼續說道：

現在我壽盡業盡發願已盡，
世間法及今生顯現皆已盡，
中有之地將顯出諸佛的刹土。
刹那間我將認出本質上它們都是我自己的顯現，

⑩ 龍欽巴是貝瑪·列哲·嚓的一個轉世。見紐修堪布著，理查德·班仁（Richard Barron）譯《稀有珍寶之奇妙珠鬘》（*A Marvelous Garland of Rare Gems*），（Junction City, Calif.:Padma Publishing,2005）。

而我已如此接近於到達全知的本初地。
我所給予的已令他人獲得安樂，
我的轉世將利益塔巴林。
祈願我未來的聖弟子將在那時和他相見，
而他的教法將帶給他們法喜和滿足。
此刻，我今生今世的緣份將盡，
我將如無家可歸的乞丐般快樂的死去。
你等不必難過而應常作祈請。

當他在準備離世之時，尊者龍欽巴告訴他的弟子：他將在法身廣大境中證悟，而他的轉世會出現。在那個狀態中，龍欽巴的應化身（梵文：nirmanakaya；藏文：sprul sku）得到曾被蓮師預言的龍欽巴的慈光加持，以伏藏師貝瑪．林巴的身分出現。他會在龍欽巴尊者於不丹中部本塘的塔巴林法座降誕。最後，龍欽巴尊者祈願所有他未來的弟子都能夠從他的轉世那裡接受到教法，與他結上殊勝的法緣。

發自內心的這些金玉良言，
是具信心的蜜蜂的蓮花精華，
這一善說願使三界的眾生，
能夠在本初地超越悲苦。

——〈無垢光〉終，智美哦熱。

4 複製成功修行：《龍欽寧體》的精要介紹

《龍欽寧體》得自吉美·林巴與龍欽巴淨觀中的相遇。

關於我們將要在這裡聆聽的，佛陀曾給予過無數的教法。濃縮這些教法，可以把它們分為「共」和「不共」。在寧瑪派的一些論述中，「不共乘」是指瑪哈瑜伽、阿努瑜伽和阿底瑜伽或佐欽。其他情況下，「不共」指的就是佐欽。如龍欽·饒降巴的解釋：在前八乘的佛法修習中，我們運用的是二元的心；但是在第九乘阿底瑜伽或大圓滿修持中，我們不再運用二元的心，而是運用我們本初的智慧本質。

佐欽伏藏與佛陀三轉法輪

關於共與不共的教法，我們需要先理解釋迦牟尼佛在一生中三個傳授教法的階段，分為不同的三類，加以不同的重點，這就是後人所說的「三轉法輪」。有人可能會想，佛陀分別是他生命中哪個階段給予了這三次教法。蓮花生大士的長篇傳記《蓮花續》中可以發現，佛陀在他36歲到46歲期間，教授了初轉法輪的內容。在此之後的15到20年，佛陀主要給予的是二轉法輪的教法。最後，直到82歲入滅，釋迦牟尼佛傳授的重點都是三轉法輪的教法。

年輕時候的佛陀生活在迦毗羅衛國的皇宮，過著皇太子的生活。而後他經過六年的苦行，最後在印度菩提迦耶的菩提樹下示現了證悟。後來，釋迦牟尼佛在鹿野苑教授聖者的「四聖諦」，形成了佛陀所教導的基礎乘的教法。這就是初轉法輪的開始。

這期間，佛陀在36歲那年六月進入了閉關。此後，佛陀每年此時都進行閉關，後代弟子稱為「夏安居」，這個傳統一直保留至今。初轉法輪期間，佛陀在北印度的瓦拉納西，對跟隨他的親近弟子詳細教授僧伽的律儀。

通常來說，佛陀的教法可以理解為經教和證教兩類。經教的一個例子是三藏經典，或是佛陀初轉法輪的「基礎乘」的經典總集。持守三藏的教法可說是幫助我們不會迷失或偏離佛道。透過學習三藏教法，我們能證悟佛法。三藏讓我們能夠把握證教的三學——戒、定、慧的修學。

初轉法輪所傳授的教法被稱為佛道的「基礎乘」，是後兩乘——大乘和金剛乘的基礎。初轉法輪的教法，比較適宜稱它為「基礎乘」，而非「小乘」（梵文：Hinayana；藏文：theg dman）。「小乘」是相較於包含二轉法輪和三轉法輪的教法的「大乘」，所用的一個名相。現今我們稱為「基礎乘」，能避免任何派別的門戶之見，是比較好的。

初轉法輪時期之後，在佛陀中年這段時間，他在北印度王舍城的靈鷲山，對聖僧團講法。這些聖僧包含佛陀的大弟子阿難和須菩提，聲聞、緣覺和菩薩們。佛陀這時給予了大乘空性（梵文：shunyata；藏文：stong pa nyid）的教導。這便是二轉法輪。

最後，佛陀在北印度毘舍離，南印度瑪拉雅山以及斯里蘭卡島嶼給予了三轉法輪的教法。這段時期，佛陀對聚集在一起的天神、人類和非人開啟了如來藏，也就是佛性和覺性的教導。寧瑪派把佛法分為了九乘，也就是蓮花生大士在西藏傳授的九條心靈修持道路。寧瑪派的密續部分為外密三乘：事部（作密，梵文：Kriya）、行部（修密，梵文：Upaya 或 Charya）、瑜伽部（梵文：Yoga Tantra）；以及內密三乘：大瑜伽（梵文：Mahayoga；生起次第）、阿努瑜伽（梵文：Anuyoga；圓滿次第）、阿底瑜伽（梵文：Atiyoga；大圓滿次第）。在阿底瑜伽之中又分作三個部分的教法：心部（semde；sems sde）、界部（longde；klong sde）和口訣部（mengakde；man ngag sde）。根據蓮師的傳承，阿底瑜伽分為一般瑜伽（梵文：chiti；藏文：spyi ti）和精髓瑜伽（梵文：yangti；藏文：yang ti）。精髓瑜伽相對應的是佐欽的「口訣部」。稍後將會學習到的吉美林巴〈獅子吼〉就屬於這個次第最精深和重要的教法。

佐欽的傳承

佐欽主要的傳授由印度祖師蓮花生大士、無垢友尊者帶入西藏，再經西藏譯師毘若洽那和龍欽．饒降巴使其弘揚至全西藏。這樣由歷史上的傳承持有者代代相傳，直至今日的傳承，叫做「佛語傳承」（kahma；bka'ma），有時候也被稱為「遠傳承」。這個傳承追朔至最初的祖師，自他們在人間接受了教法，一代又一代傳下來，從未中斷。例如，源於無垢友尊者的教法和加持，

〈無垢友心髓〉（Bimai Sangwa Nyingthig；Bi ma'i gsang ba snying thig）得以流傳至西藏。

通常，被伏藏師發掘、接取並傳授的伏藏教法的傳續，被稱為「近傳承」。此外，伏藏教法之中，也有遠傳承和近傳承的法脈。遠傳承伏藏法是由早期的伏藏師發掘並傳授下來，經過世代傳承祖師直至一位現有的上師。近傳承伏藏法，是指伏藏師於淨觀中獲得最殊勝的大師們——如蓮花生大士、無垢友尊者和龍欽巴尊者——所傳授的法脈。

蓮花生大士的傳承中，有不同的伏藏教法，例如空行心髓（Khadro Nyingthig；Mkha' 'gro snying thig）、密意通徹（Gongpa Zangthal；Dgongs pa zang thal）、黑精髓（Yang thig nag po），以及其他很多伏藏法。儘管這些教法傳授在不同時期，但都是由蓮花生大士傳授，也都匯總和融合在龍欽巴的經驗和證悟之中。

龍欽巴的總集

事實上，蓮師伏藏法傳承和無垢友及蓮師佛語傳承，甚至西藏譯師毘若洽那的大圓滿心要續和虛空續傳承，都匯集在龍欽．饒降巴的著作當中。這些著作包括《七寶藏》、《三自休息論》、《三自解脫論》，以及《四心滴》之一的《三更密心滴論》。如此，龍欽巴尊者的著作包含了所有佛語傳承和伏藏傳承的精要意涵。

龍欽巴尊者具有所有蓮師八變的淨觀。他的《三自解脫論》的八個部分與這八種化現相關。這八個內容包含：《三自解脫論》的三個根本頌，並附帶關於它們的三篇導引文，加上三個根本頌之一的《心性自解脫》的祈請文，以及龍欽巴為《遍自在王續》所著的釋論，總共八個法本。這些著作都是從龍欽巴的智慧心和意伏藏（gongter；dgongs gter）任運而生，同時具備蓮師八變的加持。

吉美林巴的傳承與《龍欽寧體》

所有這些傳承都從龍欽巴傳至吉美・林巴。當我們追溯龍欽巴著作的「遠傳承」，龍欽巴和吉美・林巴之間有14位上師，這對吉美・林巴來說，是與龍欽巴的遠傳承。龍欽巴所有的教法之教授傳承和證悟，都是從龍欽巴尊者，經過歷代傳承上師，傳到偉大的持明者吉美・林巴，這條傳承也被稱為「遠傳承」。

這樣，吉美・林巴既接受到遠傳承的佛語教法，也接受到龍欽巴和其他伏藏師的遠傳承所傳授的伏藏教法。吉美・林巴從他的上師們那裡接受的大部分傳承都是遠傳承的佛語教法，而非伏藏教法。吉美・林巴收集整理，並致力於出版佛語教法的《寧瑪久本》——寧瑪十萬續 。

吉美・林巴同時也接受了伏藏教法的遠傳承。這裡的「遠傳承」不是指古老的佛語傳承，而是表示像龍欽巴尊者這樣早期的伏藏師通過傳承上師，把早期的伏藏教法傳了下來。例如，伏藏師喜饒・沃瑟（1518－84）的一個主要的伏藏教法《解脫精髓》，即智慧心之自解脫（Drol Thig Gongpa Rangdrol；Grol thig dgongs pa rang grol），就是吉美・林巴接受到的遠傳承的伏藏法。

淨觀中得見的《廣大心髓》：龍欽寧體

在此遠傳承之外，吉美・林巴也從他對蓮花生大士和龍欽巴尊者的淨觀中得到了直接或是近的伏藏法的傳承。例如，吉美・林巴生起蓮師和龍欽巴的淨觀，使他直接接受到後來被稱為《廣大心髓》（Longchen Nyingthig；Klong chen snying thig）的伏藏集的傳授。如此，就像龍欽巴一樣，吉美・林巴既接受到佛語教法的遠傳承，也接受到伏藏教法的近傳承。

吉美・林巴有三次親見龍欽巴的智慧身。有了這樣吉美・林巴與龍欽巴直接相遇的基礎，龍欽巴的伏藏教法集被吉美・林巴發掘出來。他將這伏藏集稱為《廣大心髓》。在吉美・林巴之前，這些佐欽的系列教法一般被稱為《秘密光明心髓》（Osal Sangwa Nyingthig；'Od gsal gsang ba snying thig）。偉大的伏藏集《廣大心髓》，也就是《龍欽寧體》，它總攝了無垢友尊者、蓮花生大士和龍欽巴的見地和證悟的結合。另外一方面，《龍欽寧體》被認為是主要的伏藏集，是因為它含有三個重要元素：上師修法、觀音修法和佐欽修法。如果不具備上師、觀音和佐欽這三個主要修持，這樣的伏藏集通常會歸類於次要的伏藏集。

《廣大心髓》的三個主要修法之中，有寂靜尊和忿怒尊兩個上師修法儀軌，其中包含觀想、念誦等。觀音修法儀軌稱為「自然解脫痛苦之悲憫者」（Thulje Dugngal Rangdrol；Thugs rje sdug bsngal rang grol）。在佐欽修法中，指導手冊《無上智慧》（Yeshe Lama；Ye shes bla ma）是其中之一。像《廣大心髓》這樣偉大的伏藏教法集，也都含有各種上師、禪修本尊（梵文：yi dam）和空行等三根本的修法。

在《廣大心髓》這部著作中，結集了眾多吉美・林巴發掘出來的伏藏法，以及由他自己撰寫的法本。發掘出來的伏藏法包含一個叫作《普賢智慧界續》（Kunzang Yeshe Long gyi Gyud；Kun bzang ye shes klong gyi rgyud）的根本續。它是直接來自法身普賢王如來智慧心的密續。和這個根本密續一起出現的是《大圓滿教導附續》（Gyud Chima；Rgyud phyi ma），作為對根本續的輔助內容。

這之後是一個解釋性的法本或說「嚨傳」（lung），叫作《普賢意態續》（Lung Kunzang Gong Nyam；Lung kun bzang dgongs nyams）。這個解釋性的經文是為了釐清根本續的意涵而作。再有兩個主要的竅訣（men ngak；man ngag）：《辯三要點》（Dzogpa Chenpoi Nesum Shenjay；Rdzogs pa chen po'I gnad gsum shan 'byed）和《真如金剛句》（Nelug Dorje Tsig Gang；Gnas lugs rdo rje'i tshig rkang）。最後，是解說練習竅訣的釋論，例如《龍欽寧體》的主要指導手冊──《無上智慧》。

由此可見，《龍欽寧體》核心的教法有三類：密續、嚨傳和竅訣。這三者之中，根本續（gyu；rgyud）由普賢王如來或金剛持佛宣說。嚨傳（lung）是具有很高證悟的大師對密續撰寫的釋論。而竅訣結集並闡明嚨傳教法在經驗層面的意義。佐欽修持中，重要的是接受密續灌頂而能使心成熟；接受嚨傳為了輔助密續修持，而竅訣能使我們的心解脫。

除此之外，竅訣有三種：對無學者的詳盡解說、對瑜伽士的經驗教導、以及對公開集眾場合的一般教授。在《龍欽寧體》對瑜伽士的經驗口傳中，我們有《辯三要點》。這個簡要的法本是瑜伽士在修持佐欽時，有助於他們分辨的三個主要重點的需要，以保持修持的純正性，並糾正修持中錯誤和過失。行者一定要能分辨根本識和法身的差別，或說「一切之基」（kun zhi；kun gzhi）和「實相身」（choku；chos sku）之間的差別；二元心（sem；sems）和本覺（rig pa）之間的差別，以及止禪和觀禪之間的差別。

關於《無上智慧》

如前所述，吉美・林巴所著的《龍欽寧體》大圓滿實修原則指導手冊（tri；khrid），叫做《無上智慧》。《無上智慧》結集了所有密續、囑傳和竅訣的重要意涵。瑜伽士可以依這個手冊的形式練習和直接經驗。因為我們的心長期處於散亂之中，無止境的輪迴三界，我們無法認識出心的本質。我們此刻的狀況就如同被剝奪了視覺的盲人，為了能見到我們的本初智慧的本質（Yeshe；ye shes），我們需要指引。我們如眼盲的路人，而指導手冊能夠讓修持傳承的手牽著我們，帶我們行走，引導我們走向解脫。佐欽指導手冊的目的是指引我們見到自生智慧（rangjung yeshe；rang byung ye shes），以及引導我們穩定的在解脫道上邁進，直至證悟。

如果我們希望能真正的修持無上智慧，我們需要首先修持基礎的佛法；否則，我們沒有能力完全認識到法的意涵。透過運用基本的佛法，我們清淨自心，從而成功的進入密乘和大圓滿的修持。《龍欽寧體》提供的一個前行的修持《修心七要——次第解脫》，就是幫助我們透過修習經乘基礎的教法而清淨自心的手冊。吉美・林巴在這篇法本中清楚的講述了修心七要的教法，就如同偉大的印度佐欽大師無垢友尊者，在《無垢友心髓》所教導的一樣。

在修心七要訓練的基礎上，我們繼續透過大乘教法和金剛乘前行（ngondro；sngon 'gro）修持來清淨自心。《龍欽寧體》中，有兩個前行的修持：正念修持（Drenpa Nyerzhag；Dran pa nyer bzhag）作為一般的前行；以及包含不共四加行（皈依發菩提心、金剛薩埵唸誦、獻曼達和上師瑜伽）的四個十萬遍修持的不共內前行教導（Tri kyi Laglen la Deblug；Khrid kyi lag len la 'debs lugs）。

正行的修持涵蓋在特殊的指導手冊《無上智慧》（Yeshe Lama；

Ye shes bla ma）。這裡的內容包含佐欽教法在佛語教法和伏藏兩個傳承對的經驗意涵。《龍欽寧體》伏藏集中，《無上智慧》把《龍欽寧體》的根本續和附續的意義，都總結得非常清晰。同時，《無上智慧》還提煉出龍欽巴在《勝乘寶藏論》（Theg Chog Dzod；Theg mchog mdzod）和《句義寶藏論》（Tsig Don Dzod；Tshig don mdzod）的精華要義。這兩篇經函交替呈現了經驗教導（nyongtri；myong khrid）和17部佐欽密續的完整要義——尤其是佐欽根本續《聲應成續》（Dra Thalgyur；Sgra thal 'gyur）。《聲應成續》被認為是17部佐欽密續的主要內容，而其他16部續為次要內容。如此，《無上智慧》傳授了大圓滿修持所必要的密續、嚨傳和口傳的濃縮精華。

《無上智慧》之中，還有佐欽獨特的特殊前行修持，這些修持分為三部份。第一部分是為那些喜歡繁複的瑜伽練習，希望獲得相對成就（梵文：siddhi；藏文：dngos grub）的平常徵兆，四大的聲瑜伽。要注意的是，這第一個部份的前行，現在通常已沒有在修持。第二個佐欽前行修持的部份——分離輪迴和涅槃的修持（khordey rushan；'khor 'das ru shan），這是為精力充沛和精進勇猛的弟子所講。這些修持關係到我們的身、語、意，是觀修六道有情眾生和三寶、本尊。

佐欽前行修持的第三個部份，教導三種訓練身、語、意的方法。第三種訓練心的方法，是要檢視和分析念頭的生、住、滅（byung gnas 'gro gsum）。這個練習對每個人都很重要，但對偏好心理分析，而不喜歡耗體力的修持的人尤其重要。首先奠定透過尋找心和念頭在哪裡生、住、滅的禪修，來分析空性，對空性見地的確信會逐漸開展。概括起來說，這三個特別的大圓滿前行是不同的方便，然而都鋪陳出對直接介紹本覺的基礎和對認識出覺知的加強。

總的來說，《無上智慧》有主要的三部份或三組教導。第一部分是針對最利根、今生會解脫的修行人，構成法本的絕大部分內容。它包含佐欽的三個主要教導：出離輪迴（khordey rushan；'khor 'das ru shan）的前行修持；立斷（trekchod；khregs chod）的見地的修持；和頓超（thogal；thod rgal）的禪修。《無上智慧》的第二個主要部份是對中根器的修行人——指引行者在臨終中陰和法性中陰的階段得到解脫，同時包含投生中陰的一般解說。《無上智慧》的第三個主要部份包含對下根器的修行人如何在投生中陰得到解脫的教導，以及遷識（phowa；'pho ba）——轉生於本質的化生佛淨土（rang bzhin sprul pa'i zhing khams）的教導。

吉美．林巴在《無上智慧》最末頁記錄他已經將佐欽最秘密和殊勝的教法精華要點，濃縮在這本指導手冊裡面。 他也對希望更詳盡的學習佐欽教法的人提及龍欽巴的著作《七寶藏》。吉美．林巴後來告訴他的弟子：《無上智慧》複製了他的體證和理解，濃縮了佛語教法和伏藏傳承的精華。因此，他們應該依循它來修持。

《龍欽寧體》還有更進一步的教法，尤其是關於《無上智慧》，吉美．林巴著作了補續（gyabcho kor；rgyab chos skor）。這裡面包含了《甘露滴——全知者教言》（Kunkyen Zhal Lung Dudtsi Thigpa；Kun mkhyen zhal lung bdud rtsi'i thigs pa），也就是《龍欽寧體》的主要嚨傳之《真如金剛句》的釋論。吉美．林巴還撰寫了其他重要的輔助法本，例如：《白蓮花》（Pema Karpo；Pad ma dkar po），《赤見大圓滿之真如》（Nay Lug Cher Thong；Gnas lugs cer mthong），以及我們在這裡會講解的釋論〈獅子吼〉（Seng ge'i nga ro）。這四個輔助的法本給予更多對《無上智慧》這本特殊指導手冊的嚨傳。我們稍候會講授的吉美．林巴所著的〈獅子吼〉，就是其中之一。

5 清淨不加料：
如何領受佛法

要看待現象界的所有展現和存在，
都是清淨顯現的曼達壇城，一切本然如是。

《金剛頂續》（梵文：Vajra Sekhara Tantra；藏文：Rdorje rtse mo'i rgyud）云：

> 收攝起所有的心念，
> 懷著極為善妙的意樂而諦聽。

世界上有許多不同領域的知識；無論傳統或現代，有無數種學問的競逐。知識領域又分為：與外在世界關聯和與內在精神道路關聯的，比如佛法。在與內在精神道路相關的知識領域中，有非佛法老師教授的系統，崇尚外在神祇或是將外在的現象當作究竟的真理的傳統。也有老師和傳統，是根據他們自己理解的究竟真理，在教授著佛法。

通常在學習和領會外在世界的過程中，我們的教育是從進入小學一年級開始，然後進階，直到獲得教育機構認可的學位，抑或完成大學。這之後，我們成為醫生、科學家、律師、商人和職員、學校老師等等，這些以世間學科為基礎的工作領域。在這些科學和學習的領域，我們的心被引導向外去理解外在的事物，也將心運用在外在世界的各種情況中。

與此相反，佛陀教導了「法」，這一精神教法的目的，是往內看，同時降伏自己的心。尊貴的佛陀，我們的導師說：「無論我們從事的佛法活動是什麼，教授、聽法，或是禪修，我們都應該從轉心向內開始。」佛陀教法的目的是調伏自心，這顆一開始就被煩惱情緒干擾、受覆障遮蔽的心。

佛陀也教導：我們感知和經驗的一切事物的基礎，就是心。因此，佛陀的方法是必須讓心向內，將注意力轉向心本身。對我們來說，很重要的是要檢視自己的心，在學習佛法的時候要讓心轉向法教。如果我們不這樣做，只是被動的接法，即使佛法帶給了我們的心正面的印象，也絕不會使我們在一生中或在比較短的幾生中證悟。

關於我們的念頭

當我們將注意力轉向內，看著自心，我們會發現心中生起的念頭有三類：正面、中性和負面的念頭。我們都有正面的念頭，如慈愛和悲憫、耐心等等。所有正面的念頭都跟善德特質有關。佛法教導修行人要培養跟法教相關的心念。對修行人來說，什麼是極其重要的心念呢？根據法教所講，我們有潛力生起三種主要的正向心理狀態。那就是信心、出離心和「覺醒的心」，也就是菩提心。

除了正面的心念，我們也都有一般的、中性的念頭，與每天的日常活動相關，比如吃飯、睡覺、行動和平時生活的行為。這些中性的心理狀態也分兩類：無意識、不帶有任何心理活動的狀態，以及有意識和帶著心理活動的狀態。同樣，我們每個人也有負面念頭，這些全屬於三類主要侵擾內心的負面念頭，稱作「三毒」：嗔恨（zhe sdang）、貪欲（'dod chags）和愚癡（gti mug）。負面的念頭就根植於這三類煩惱情緒（梵文：klesha；藏文：nyon mongs）之中。第一類包括厭惡、脅迫和瞋怒；第二類包括渴望、貪欲和執著；第三類包括愚笨、無明和迷惑。

當我們聆聽和學習佛法時，非常重要的是要將教法與三種正面心態相結合。否則，如果我們帶著漠然、可有可無的心態來聽取教法，佛法的內涵便不能進入和穿透我們的心。如果我們帶著散亂心來聽法，我們便無法聽清楚和領受教法，因此，對聆聽法教來說，修持正念覺知至關重要！

很明顯的，如果我們帶著負面的心態聆聽教法，我們的心不會與法相應。這樣的話，聽聞教法可能帶來的是更多惡業，而非善業，因為負面的心態所產生的就是負面的業力。佛陀曾開示：所有的負面想法和行為都應該捨棄，所有中性的想法都應轉化成正面和有意義的，而只有正面的態度和動機是可取的。

三種正面的心念

對修行人來說，這意味著我們應該培養三種正面的心念。如上所述，第一是對佛、法、僧的信心和虔敬。第二，是見到輪迴過患和世間存在的過失，逐漸生起出離的心念。第三，我們要培養和菩提心，也就是「覺醒之心」相關的正面心念。為了生起菩提心，我們要發展令一切眾生能完全離苦、究竟成佛的願心。這也是佛法所教導的悲心。

為了聆聽和如法領受法教，這三種正面心念和動機是很重要的。如果我們開展出這三種正面心態，那麼佛法便會融入我們的心。因此，培養和保持這三種聽法和學法的正向心念，是一個必要的基礎。

為什麼理解這三種正面心態對佛法修行人是必要的呢？一開始，進入佛法的大門就是信心和出離心。一般來說，經教講述了四種信心：清淨信、欲樂信、勝解信和不退轉信。佛陀在《普曜經》中說：「若無信心與虔敬，則不能入道。」沒有信心，我們無法對教法產生信賴，這就如同道路對我們來說是阻塞的 。因此，帶著開放的、充滿虔敬和信心的聽聞教法，對我們至關重要。

例如，開示有關佛陀生平十二行誼的《賢劫經》（梵文：Bhadrakalpika Sutra），便是以信心輪開始教導的。將信心比作珍貴的車輪，是因為在遠古的吠陀文獻的記載中，有一則關於宇宙主宰的神話。這位主宰者，或說轉輪聖王，因為他殊勝的福德，而七寶具足。七寶之一便是珍貴的金輪寶。它總是自動的在宇宙主宰者所行之處前面轉動，為他開路。因為聖輪的存在，無論主宰者走到哪裡，人們自動臣服於他的威德，轉輪聖王也自然成為他所到之處的統領者。

相似的，當佛陀在教法時，也總是從介紹信心之輪開始。這信心之輪，就像宇宙之主的珍貴聖輪一般，打開一條通往佛法的道路。信念是對佛法生起信任和信心。沒有信任，我們便不能深入到殊勝教法之中。如果我們把蔬菜放在狗的面前，牠們通常對它不太感興趣。同樣的，如果我們缺乏信心，或是對佛法興趣缺缺，便不會聽受教法，進入法道。

當我們談到第二個重要的正向心態——出離心，我們首先需要有對三界輪迴之苦的確鑿理解。在一些重要的經典——如《正法念處經》（梵文：Saddharma-nusmrityu-pastana；藏文：Dam pa'i chos dran pa nyer bzhag pa'i mdo）和《百業經》（梵文：Karma Shataka Sutra；藏文：Mdo sde las brgya pa），其教導的主題就是出離心。

出離心的藏文是「ngepar jungwa；nges par 'byung ba」，直譯是「對放下的確定」。Ngepar是Ngepar shepa的縮寫，意思是「具備確定和內在的決定性認識」；這就意味著對世俗存在是苦的確定。除了這個確定，還有發自內心的要從這種苦之中解脫的意願，jungwa。行者必須對輪迴狀態的本質是苦生起確信，同時生起有力的願望和意願出離這個苦。這就是所謂的「出離心」。

第三個正向的心態是菩提心——覺醒的心。菩提心對我們聽聞和學習佛法的動機尤其重要。有關動機，一般說來有兩種不清淨的、有缺陷的聽聞佛法的動機。第一，聽聞佛法是為了從恐懼和傷害中得到保護。比如：聽聞佛法是為了免受[業果的]處罰或懲罰。第二，聽聞佛法是為了物質方面的收益——比如金錢、衣食或財富。

最重要的，聽聞佛法的動機有三個正向的層次：下士道、中士道和上士道的動機。下士道的動機是指為了投生人天道、不受下三道苦。中士道的動機是為了獲得自利的阿羅漢果。聽聞佛法的上士道動機是帶著菩提心的動機，就是為了讓一切眾生都能成佛的心願。因此。我們應該帶著這樣偉大的動機和廣大的菩提心來聽聞佛法。

菩提心中的慈與悲

菩提心有兩個方面。第一是包括發願讓如虛空般無量的一切有情，從苦和苦的因緣中解脫出來。這是菩提心之中悲心的面向。第二，菩提心包含發願讓一切眾生都完全的證悟，而得到證悟的究竟快樂。這是菩提心之中慈心的面向。所以，菩提心的精髓包含了悲心和慈心。這是大乘佛法經乘傳統所陳述的聽聞法教的心態。

菩提心還有兩個重要的層面：世俗諦和勝義諦。如上所述，世俗菩提心是祈願一切眾生從輪迴之苦中解脫出來，同時為此付諸行動去修持。這裡就有世俗菩提心的兩個方面：願菩提和行菩提。我們再來談談勝義菩提心，即超越一切概念見解的無我狀態。勝義菩提心也稱為究竟菩提心，它是無造作的（chomay；bcos med）。它是空性的本然狀態（naylug；gnas lugs），是心的本質。簡單來說，當我們聞思佛法的時候，首先應該保持這三種正向的心念：信心、出離心和菩提心。如此，佛法才能真正的穿透我們的心。

大圓滿：一切都是清淨的

更進一步，為了讓自己具備密咒金剛乘教法的廣大善巧，我們必須正確的聽聞和思維金剛乘和大圓滿的教法。這就意味著，能帶著淨觀接受教法。在聽受金剛乘和大圓滿教法的時候，菩提心是結合了將世界和眾生視為清淨智慧的淨觀。尤其，這意味著將教法所傳授之處賦予報身佛淨土五種決定（五圓滿）的淨觀。

根據金剛乘的傳統，在接受灌頂和教授的時候，我們要觀想報身佛淨土的五種決定現前。這包含了我們要觀想和想像，將自己所處環境的五個方面經驗為清淨的顯現：上師、自己所在地、教法的時間、所給予的教法、接受教法的眷屬。我們要開展將上師和弟子視為佛陀、菩薩及本尊的淨觀。儘管我們通過觀想去設想出清淨的一切，事實上它們已經是清淨的，因此我們沒有造作出任何清淨。

最後，當接受到大圓滿的教法時，我們應該視所有存在的現象為無限遍在的清淨（dag pa rab byams），一個任運現前的曼陀羅。要把一切存在的現象看作無盡的清淨，即自然任運現前的普賢王如來壇城。在大圓滿修持中，不單只是觀想報身的五種圓滿特質，以及將自己認為不清淨的，轉化為清淨的。在密咒乘的生起次第（kyerim；bskyed rim）的觀想時，我們沒有在心理上觀想清淨的顯現，同時把不清淨轉化成為清淨。

取而代之，以佐欽的觀點，即大圓滿的見地，一切在本質上就是清淨的。這是有關於聽聞教法，佛法之中最高的大圓滿教法的獨特性所指出的核心。根據大圓滿所述，法性的本初清淨，現象的真實本質，已經本然存在當下。因為這個原因，應該視現象界的所有展現和存在為清淨顯現的曼達壇城。一切本然如是，從一開始就是遍在的清淨。

那麼，在接受佐欽法教時，應該如何理解五種決定呢？我們應知：教法所處的環境就象徵了報身的靈性特質。因此，傳授教法的地方就是殊勝的報身佛土，即遍在清淨的密嚴淨土。上師應該被看作是尊貴的法身佛，普賢王如來親臨。眷屬們是自顯（rang snang）的勇父和空行、諸佛菩薩。眼前看到的都是清淨的智者們。在傳授的教法時自明的大圓滿（rang bzhin od gsal rdzogs pa chen po）。給予教法的時間是持續的永恆之輪（dus rtag pa rgyun gyi 'khor lo），即「平等四時」，或是「法界自然之時」。

神聖的地方、上師、眷屬、教法和時間，是佐欽教法所指出的最初就自然現前的五種圓滿。我們需要好好記得這個教言，以便認識大圓滿見地中報身佛淨土的清淨。

在聆聽法教過程中，我們自己的言行要恭敬，捨棄任何不敬的心念和行為。應該制心一處、無有散亂的來聽聞。而我們在接受教法時的行為（spyod pa），應該避免三種容器的過失、五種不持和六種垢染。六種垢染是我慢、缺乏信心、沒有希求心、外散、內收和厭倦。有關這些的所有教法都在前行修持（ngondro；sngon 'gro）的教導中詳細敘述了。在巴楚仁波切的《普賢上師言教》（Kunzang Lamai Zhelung；Kun bzang bla zhal lung）中有關聽聞教法這一部分，也具體講述了聽聞法教的正確及錯誤的方式。

同時，在接受教法時，我們應該運用大乘佛法的六度波羅蜜，以及應當銘記於心的「聞法四想」。《華嚴經》這部有名的大乘經典的最後一品中，佛陀在與善財童子對話中，講述了這四句教言：

善男子，汝應於自己作病人想，
於法作妙藥想，
於善知識作名醫想，
於精進修持作醫病想。

最後一個關於聽聞教法應有狀態的重點是：在寧瑪傳承中，上師們都強調保持心性的見地（tawa；lta ba）的重要；因為行者的動機和行持都跟這個見地相關聯。這與一些格魯的「新譯派」的主張是相反的，一些「新譯派」認為要把更多注意力放在正確的儀式上，以達到適合聽法的條件。舉例來說，在他們的傳統中，給予教法時，各種廣大的鮮花、淨水和油燈的供養，必須整齊擺放，以累積功德。在寧瑪傳統中，所有法教都是依著見地的意義和修持而領悟的。

6 一切都是因為你：禪修本尊的意義

天空的空和法界的空並不一樣，
它不具備知道或本覺。

在這次閉關中，我們將學習本尊（yidam）的觀修。這些觀修的本尊都不是世間神祇或神明，而是智慧本尊（yeshe lha；ye shes kyi lha）。他們都是本初佛普賢王如來的化身。一般來說，有兩種理解佛陀或證悟者的方法，這取決於是從勝義諦，還是世俗諦的觀點來看。我們可以從勝義諦理解：一尊佛是出於對眾生的悲心而「從上至下」化現於這個相對層面經驗的世間。另一方面，我們也可以從世俗諦去理解：一尊佛從輪迴中的一介凡夫所處的相對因緣條件「自下而上」，逐漸在道上進階，為了要證悟究竟的真理。

請注意，在這裡談到「向上」或「向下」，不是在談地理位置和方向的「上」和「下」。「從上至下」的意思是指一尊證悟的佛從無形的法身，即實相之身化現，從如同虛空一般的法身化現於有形的相對世間。「自下而上」是指一個有形的眾生在法道上不斷進步的過程，直到如同法身佛一般證悟。

當我們從共乘佛法的相對見地去談佛陀，是從凡夫二元心（sems）去看。這就是說，法教所指的是外在的佛性。從外在佛性的角度去看，釋迦牟尼佛是在「外在的菩提伽耶」的菩提樹下，也是賢劫千佛證悟的地方證悟的。

另一方面，如果想透過佐欽——大圓滿的究竟見地來看釋迦牟尼佛的證悟，那麼就需要從法身的角度去解釋。從一個證悟者的智慧心（dgongs pa）來看，法身的意思是「究竟身」或「實相身」。它是如虛空一般的空性體。這就是內在的佛性。從這個角度看，佛陀是在「內在的菩提伽耶」證悟的。在這裡，法身也就是內在的菩提伽耶，因為這是佛陀證悟的究竟之處。內在的菩提伽耶是每個人自明覺性（rang gi rig pa）的菩提伽耶。

因此，由這個殊勝的見地可知，當教法說到佛陀是在法身狀態之中證悟的，那就意味著他是在本初佛普賢王如來廣大無邊的智慧心之中證悟的。根據佐巴千波——一切法道最高的教導，當一個人內在證悟了佛性，他的佛性就是顯耀的本初佛普賢王如來。

一開始就全然證悟佛性的就是本初佛普賢王如來。諸多祈願文和發願提到相似「外在」的普賢王如來，以及一個人的信心和虔敬趨向的「內在」的普賢王如來。然而，相對的外和內並不真正如具有空間和實質的實體（dngos po）一般存在。這些教法只是為了我們智識上理解而用了這些名相，因為在相對層面，如果不運用這些概念，便無法傳達和交流。

普賢王如來在廣大法身的本初境證悟。從這個智慧心，普賢王如來化現出無量的報身佛淨土，如同無量光芒遍一切虛空

（dhatu；dbyings），像存在於物質中的無數原子一般。從法身證悟之境，依著它所賦予的加持、慈悲和力量，無數報身佛淨土自然化現出來。報身佛淨土是為了男、女眾菩薩，世間或智慧的勇父、空行，瑜伽士和瑜伽女，以及證悟初地到十地（梵文：bhumi；藏文：sa）的成就者。類似的，普賢王如來也從報身佛淨土展現無量化身，為了利益有情而化現於娑婆世間，釋迦牟尼佛就是其中之一。

法身

如果想了解法身佛是什麼，讓我們以虛空（namkha；nam mkha'）為例。一開始，需要好好的反覆思維：心的本然狀態（sems kyi gnas lugs）跟虛空相似是什麼意思？在佐欽教法中，為了要理解法性，究竟實相或「現象的真實本質」，通常會以虛空作為重要的一個例子。好好思維虛空的比喻，會非常有益於我們的修持。比如說，要超越天空的極限是不可能的，要超越虛空也是不可能的。即使有人想嘗試這樣做，即使行走幾千年，也不可能超越最遠的虛空的邊際。

想一下這個事實：我們永遠不可能到達虛空之外的任何地方。我們在任何可以找到自己的地方，那都是在虛空之內的。縱使我們耗盡努力，建造如同埃菲爾鐵塔一樣的建築，甚至把一千座鐵塔疊起來，也無法到達天空的盡頭。無論我們走多遠，都無法超越天空。幸運的是，為了證悟法性，我們並不需要去到任何一個特定的地方，或是從某個方向去到虛空。

我們無論是待在某處，還是旅行或吃飯喝水，都從沒有一刻是與虛空分離的。不管快樂還是憂傷，虛空總是在當下，而我們總是在其中。無論多麼急切的想要靠近虛空，以便抓住它；抑或是不喜歡虛空而試圖拒絕或忽略它，虛空從來沒有改變，我們總是可以發現自己就在虛空當中。就算我們宣稱自己如何熱愛虛空或是想要虛空，甚至費力的尊崇虛空、邀請它和我們待在一起，也沒有增加或加少虛空。虛空一直不變的如此存在著。即使想唾棄它，對著它尖叫幾年，咆哮說：「我不要你，虛空！」或「我不需要你！滾開吧，虛空！」，虛空也一如既往總是和我們在一起。

心有空而明的持性

不管發生什麼，虛空的本質總是現前的。舉例來說，即使我們睡著了，虛空也在當下。我們自心的本質，即法性，就如同虛空。我們從來沒有和法性本質分離過。這個法性本質就是一切現象的真實性。如同虛空，我們心的真實本質始終在當下——不管我們喜不喜歡。類似虛空的例子，明空的法性（chos nyid stong gsal）也始終和輪迴中的我們在一起，從無始以來，直到此刻當下。這樣看，它們唯一的根本差別是：心的本質不是一般物質界的空間那樣空白虛無。儘管心如虛空，它仍然具備「明」（salwa；gsal ba）的特質，因而心有了知和經驗的能力。

從初始以來，以及從當下直至我們證悟，我們始終都和心的本質不分開，如同我們從未和虛空分開一般。所以我們並不需要創造某個原先不在的東西，好用來發現法身，因為我們一直具備這究竟的本質。如同虛空，我們自己和一切的現象都包含在這法身的智慧心（chonyid kyi gongpa；chos nyid kyi dgongs pa）之中。

法性，自生的大智慧（rangjung yeshe chenpo；rang byung ye shes chen po）一直跟我們同在，而透過上師的指引便可以被認識出來。儘管如此，認識法性的智慧還是要依賴於每個人自己的信心和虔敬，以及上師的加持。當這些都具備了，並結合一個人過去的業緣和清淨的願力，這個大智慧就會被認識。為此，我們需要修持和禪修。

為什麼自生智慧已經存在於我們的內在，卻還是有必要認識它呢？一般來說，我們完全處於外在顯相的力量之下。首先，因為無明，外相存在的概念出現了。接著，我們發展出很多關於這些所感知的外在對境的希望和恐懼，並執取和固著在自己經驗的現象上。因為自心錯亂迷惑的力量，我們認為出現在眼前的都是真實存在的。看起來現象是存在的，但這僅只是因為我們現在是以二元的方式在感知它們。

然而，當我們談到佐欽千波，大圓滿的究竟實相狀態，我們不會被現象控制，而顯現的對境其實是在我們自己的力量之下。普賢王如來的法性智慧心既沒有困惑，也沒有被現象界的展現染污。透過證悟法性，即究竟本然狀態（gnas lugs mthar thug），顯相不再能操控我們。但當我們還是凡夫的時候，只能透過訓練和禪修，才會有證悟。僅只是知道法性還不夠，因為證悟必須在行者親身經驗中發生。這就是為什麼我們需要禪修練習。

普賢王如來

談到證悟時，我們談的是不可思議的如來藏的秘密本質（gsang ba bsam gyis mi khyab pa），也被稱為「佛陀智慧心的不可思議秘密本質」。普賢王如來的智慧是遍在和全知的，輪涅的一切現象都包含在普賢王如來的智慧心（thugs kyi dgongs pa）之中。眨眼之間，普賢王如來的智慧心便可見到輪涅之中的一切。然而，像普賢王如來的密嚴淨土，甚至是這個釋迦牟尼佛的淨土，在我們看來都是不可想像的廣大和無限。它們超過我們的心能夠估量和包容的範圍。這就是為何我們必須修持，因為除此之外，再沒有其他方法能讓我們經驗到智慧心並實際證悟它。

在我們現在的狀況下，只能用自己對世界的平凡經驗來想像。對於我們來說，世界似乎是實存的，但這只是因為我們被染污的感知。我們不斷追隨我們的迷惑，從二元思維的迷霧中，創造出自己以為確實存在的外在對境，就像做夢一般。當一個人睡著時，各種出現在夢中的對境，感覺起來像完全真實的。但在不可思議的秘密如來藏的證悟中，也就是佐巴千波的本然狀態之中，這個世界以及一切的顯現甚至都不存在。

普賢王如來不可思議的秘密心，是超越想法的秘密本質，也不可概念化而只能融入我們親身的經驗。普賢王如來不可思議的秘密心不是像一間房子，有內有外；它不可由概念思維理解。我們可以嘗試用智力思維來分析，問道：「什麼是外在世界的普賢王如來？我們內在擁有什麼普賢王如來的面向？」這在一開始或許有幫助，但是只透過這樣的分析，我們不會達到真實的了悟。

一切有情都有同樣的心的真實本質——與普賢王如來完全相同的本質（ngowo；ngo bo）。我們這樣與普賢王如來同等的本質是界智雙運的（ying rig yermey；dbyings rig dbyer med）。差別只在於我們的覺知沒有被認識並體悟。我們自己還沒有證悟明覺；而我們只可能透過自身證悟界智雙運來認識它。

我們應該如何根據佐巴千波，即最高深的法道來理解佛土或淨土（zhing khams）呢？在持明吉美林巴尊者的《功德藏》（Yonten Dzod；Yon tan mdzod）之中，我們可以發現很多關於三身和它們相對應佛土的詳細解釋。

為了要從佐欽的見地來理解佛淨土，我們需要了解一切的淨土都是法身佛的觀點。如前所述，對佛性的內在證悟就是本初佛：普賢王如來。普賢王如來在本初地證悟了法身。無限虛空本身就是佛的法身的一個比喻。普賢王如來的淨土就是法界，「一切現象的真實狀態的展現」，或「究竟實相」。不管什麼淨土、處所、時間和居住者出現，他們都是包含在普賢王如來的淨土之中的。

在法身之中證悟的普賢王如來化現出無量的報身佛淨土。普賢王如來的空性面向（tong cha；stong cha）就是無限的虛空（梵文：dhatu；藏文：dbyings），而普賢王如來的明性面向（sal cha；gsal cha）便是報身佛土，如光一般出現在虛空中。它們像廣大境中的一行行供燈，如同無盡燈展現出無量佛土，如無數原子一般充遍宇宙。這些報身佛土，每一個都具備報身的五種決定，展現為無邊虛空中的日月和無數星辰。

普賢王如來法身淨土也被稱為「色究竟密嚴淨土」，或「光明金剛心」（Osal Dorje Nyingpo；'Od gsal rdo rje snying po）。普賢王如來完全喚醒了自己的覺性，因而所有展現在他面前的，就是密嚴淨土。我們也有同樣的本覺（rig pa），但我們沒有認識出來，因此普賢王如透過在無量世界所化現的智慧身形，來指引我們這條道路。

普賢王如來所示現的漸進或非直接利益有情的方式，是化現為各種不同的證悟者或上師，同時化現在各種適合調伏眾生的淨土中。透過這樣的方式，我們可以有普賢王如來的三身——法身、報身和化身。法身佛土被稱為「光明金剛心淨土」，報身佛土被稱為「梵天鼓鳴淨土」，化身佛土被稱為「大梵天劫」，包含所有可能的化身佛剎土。

三身的所有剎土本質上都沒有差別，也不互相分離，因為都在法身佛淨土之中，就像三身也都在法身之中。因此，出現在每個淨土的佛陀，也沒有與普賢王如來的法身分離。在法身佛剎土的佛，是普賢王如來；在報身佛剎土的佛，是金剛總持和五方佛部；在化身剎土的佛，是尊貴的應化身，如釋迦牟尼佛。釋迦牟尼佛從來不曾和普賢王如來或金剛總持佛分離，因為他們都在法身中證悟。

簡單來說，三身的淨土涵蓋整個無法丈量的清淨剎土。它們都依著普賢王如來的教導、調伏、轉化、解脫有情的願力祈願和佛行事業而示現。在這些時間和空間中，顯現出五方佛及其眷屬，以及五方佛部可能有的一切本尊，這所有包含在內，被稱為「寂靜和忿怒的文武百尊」。無量的本尊都沒有離開過普賢王如來的智慧心。他們都是不可思議的普賢王如來秘密本質的展現和化現。他們也是普賢王如來各種方便善巧的示現，由此，眾生能夠認出並證悟他們自己的自覺智慧（rang rig pa'i ye shes）。

同樣的，每一尊佛也和普賢王如來一樣，為了眾生的解脫，在宇宙世界中展現出他們的淨土。因此，當我們談到證悟者從上至下的開展，就是說：本師釋迦牟尼佛，是在法身的廣大境中證悟的，與普賢王如來無二無別。從那樣的境界中，無限的報身佛淨土出現，在虛空中連成無量光芒。在此之中，無量的化身出現了，如出現在我們這個世界的釋迦牟尼佛。

這就是說，無論在哪一界出現的教法，他們都是普賢王如來廣大智慧心（kun bzang dgongs pa'i klong）的持續示現。普賢王如來圓滿證悟了現象的最終本然狀態（chos tham cad kyi ngas lugs mthar thug），從此證悟而來的加持中，出現了所有密咒乘的密續和大乘的法教。以大圓滿為例，佐欽密續就有六百四十萬主要的密續根本頌；在眾多密續，如《密集根本續》、《勝樂金剛密續》和《喜金剛密續》之中，就有70萬或50萬根本偈頌。在大乘教法中，也有八萬四千經論寶藏，以及十萬章節的《大方廣佛華嚴經》，和十萬章節的《大寶積經》（梵文：Ratnarashi Sutra；藏文：Rin po che'i phung po'i mdo）等等。

我們與佛的本質

無論普賢王如來具備什麼精神特質，我們的佛性、如來藏（梵文：sugatagarbha；bde gshegs snying po）之中也同樣具備。差別在於我們需要透過接受教法、加持和禪修而從內在證悟這些特質。透過修持，我們逐漸認識自心本質，當我們做到了，便會發現我們與普賢王如來的本質完全相同。我們禪修和修持，為的就是證悟這不可分的廣大本初智慧（dbyings ye shes dbyer med）：普賢王如來的智慧心。之後，我們便可以為教化眾生而無礙的化現各種境界。就像普賢王如來一樣，我們也能夠展現出不可思議的寂忿本尊，教導和指引無量眾生。

舉例來說，這個世界上有不同的水域，大至海洋、湖泊，小如溝渠、水塘。在每一個水域之中，都可以顯現出日月的反影，因此，同一時刻，可以有無數無量的反影出現。普賢王如來的化現也是如此，無量的展現可以同時出現。在此證悟的展現基礎上，所有為教化眾生而出現的各類教法被揭示出來。

簡而言之，如果我們把有關普賢王如來的教法濃縮起來，在佛、法、僧三寶之中，它們屬於佛寶。對我們來說，學習有關普賢王如來法身的證悟特質，是非常重要的。為了修持佛法，我們必須對佛寶生起信賴和信心。

報身

為了在十地（梵文：bhumi；藏文：sa）利益聖眾以及一切有情，法身佛化現為他們能感知到的身形。為此，色身，或說證悟形式的色身化現出來，成為法身佛的示現。這裡的色身指的是報身和化身的示現。首先，在法身廣大境之中，因為加持和慈悲，以及證悟的力量，無量的報身佛淨土展現出來，像燈光一樣排列在無量虛空中。

如果有人問報身佛淨土的目的和利益是什麼，它們展現出來是為了初地到十地的聖者，男女眾菩薩、勇父、空行、持明者、瑜伽士和瑜伽女，以及證得初地到十地果位的聖者。證悟了初地至十地，和五道中第三和第四道果位的聖者，安住於見道位或修道位。

報身五種決定

在報身佛剎土中有五方佛及他們的眷屬菩薩、勇父、空行眾。所有這些報身佛淨土的無量諸佛、佛土都是完整和圓滿的，具足報身五種決定。如果談到這五種決定（nge pa lnga），意味著報身具備五種特質以成就完全的證悟。這五者是指處所圓滿、上師圓滿、教法圓滿、眷屬圓滿和時間圓滿。

第一種決定處所圓滿，是指密嚴淨土。被稱為這個名字，是因為它展現了無量證悟特質的富足。這與普賢王如來法身佛剎土的報身淨土不是在同一個層次。因為後者只能被十地的菩薩感知到。密嚴淨土是在輪迴中色界（gzugs khams）化現的佛土，能被初地到十地菩薩感知到。報身依然具足圓滿身形的上師——具足三十二相、八十隨行好的報身佛。這一圓滿身形的上師就是報身佛，比如金剛總持佛。

圓滿的眷屬是由十地以內的男女菩薩眾和勇父空行組成，這裡的眷屬是由五道中第三和第四果位——見道位或修道位的聖者組成。這不包含凡夫眾生，因為他們還在五道中的前兩道，也就是資糧道和加行道，還未具足能夠感知和見到報身佛的功德和智慧。

報身佛剎土也具備圓滿的教法，這些教法著重於勝義諦的教義，而不單單只是世俗諦、不了義的教法。最後，究竟上的時間圓滿，是指沒有中斷或停止，持續不斷、直到輪迴滅盡的時間之輪（dus rtag pa rgyun gyi 'khor lo）。

化身

化身佛

化身的展現來自於報身佛的慈悲——為了利益在進入法道之初的眾生。從法身普賢王如來的廣大境界中，從他智慧心的加持和慈悲中，無量的報身佛土展現出來，如燈一般排列成行，充滿無盡虛空。在這些佛土中，有五方佛部和他們的菩薩眷屬、勇父空行。所有這些無量諸佛和佛土都圓滿具足五種決定，而它們自然生起都是源自法身佛的加持和慈悲。

在報身佛淨土展現出各種化身，為的是在五道之中前兩道直至完全證悟的眾生。這意味著，還在五道之第一和第二道，即資糧道（tshogs lam）和加行道（sbyor lam）的眾生還不具備感知到報身佛淨土的福德，因為他們還沒證得初地。直到行者具足功德，便能感知並見到報身佛。資糧道和加行道的行者還未能有幸感知到報身界。

化身展現的空間是無限的，因為有不可思議數量的化身佛土。我們的世界不是唯一的一個；還有無數無量的世界和宇宙存在於化身界。所有化身淨土都是報身的展現——在報身諸佛的智慧和光明中生起。當我們說化身界被創造或展現，它們的創造者就是諸佛的法身和報身。報身界從諸佛的慈悲生起，眾生根據自己的善業和功德，得以投生於化身淨土。

當眾生善德和法身、報身佛加持這兩個主要條件具足，化身佛自然從報身化現。在報身佛如虹彩一般的光芒四射中化現出無以計數的證悟的化身轉世，出現在輪迴中的三界，就如同釋迦牟尼佛降誕於我們這個人世間一樣。

同樣的，無數的化身淨土生起，也是來自因緣。這就像當陽光、水霧等條件和合，彩虹便自然出現。彩虹持續到造成它的因緣條件散去，然後它也會消失。各種化身展現不拘於外形，也不固定地點、事件和出現的持續性多久。就像彩虹只會在因緣條件允許下才能保持，當觀待的因緣消融，化身也會消失。也就像彩虹，雖然出現，但是空中光線不定的示現，化身也是為眾生而來的神通示現（cho 'phrul）。因此，化身所展現的軀體被稱為「幻化身」（gyulu；sgyu lus）。

化身與報身的不同

在化身的層次，證悟的化現不會有報身的五種決定；事實上他們有處所、外形、教法、眷屬和時間等五種不確定。化身因為在無量無數的地方，而處所的清淨或不清淨是不確定的。這個化現的處所可能是化身的淨土或是輪迴三界中一個不清淨之處。就如同彩虹只在因緣具足之處顯現，化身的展現也沒有特定之處。因此說化身的展現是不確定或不固定的。

上師的化身形式也是不確定的，因為根據眾生的福德和能力，以及當時所需的因緣條件，化身的顯現可以有無數種形式。為了調伏眾生，在不清淨的世界中，可能有數不清的化身的形式，然而化身的本質都是如幻的。眷屬的不確定是因為弟子都是凡夫眾生。教法不確定是指在報身佛淨土教授的了義法之外，化身還會教授相對和不了義的教法。

三類化身

化身佛的色身或證悟的形體從佛陀的法身化現出來，色身有兩個面向：報身和化身。通常來說，有三類化身。首先是本質的化身（rang bzhin sprul pa），化身的上師化現在十方淨土，這十方淨土就包括在解脫眾生的五方佛剎土。第二，有引導眾生（'gro 'dul sprul pa）的化身，這包含了所有被稱為「六牟尼」的化身佛。他們化現為人形，或六道中的任何眾生的軀體。因此，這種化身首先指殊勝的化現（chok gi tulku；mchog gi sprul sku），比如釋迦牟尼佛。在此之外，這類化身還包含六道中利益眾生而化身的聲聞、緣覺、菩薩和帝王等。

殊勝的化身透過證悟的身、口、意利益眾生。釋迦牟尼佛圓滿的示現為具有三十二相、八十隨行好，與報身佛同樣莊嚴的身相。藉這個身體，釋迦牟尼佛展現了佛陀的十二行儀。殊勝的化身也有圓滿的語的展現——持續用所有眾生的語言善說三乘佛法，以及密咒乘的教法。

第三類化身是指化現為有情或無情的事物的不同化身（natsog tulku；sna tshogs sprul pa）。這類的化身展現為不同的外形，有情生命和無情的事物。比如，製造塑像或繪製畫像的手工匠人和藝術家；還有塑像本身就被看作是化身的展現。

化身佛可以如何理解？

為了理解殊勝的化身佛，讓我們首先簡略的講述一下，通常對釋迦牟尼佛和阿彌陀佛是如何發願、修道，以及最後證悟的解釋。這裡我們可以用一般的觀點來解釋，把化身理解為由相對到絕對，由下至上而展現；或者可以用特殊的觀點來解釋，把化身理解為由絕對到相對，由上至下而展現。

通常用一般觀點對凡夫眾生解釋時，不會說釋迦牟尼佛已經是證悟的，是以化身佛來化現於世。相反的，很多經乘的教導會說，釋迦牟尼佛是從一介凡夫，經過數劫累世而逐漸修行證悟的。

經典告訴我們，在成佛之前的累劫之中，釋迦牟尼以凡夫身出生在娑婆世間。那時候住世的佛名叫釋迦瑪哈牟尼。釋迦牟尼向這尊佛獻供，並祈請跟隨佛陀學習，直至證悟，隨後利益無邊的有情眾生。多生之後的某一刻，釋迦牟尼為了加深他度眾的誓願，而投生在地獄道。又經過累劫的無數次轉生之後，釋迦牟尼降誕在這個世間，而最終在印度菩提伽耶的菩提樹下，成就無上正等正覺。

與釋迦牟尼佛過去世的經歷相似，金剛總持佛也有這樣的過程。當他還是凡夫時，金剛總持第一次遇到了一尊佛。他向普什巴瑪哈若卡佛（Pushpa Maharoca）供養了一個純金的金剛杵，並發願要為利益眾生而證悟。在他成佛前最後一世時，從噶利亞納瑪諦佛（Kalyanamati）那裡接受到教法，而後待在被稱為「聚寶行山」的山頂修持。他最後修持成就，完全的證悟。因為他之前曾供養金剛杵給佛陀，所以他被稱為「金剛總持佛」，意思是金剛的持有者。

相似的，關於阿彌陀佛，也有他漸修成佛的經歷。經典中記載，他成佛前累劫曾經一世為法藏比丘，在世自在王佛面前發願：若他成佛，只要有人稱念他的名號，或向他祈請——無論有沒有與他謀面——都能往生他的淨土。這就是法藏比丘所發的誓願和修持菩提心——證悟之心的經歷。

如《大悲妙法白蓮經》所教授：法藏菩薩多世之後，出生為轉輪王輻輪（Tsibkyi Mukyu；Rtsib kyi mu khyud）。這位國王有一千個兒子，他們都發願在這一劫成佛。當時住世的是大寶藏如來。輻輪王的其中一個兒子，就是後來的釋迦牟尼佛。輻輪王和他的兒子們在大寶藏如來面前發願，要在南瞻部洲利益眾生。他們就是後來在南瞻部洲成就的賢劫一千零二尊佛。❶

這時，輻輪王發願自己能成就一個淨土，讓有情眾生可以投生那裡，並在那裡聽聞佛法證悟。輻輪王便是過去世的阿彌陀佛，在他成佛時，他的國土就是被稱為「極樂」的西方淨土。

這就是一般經乘教導阿彌陀佛如何在過去世值遇諸佛，在佛前發願並最終證悟成佛。因為他的願力所致，而成就了西方極樂淨土和各種殊勝。從世俗諦的角度來看，極樂淨土在距此方有幾千個宇宙之遙的西方。而眾生只要祈請阿彌陀佛，便能往生極樂淨土。

當輻輪王在大寶藏如來面前發願時，他的一個兒子，即過去世的釋迦牟尼佛，也發了願。在大寶藏如來面前，釋迦牟尼生起利益眾生的願心，尤其是利益那些煩惱情緒熾盛、壽命短暫、病痛繁

❶ 編註：在漢傳經典《法華經》裡，阿彌陀佛和釋迦牟尼佛過去世是大通智勝佛未出家前的兒子，兩人是兄弟關係。在《悲華經》，阿彌陀佛和法藏比丘的前世是無諍念王，有大臣寶海梵志，即釋迦牟尼佛的前世。

多的眾生。他祈願要實際並直接在不清淨的娑婆輪迴中利益眾生，而非等待眾生往生到他的淨土。就這樣，在後來很多世，釋迦牟尼佛以化身佛來到這個世間利益了無數無量的有情。不僅在此世間，也在廣大無邊的宇宙空間中化現百萬身形，利益眾生。

從絕對到相對

根據佐巴千波的觀點，釋迦牟尼佛在本初地就證悟了普賢王如來的智慧心。在佐欽看來，一切都是從上至下展現的，從普賢王如來向下，從絕對層面到相對層面。當我們說佛陀從絕對向下展開化現，是指我們的本師佛陀在法身廣大境中證悟。從他的證悟中生起報身佛淨土的無量光明。在這光明中，無數化身出現了，比如釋迦牟尼佛以及其他超越計量的化現。

與此相反的，一般教法會說：釋迦牟尼佛是在菩提伽耶證悟的，他的覺醒是從相對層面到究竟層面的過程。之所以有這些不同的看法，前者所說的究竟觀點是從上至下，後者是從相對的方式理解佛陀從低到高的過程。前者的觀點是從法身和本初智慧（ye shes）來談的。後者的觀點是從證悟形體的色身，凡夫的立足點和二元心（sems）來談，為的是利益還在入道初期的眾生。

如果我們是以由下至上的觀點看待釋迦牟尼佛的證悟，那麼釋迦牟尼佛是在印度菩提伽耶的菩提樹下證悟的。這就是所謂的經過三大阿僧祇劫的累積福德資糧之後，佛陀在菩提樹下、金剛座上證悟了。佛陀在菩提伽耶證悟的地方被稱為「金剛座」（梵文：vajrasana；藏文：rdo rje gdan），是因為它是被證悟者加持過的，也因為它在這一劫最後世界毀滅時，也不會損壞。在這賢劫一千零二尊佛證悟的菩提樹下，釋迦牟尼佛清淨了一切的覆障，證得無上正等正覺。這就是我們所知的外在的證悟。

釋迦牟尼佛在禪定中平定和超越了他所有的迷惑，征服了內在的心魔（梵文：mara；藏文：bdud），而達到圓滿證悟。這時他宣說道：

> 吾已發現甘露般的法；
> 它是無雜染的清淨光明，
> 甚深而寧靜。
> 超越所有概念詮釋。
> 即使我想解釋，也無人能夠明瞭；
> 所以我將無言的留在叢林。

在基礎乘的一般教法中，釋迦牟尼佛在菩提伽耶證悟之後，連續三次轉法輪教導經乘的佛法，在這之後才教導一般的外部密續，然後是無上瑜伽和所有佐巴千波以下的密續教法。從底層開始，由外在的介紹性的教法，佛陀陸續次第開顯了更高的內部教法，由此，佛法興盛於世。佛陀的三轉法輪就是世人所知的化身佛給予的教法。佛陀在他一生的三個階段三轉法輪。這三轉法輪包含了所有乘的教法。

在初轉法輪時，佛陀教導了聖者所修的四聖諦的16個內容。佛陀早期給予了很多關於業力和出離心的教法，並教導了僧伽戒律等等。二轉法輪是與空性相關的內容——一切現象的空性本質，特別是一切事物不具特質和特性的真理。

三轉法輪是關於如來藏，即佛性的教法。經乘是以外在佛性的觀點所給予的教法的一部分。這部分教法並沒有完全開顯佛性，但確實指出一切眾生都有這個本質。在很多經典中對佛性的解釋，佛陀從比較外在的方式教導佛性的基本特質，但沒有給予如何成就或認識佛性的內在方法。在三轉法輪的經乘教法中，只開放給予極少的方法和口傳教授。而並沒有針對實修的細節和有次第的方法及口傳教授（men ngak；man ngag）。經乘教法中沒有教導如何從內在的方法實際讓行者快速的體證和圓滿佛性。

如果我們希望能夠從微細的層面去了解如何修持並成就佛性，就要要進入密咒乘，或是金剛乘的密續佛法。三轉法輪的經乘教法是金剛乘的基礎，因為佛性的教導是外密續教授的基礎。佛陀在他晚年傳授了外密續的金剛乘教法，這其中解釋了修持和成就佛性的方法。這些教法充實了三轉法輪的內容。

在密續教法之中，有外密續比較粗略的方法，以及進入內密續的比較細微的方法。從外密續修持開始，隨著修持逐漸變得更為甚深和微細，我們可以進階到更高或更內在的密續。如果我們想進入微細層面，瞭解如何真正修持到證悟佛性，我們需要依賴密咒金剛乘的教法。

從內密續的觀點來看，心的真實本質就是法性，如同虛空。它是我們的佛性，證悟的精華。這實際上就是一切佛陀教法對超越的智慧（shes rab）和本初智慧（ye shes）指出的最終要點。當談到諸佛證悟的廣大，就是指「秘密諸佛菩薩」，或「秘密的一切現象」，或「一切事物的秘密實相」（dngos po'i gnas tshul）。有很多關於佛之秘密性的描述，比如「法性的秘密本質」。同樣，也可以理解為無限的「不可思議的法界秘密」。有時候，也被稱為「不可思議的智慧心本質」（dgongs pa gsang ba bsam mi khyab），或簡單說，就是心的「本然狀態」（naylug；gnas lugs）。上述每一個秘密的本質都如同虛空廣大無邊那樣的不可思議（sam mi kyabpa；bsam mi khyab pa）。

佛陀的頂髻之秘

關於佛的特質，經教給了很多不同的外在例子，為的是幫助我們理解證悟之不可思議的廣大。其中一個例子是佛陀的頂髻，高不見頂的頭頂肉髻，就是他廣大證悟之境的實際顯現。佛陀弟子之中的十地菩薩想見到佛陀頂髻高到哪裡——他們需要用神通順著頂髻的方向，超越千萬個國土。即使如此，他們也從來沒有達到過佛陀頂髻的最高點。最後，菩薩們神通用盡，只能回到瓦拉納西，佛陀身體所在地。這便是佛陀不可思議的秘密本質的一個例子。

就像他們想看到佛陀頂髻延伸到的最高點，最偉大的菩薩們也想知道佛陀身體所放射出的光芒能遍照多遠。即使菩薩們借助神通，向西行走千萬個國土的距離，也無法看到佛陀的光芒可以觸及的邊際。最後他們神通用盡，也還是處在佛陀化現的無量光芒之中。他們發現佛陀化現的光明是無量無邊的，就如同法身佛普賢王如來的淨土一般。

這是另一個佛陀秘密本質不可思議的面向。如果我們揣測所謂「佛陀不可思議的秘密」是什麼，「秘密」在這裡指超越一切的界限。這個不可思議的秘密境界超越了我們的二元心。它不是我們可以透過邏輯道理能夠理解或認識的。法性的本質完全超越了概念，因此它被稱為「超越念頭」或「不可思議」（bsam mi khyab）。當我們禪修時，需要帶著對此不可思議法性本質的信心和信念。

當我們談到如來的秘密身的本質時，我們可以參考法身普賢王如來，或是報身金剛總持佛，或是釋迦牟尼佛，即普賢王如來的化身。所有三身——法身、報身、化身——本質相同。普賢王如來、金剛總持佛和釋迦牟尼佛的智慧之身（ye shes kyi sku）在本質上完全相同。因為化身佛——釋迦牟尼，以人類的身形出現，因此有情眾生的人類可以見到他。

即使現在，人們還可以在瓦拉納西見到、禮拜和供養佛陀的身舍利。另一個相似的例證：佛陀在世時，他和他的弟子們要在印度王舍城進行三個月的夏安居修行。那時候的國王護持佛法，並承諾要供養佛陀和僧團閉關的食物。然而，國王未能信守承諾。佛陀和他的弟子們沒有得到食物，只能去馬廄裡面找吃的。這就證明說，顯現為人身的佛陀，依然跟其他人一樣飲食。佛陀因為他的方便示現，讓人們有機會供養他食物而累積功德。所有淨土證悟的化身和展現，都是為了眾生得到調伏和訓練。這些就是對佛身的證悟特質的各方面的解釋。

不可思議的佛陀證悟的語，也同樣超越度量和概念。佛陀對在無量世界和宇宙所有跟隨他的菩薩講法。舉例來說，當釋迦牟尼佛居住在這個世界，他的語沒有絲毫的內外差別。也就是說，它沒有任何距離和標識的限制，如同虛空一般無限。甚至於佛陀清嗓子或咳嗽的時候，也都是為利益有情眾生。當他對天人、龍族和人類講法時，眾生都能隨類得解。即使有幾千種不同的有情在場，每一個眾生也不需要翻譯就能以自己的語言理解到佛陀所說的法。

化身佛釋迦牟尼無論行、住，都安住於智慧境界中。他所有的行為和舉手投足之間，沒有一剎那與究竟本質分離。在他每一次的呼吸間，也從未和法性本質分離過。僅僅從他呼吸的動作中，釋迦牟尼佛都有力量利益無邊世界的眾生。這就是佛陀語的不可思議秘密。它超越了人心的各種架構，超越了所有可能思議到的情形。

與釋迦牟尼佛語相關的，還有他在經乘的三轉法輪中所宣說的八萬四千法門，以及浩瀚無邊的密咒乘的教法。同樣，普賢王如來教授了六百四十萬佐欽的密續偈頌。所有無量咒乘的密續教法，都是佛陀金剛語的表達。然而佛陀說：「我從證悟到入滅，沒有講過一個字；我的存在卻遍及一切有情。」佛陀沒有說一句佛法，也沒有一個人聽聞。然而，一切諸佛的智慧心，都滲透在佛陀所展現的法的本質之中。每一點光芒都普照於佛陀不可思議的語秘密上。

如同他的身和語，如來的心也具有不可思議的秘密本質。本初佛從沒有離開或誤失過法身的狀態，而一直保持在法性的了悟當中。成佛的本質超越任何的勤力、造作，超越存在本身；它超越所有這些戲論。每一個眾生，依據自己的福德因緣，接受到佛陀宣說的不同的法；而佛陀給予和化現出的不同的法，都是為了利益眾生。

簡而言之，無論我們談的是普賢王如來，還是釋迦牟尼佛，他們的本質都是完全相同的，因為釋迦牟尼佛就是普賢王如來的化身。儘管在我們的法本和修持的觀想中，普賢王如來在上，釋迦牟尼佛在下，這是對我們凡夫的二元心的一種方便。事實上，普賢王和釋迦牟尼非兩個不同個體。法身：「究竟身」，和色身：「證悟身形」，兩者始終是雙運的。

化身淨土：阿彌陀佛和極樂淨土

如果我們希望更加了解化身淨土以及它們的由來，可以阿彌陀佛為例。阿彌陀佛的名號在藏文的意思是「無量光」。究竟層面上，阿彌陀佛就是法身佛。「無量光」這個名號的意義，是指他無量的明覺智慧（rig pa'i ye shes）。這個明覺智慧沒有概念心的造作，沒有煩惱情緒和習氣傾向，因而完全脫離染污和覆障。「無量光」實際就是我們無限的、自然的明覺（rang gsal rig pa）。它不是一般物質的光，而是指我們具足一切證悟特質的真實本質的光明（osal；'od gsal）。就這點來說，我們或許可以理解阿彌陀佛和普賢王如來的本質也是無二無別的。

法身阿彌陀佛有時候顯現為報身的長壽佛，他的名號在藏文中是「無限的壽命」的意思。長壽佛外形具足13種莊嚴，以及報身本尊的絲緞服飾。如果我們向長壽佛祈請長壽，並努力修持長壽法，便可得到長壽無死的成就（梵文：siddhi；藏文：dngos grub）。

在究竟真理的層面，長壽佛沒有離開過法身，解脫了生死，超越了輪涅。如此，當我們思維長壽佛的證悟身、語、意，在心的層面，長壽佛的證悟沒有一刻離開過普賢王的智慧心；這也就是本覺的智慧。如果我們修持長壽佛的證悟身，成就報身長壽佛就是證悟不死的金剛身。

與他化現為長壽佛類似，法身阿彌陀佛也在報身佛淨土化現為報身佛。這時，他就是報身本尊的五方佛之中西方的那尊佛。

同樣，阿彌陀佛也展現為化身的形式。從法身和報身化現出西方極樂世界（Dewa Chen；Bde ba can）這一化身淨土，即所謂的西方淨土。在極樂淨土中，阿彌陀佛就是展現出來的化身佛。據說，西方淨土中的化身阿彌陀佛，結跏趺坐，手持禪定印，身著法衣，頂相肉髻，相好莊嚴。阿彌陀佛也同樣以觀世音菩薩或蓮花生大士身，或其他身形，顯現在化身淨土。

阿彌陀佛就這樣展現了三身或「佛身」：證悟了究竟實相的法身

阿彌陀佛；五方佛之一、明妃為白衣佛母的報身阿彌陀佛，以及長壽佛這一報身顯現。阿彌陀佛的報身佛和化身佛都居住在極樂淨土，都是法身佛「顯現的面向」（snang cha），為了利益眾生而出現。

阿彌陀佛的三身在本質上與法身普賢王如來完全相同。法身普賢王如來是究竟智慧心，是不帶任何迷惑的本覺的自然狀態。當我們談到法身普賢王如來所化現的曼達，我們指的是他報身的面向，如金剛總持佛；或者是五方佛部的五尊佛，如毗盧遮那、阿彌陀佛，以及所有無量的報身本尊。在化身的層面，有釋迦牟尼佛，賢劫千佛，和所有化身佛。

究竟上，輪迴和涅槃之中的所有空間、時間和一切現象，都不外乎是普賢王如來的智慧展現。另外，所有證悟的化身展現，比如釋迦牟尼佛、觀世音菩薩或文殊師利菩薩，都是與普賢王如來同一本質，為了利生而從他的證悟心中化現出來。這裡要弄清楚的關鍵是：當我們理解他們的究竟本質，他們每一個都具備同樣的獨特本質——本覺智慧。

經乘教法講到有關不同的佛如何開展出證悟事業的界域，通常會解釋為如同阿彌陀佛那樣發願並修道而成就。在他證悟之後，化現出極樂淨土。有許多眾生因彌陀願力而往生極樂淨土的實例。印度大師龍樹、阿羅迦上師和很多其他的祖師都在他們的願力和修持之下往生極樂淨土。事實上，凡夫也會在修持遷識法（phowa；'pho ba）時，觀想阿彌陀佛就在頭頂。如此具足信心的持續和懇切祈請阿彌陀佛，然後在臨終時，修持遷識法，就有可能往生西方極樂淨土。

然而，從究竟的法身普賢王如來的曼達觀點來看，「外在」並沒有一個「地方」可以讓人「到那裡去」的西方淨土。任何人如果能淨除自己內心的覆障，盡力修持阿彌陀佛，都可以得到加持而具備直接見到阿彌陀佛的能力。因為每個人的自覺本覺（rang ngo rig pa）在究竟上與阿彌陀佛完全一樣，透過向阿彌陀佛祈請，觀修阿彌陀佛，就能見到並認證這個本覺，也就能親見阿彌陀佛。

勝樂金剛和 24 個剎土

在大乘通常說的西方淨土以外，因為諸佛的善巧方便，還化現出了不可數的各類化身淨土。比如，在密咒乘教法中，有24個勇父和空行的淨土。這24個淨土一般都解說為在印度。據說有人到了這些聖地，就能夠見到勇父、空行，進入他們的領域，並獲得世出世間的成就（梵文：siddhi；藏文：dngos grub）。在很多生平故事的記載中，我們也可以看到很多偉大的上師和成就者，例如大學者那諾巴，確實到過這些聖地。

我們可能也聽說過密勒日巴尊者的大弟子惹瓊·多傑·扎巴，他曾經去過24個聖地。然而惹瓊巴去過24個聖地的說法，是對一般凡夫的理解而說。我們對二十個剎土，如鄔金剎土、迦藍達塔拉淨土等，開始都會有個大略的想法。我們可能會認為惹瓊巴去到這些剎土，就如同搭飛機飛越大洋。

每個人都會如此理解這樣的說法。在相對層面，這沒有錯，我們沒有偽造事實。但是，這種說法只是為了利於剛入道的初學者的理解，並不能反映最高的見地。對一般凡夫，這些剎土被解釋為一般人都可以去，但這只是解釋上的方便說法，讓一般人能夠對證悟的行為有一些初步的認識。

在各種無上瑜伽的密續中，對24剎土有不同的解釋。一些密續說這24個剎土都在印度，另外的密續說一些剎土在中國，還有密續說24個剎土分佈在世界各地，甚至有的在人道，有的在非人道。也有密續解釋說這24處在更高、更內在的層次，在金剛身的微細氣脈中都能找到它們。

舉個例子：傳說中曾經有一個兇惡的魔鬼，一些密續說是殭屍，非常有力量，殺掉很多人。他也許就像希特勒，指揮手下很多小鬼，統領24個地域。後來在佛陀的加持下，各個本尊、勇父、空行降伏了這些魔眾。首先是男性的惡魔被消滅，他們的神識解脫到了淨土。接著是女性和孩童魔眾得到解脫，最後這24個地域不再有魔眾留下。當魔軍驅散，勝利者就會留守。因此，在這二十四個地方都有勇父、空行駐守，並將它們轉為剎土。

《勝樂金剛密續》記載：在壇城裡的勝樂金剛佛，曾經就是統領魔王陪囉閥（Bhairava）。後來金剛總持佛化現並降伏了魔王，金剛總持王自己示現出忿怒尊的陪囉閥。金剛總持顯現為陪囉閥的外形，實際是勝樂金剛的智慧本尊，並把陪囉閥之前統御的魔界轉化為24剎土的曼達。

這曾經是陪囉閥魔界的24剎土中，有四個主要的空行。她們是金剛總持佛的化現，外形是曾經住在魔界中墳場的四個魔女。其中一個叫蓮花空行母，藏文稱為Dum Kye Ma。Dum的意思是「碎片」，kye的意思是「出生」；她被稱為「從碎片中出生」。這個名字的來歷是因為當人們去陪囉閥的一個墳場時，會見到肢體的碎片，比如一隻手、一個胳膊或其他身體部位。當他們看到這些身體的碎片時，「碎片」立即變現為兇惡的魔女，撲過來吞食他們。

當這個魔女被降伏後，她的神識解脫到佛土，證悟的金剛總持佛和勝樂金剛從她的軀體化現，成為忿怒尊的蓮花空行母。這個化身曾經是魔女，帶著頭顱的項鍊，手持顱器和其他忿怒及恐怖的配飾。勝樂金剛的勇父空行也用相類似的方式，把陪囉闍控制的血腥之地，轉化成24個清淨的剎土，讓眾生得以遇到佛法、證悟成佛。這就是根據勝樂金剛密續，證悟的化身勇父、空行如何化現出了24剎土。

佛陀、勇父、空行這樣化現的原因為何？勝樂金剛是本初佛普賢王如來的一個化身。所有在普賢王如來的法身淨土金剛光明心（Osal Dorje Nyingpo；'Od gsal rdo rje snying po）之中的無量智慧本尊，都是普賢王如來的化身。這包括所有黑汝嘎智慧本尊，如勝樂金剛和所有智慧護法，比如不同的瑪哈嘎拉。因為一般凡夫無法聽到或看到以智慧形態出現的普賢王如來，所以需要像勝樂金剛、勇父、空行這樣的化身，在輪迴三界中的凡夫便可以感知到他們，並進入法道。

舉例說，勝樂金剛本尊展現出化身佛淨土，為了調伏眾生，使他們見到他的化身，成就勝樂金剛的智慧身，而成就佛道。這也就是我們在密咒乘修持寂靜尊和忿怒尊的生起次第和圓滿次第的原因。

據各種記載，我們看到以外在的方式來解釋佛陀的智慧必須這樣化現，為了利益眾生。因此，無上密續的所有黑汝嘎本尊，如勝樂金剛、時輪金剛和喜金剛，在他們的歷史記述中，都是跟有力的魔王被馴服而解脫，其領域被諸佛調和為剎土相關。忿怒尊黑汝嘎的智慧本尊是由金剛總持佛化現的，為了救度投生惡道的恐怖眾生不受魔王惡意的傷害之苦。這就是為什麼我們會看到，在忿怒智慧本尊腳下都踩著如陪囉闍那樣有力的魔王，這表示他們已經被降伏，他們的領域已經調和轉化了。

所有這些史事都是從凡夫的世俗諦觀點來教導的。究竟上，從佐欽教法來理解黑汝嘎本尊，我們必須參考普賢王如來法身。事實上，密咒乘無數密續的無量本尊，比如時輪金剛、大威德金剛、普巴金剛等等，三身的整個本尊，都是從法界，也就是普賢王如來的智慧心（kun tu bzang po'i dgong klong）之中生起的。

這樣，我們看到了歷史上對忿怒本尊和寂靜本尊，如釋迦牟尼和阿彌陀佛的記述。通常，關於寂靜本尊之道的歷史所講述的，是一位聖者如何發起菩提心，累積廣大的功德，然後他們發願在證悟時，能夠展現出利益眾生的淨土。在浩瀚的經典和密續中，我們可以發現這樣的聖者都歷經多生累世，而得到解脫和證悟 。這些都是基於一般的解釋而說的。

總括來說，根據密乘教法，如果心的本質被證悟了，就叫做「法身佛」，也被稱為「諸佛不可思議之秘密」，在身、語、意三者之中，這與心意相關。法身普賢王如來的智慧心，需要化現為眾生可以追隨的道路。因而出現了所有普賢王如來的化身佛土，為了他希望調伏的眾生。

淨土在哪裡？

到這裡我們可能會想：當教法講到淨土，就像它們確實是一個地方，這到底是什麼意思？當我們談到惹瓊巴去到天界（梵文：khechara；藏文：mkha' spyod），或是偉大的蔣揚．欽哲．旺波去了蓮花生大士的銅色山淨土，或說班禪喇嘛洛桑．確吉．尼瑪在香巴拉淨土騎馬，這些到底意味著什麼？如果我們認為它們是在宇宙裡面某些確定的地點，那麼我們會因此而困惑。現實中，這些大師並沒有到外在的某個地方。這樣解釋的目的是讓凡夫眾生能夠有一點關於剎土的淨觀（dag snang）的想法。

偉大的瑜伽士密勒日巴的弟子惹瓊巴，有幸見到並達到化身層次的證悟（sprul sku sangs rgyas）。他沒有完全的證悟，但化現出虹光身的一種成就，稱為「去到天界的剎土」（梵文：khechara；藏文：mkha' spyod）。當我們談到惹瓊巴的虹光身成就的狀態，或說他到天界剎土，這不是用簡短的文字就能解釋清楚的。這需要對天界和它們如何形成的作詳盡的解釋。

無論是什麼淨土，它的展現都如同天空出現的彩虹。彩虹的出現，依賴很多的因緣條件，比如：陽光、雨霧等。有了這些條件，彩虹才會出現。在究竟層面，沒有太陽、沒有雨霧、沒有大地，也沒有彩虹；彩虹出現是相對層面的諸多因緣條件促成的。

惹瓊巴透過生起次第（kyerim bskyed rim）淨化了他的凡夫身，並安住於圓滿次第（dzogrim；rdzogs rim），由此他內心生起了去到24個剎土的顯相。這不表示惹瓊巴真的飛到了所謂淨土的某個地方。首先在修持中生起淨觀，然後因為普賢王如來化身和智慧的加持，我們就可能有24剎土影像的內在經驗（nang nyam；snang nyams）。

惹瓊巴到達的「地方」是內在的，是內在的剎土。因為他自己的信心、精進修持和成就，他感知到了內在的淨土。在無上密續和阿努瑜伽教法中，這些剎土都是內在的，在行者氣（lung；rlung）、脈（tsa；rtsa）、明點（thig le）的金剛身之中。透過對它們的修持，內在的佛土就能夠被經驗到。

惹瓊・多傑・扎巴透過淨化他內在的覆障、我執、無明、煩惱情緒和對身體以及五蘊的執著，而到達了淨土。他得到了證悟的成就，行持在精微氣脈之道上。惹瓊巴圓滿了生起次第的四個清晰和四個穩定的修持，這些內容稍後在本尊瑜伽的生起次第會討論。這和他在圓滿次第中脈修持的成就相融合，因而他對身體的執著消融了。透過這個修持，對身體的個人經驗會轉化為明性的本質（'od gsal gyi rang bzhin），融入本尊的自性之中。這是神奇幻化的顯現；如幻的身體（sgyu lus），幻象一般的浮現，虹光的身體。

如果有人成就了生圓次第的修持，他將和被普賢王如來加持的勇父、空行一樣幸運。透過幻身成就，他可以進一步修持，而得到更殊勝的成就：證悟幻化明光雙融身。

總而言之，天界淨土都是內在的。說它們是外在的某處只是為了方便，為了符合凡夫眾生的理解。在相對層面，我們不會說淨土不存在；但在究竟層面，他方宇宙和淨土都不存在，就像這個世界也不實際存在。它們都是如夢如幻的顯現。

我們向外可以說普賢王如來或金剛總持佛教導了勝樂金剛密續，惹瓊巴飛到了某一個地方。實際上，惹瓊巴修持勝樂金剛的精進，會合了普賢王如來和金剛總持的願力，這二者融合使惹瓊巴獲得淨光天界的淨觀。究竟上，這裡的重點是：我們自心的本然狀態（sem kyi naylug；sems kyi gnas lugs），就是普賢王如來、金剛總持、勝樂金剛，也就是界智雙運。

蓮花生大士和銅色山淨土

讓我們看看另一個例子：蓮花生大士的化身淨土：銅色山淨土（Zangdog Palri；Zangs mdog dpal ri）。如果一位瑜伽士跟隨寧瑪的教法而想到銅色山淨土去，在世俗諦的層面，它聽起來也會像是他想去一個實際的外在位置：「外面」某處。然而，在超凡的層面去理解，如之前說過的，外在並不是真的有個可以到的淨土。對這個的證明是：沒有修持過金剛乘生圓次第禪修的凡夫眾生，不可能「飛到」銅色山淨土。

有一些伏藏教法或伏藏師，透過禪修或親身去過銅色山。進入過那種界域的人，是透過成就了生圓次第的修持，因此，他們已不是一般的凡夫眾生。他們外在上看起來還是凡夫，但是在他們自己的經驗（rang snang）裡，已不再有一般的血肉之軀；相反的，他們成就了如幻的身體（dag pa'i sgyu lus）。然而，這不表示在其他人看來，他們的血肉之軀不見了。

如果希望能夠到達殊勝的銅色山，有兩個內在的因。首先，我們必須透過生圓次第和自己禪修的加持，淨化內在的業力和覆障，以及對自己凡夫身的執著。第二，我們都具備與蓮花生大士相同的究竟本質，因此要透過修持圓滿次第和大圓滿，喚醒和證悟本具的界智無二和內在的淨土。

再一次重申，我們所說的「外在」和「內在」僅只是因為此刻我們除了用二元層面的凡俗語言來溝通，別無他法。蓮師是「外在」的阿彌陀佛的化身，阿彌陀佛與法身普賢王如來具備同樣的本質。因此，蓮師與普賢王如來無二無別，兩者都具有證悟心性的力量。如果過去不曾有人具備證悟普賢王如來，也就是心的本質的力量，那就不可能有誰能展現為蓮師而出現於世。

那麼，以蓮師作為禪修本尊的目的和意圖是什麼呢？依於普賢王如來的加持，蓮花生大士化現在拂塵洲銅色山頂，以度化眾生。一般的教法說，在拂塵洲，印度的東南面，就是璀璨的銅色山。它外在的展現是在蓮花生大士蓮花光淨土之下，也是被稱為羅剎國魔王的土地。當他離開西藏之後，蓮師到了羅剎國，阻止羅剎魔王摧殘南瞻部洲的人類。在羅剎國之上是蓮師的光明淨土，充滿其證悟的特質，也就是我們祈願透過修持蓮師本尊而能夠往生的淨土。

這是對凡夫所作的解釋；究竟上講，外在物質世界沒有一個所謂的蓮師淨土，就如同這個世界也並不真的存在。從究竟的觀點看，銅色山不是一個實質的地方或事物，也不是我們血肉之軀能夠造訪的地方。它是相對的、如夢一般的展現，毫無究竟真實本質，只為利益眾生而出現。當一個人內在惡業和覆障透過修持淨除，然後透過祈請普賢王如來，以及發願，在蓮師加持之下，就可以到達輝煌的銅色山，並在那裡聽聞教法。

譬如夢中人

所有類似的解釋，都是為了利益眾生，採用的方式是便於他們更容易理解。例如，如果想用夢來做例子，這些本尊都是夢中的顯相。諸佛和本尊化現在輪迴的三界，是為了喚醒還在輪迴睡夢中的眾生。我們都睡得很沉，而普賢王如來是醒著的。

如果睡覺時有人想把我們叫醒，這個人的聲音和觸碰必須進入我們的睡眠狀態，才能把我們叫醒。當有人要把我們從惡夢中叫醒，他的聲音必須穿透進我們的睡夢中喚醒我們。但這不是真正發生的；要喚醒我們的這個人，在試圖叫醒我們的當下，並不是我們夢境的一部份。

這裡的比喻是說，我們不能因為他人對我們呼喚，就能被帶到自生覺性之中，除非這個人的聲音和訊息進入夢境而傳遞給我們。我們的覺性如此被蒙蔽，以至於無法立即覺悟法性，即本然狀態。為了讓我們解除正在經驗的輪迴夢境的痛苦，希望喚醒我們的人需要進入我們這樣迷惑的感知之中。這個感知就是我們被擾亂的夢境。

這就是說，諸佛以及其他覺醒者，必須以相似的形體，出現在凡夫受苦的如夢一般的迷惑感知中，以便凡夫能夠和他們的顯現連結。覺者知道，如果沉睡的人不了解他在夢中，那他就不能夠認識法性。醒著的人需要告訴夢中的人：你在睡夢中，而且是正做著惡夢。並對他說：「無論你看到的什麼危險，恐怖的顯現，野獸等等，都不真正存在，也不能傷害你。那是你夢境的顯現，而你還不理解、不認識你心的本質。你需要真正努力的醒過來。」

迷惑中的人不會立即醒來，但或許他至少會開始考慮自己為什麼睡著和做夢的不同原因。最終這個人會在一定程度上接受自己是在做夢；但即使如此，夢境不會即刻消失。這個人或許還是相信自己看到了大象，然後想到：「哦！這只是一個夢。」如此以往，這樣的思維會削減我執，迷惑的感知漸漸會失去力量，他會逐漸從夢中醒來。當他醒來時，那裡根本沒有大象，夢裡的一切都不存在。他在夢裡感知到的一切，完全沒有實質，也不存在。

夢的比喻是用來指出：以普賢王如來的智慧心來看，我們完全沉睡並沉溺在無明之中。與我們的狀況相反，普賢王如來完全覺醒。因此，為了我們自己能醒來，我們需要和他覺醒的心產生連結。如果還不能直接連結上，我們就不會立刻醒來。為了要把一個夢中人喚醒，醒著的人可以在夢中告訴他：「你需要向西方淨土的佛陀祈請。」或是說：「向天界的方向，那裡有覺悟者、勇父和空行。你應該對此有信心，並懇切的對他們生起虔敬。」這對沉睡者是真正的利益。

引領有情的化身

之前提過的三種化身：第一種是殊勝的本質化身（rang bzhin sprul pa），我們所知的十方諸佛的淨土。這些都是包含在五方佛部剎土之中，它們的化現是為了解脫眾生為目的。第二種是引領眾生的化身，如釋迦牟尼佛，以及次等的化身，如菩薩和轉輪聖王等。第三種是種種化身顯現，透過不同型態和外形展現為有情生命或無情事物。

到此，我們已經討論和諸佛和其殊勝化身，是引領眾生的第二類化身。這之後，我們談了化身的不同展現：本尊和淨土，這些都屬於第一類的化身，殊勝的本質化身。

第二類的化身轉生在輪迴的六道來引導眾生。他們降生在這個世間，有可能是殊勝的化身佛，或是在第二類化現中所包含的以人形、畜生或其他有情形態降誕於這個世間的化身。

智慧者有可能是從十方的化身佛土或五方佛部化現在我們這個世界。在這些化身之中，有本質的化身，比如五方佛眷屬淨土的勇父和空行，他們有時候也化現在這個世界，或降誕在這個世界。因為空行母是法教的守護者，她們會不時化現於世，來檢測佐欽教法是如何被傳導下去的。這是因為佐欽教法是在空行母的保護之下的。如果有人扭曲教法的意涵，曲解佐巴千波教法的智慧內涵，在法道上誤導他人，這些空行有可能給予說法者懲罰：帶來疾病或傷害。

有個例子是曾經一位上師在傳授佐欽《無上智慧》的教法時，他的弟子之中有一個名叫強楚．多傑的瑜伽士，和另外幾個瑜伽士一起在接受法教。他們晚上聽法時，只有一盞酥油燈，因此屋內很暗。接受了這些經驗教法一年左右，這個瑜伽士出去化緣，以補足資糧繼續聞法修持。他來到一座房子前，見到了一名女子。她對這位瑜伽士說：「最近你和兩、三位瑜伽士一起在接受《無上智慧》的教法，卻只點了一盞酥油燈。你現在要讀誦《無上智慧》，是嗎？」瑜伽士一聽非常訝異，問道：「你是誰？」女子回答說：「我曾在夜晚乘著一隻鳥的羽毛前往你們的房間。」這是真的。她的確到過那裡。這個故事就是空行母的神奇力量的見證。

第二類的化身是引領有情眾生的。如果我們特別認為有一些降誕在這個世界的化身，那我們也可以視他們為清淨或不清淨的化現。首先，化身展現有清淨的面向，以上師的形象化現。第二，化身的不清淨的面向，被認為是凡夫外形，比如乞丐、妓女或任何人類。為了眾多不同類別的有情能依他們的能力和福報得聞教法，佛菩薩也會化現為畜生道的眾生，而為在那一類眾生指引道路。這類化身是無限的，佛陀甚至會化現為昆蟲，為了指引他們道路。

根據眾多不同種類眾生的能力和福德不一，諸佛會化現在任何眾生能找到的地方，以示教利生。因此，無論我們談到的化身是上師或其他種類的有情，無數種不同的化身都有可能出現在這個世界上。輪迴六道中有數不清的化身在展現。在所有地獄、餓鬼、靈祇、畜生等道，都有化身的展現在利益這一道的眾生。他們可能是男性，或女性，在任何情形和狀況下，利益跟這個情形有相應福德和能力的眾生。

曾經有一位噶舉的上師，在幾千世之前，投生為蟻王。他記得在那一世，他能夠教螞蟻們規矩和方法，使牠們有正向的行為，如此讓牠們奠定未來通向證悟的道路之基。有個寺院的一面牆上記錄了這位喇嘛的前生故事。類似的，偉大的成就者唐東・嘉波也記得自己一世曾經投生為狗，另一世投生為山羊。

種種化身

三類化身之中的第三種化身是種種化身（sna tshogs sprul pa）。這類化身根據眾生的福德和能力，有無數種形式和眾多可能的外形來展現。有不可估量的化身出現在五濁世間來調伏眾生。他們可能以有情生命的各種形態出現，或是以各種無情的形態展現出來利益眾生，比如展現為化身淨土或是輪迴的六道中任何有利於度眾的外形。事實上，任何為眾生帶來利益的形式，都可以被看作是諸佛的化身。不同的化身或許沒有一尊佛的臉或是身形，但卻能代表諸佛的多種事業。因為佛陀出現於世，因此所有這些有利益的對境都是對應眾生的福德條件而顯現。

佛陀證悟的事業帶給眾生暫時的喜樂、究竟的平靜和加持。眾生根據自己業力和福德因緣，經驗到不同的快樂，如雨露陽光，供給眾生飲用和居住的水源，以及其他眾生可以享用和獲益的條件。一些經典中記載，佛陀還會化現為船隻和橋樑。有人對此可能會認為我們踩踏在佛身上，然而船隻和橋樑並不是諸佛本身，而是諸佛遍在能力（thugs rje kun khyab）的化現。這些事物都是佛陀事業的一種面向，相應眾生的善業功德而展現出來。

與投生化身佛相似，種種化身佛能夠化現為任何種類的眾生，引領他們到達解脫。如果要推測誰是證悟的，誰是化身，以我們的狀態是無法確定的，因為有太多證悟者的化現。

重要的是去理解種種化身佛都是如幻本質的現象。比如說，一位魔術師或幻術師，或藝術家創造的影像，外在的展現是如此不可思議；它們如何展現，其實有無窮的方式。同樣的，化身怎麼出現和以什麼形式來展現，也是超越我們世俗心的局限。它們真正超越了我們的概念化思維，是不可思議的。

當教法談到奇妙的輪涅如幻本質（'khor 'das sgyu ma chen po'i rang bzhin），就是介紹諸佛菩薩是能夠駕馭如幻顯相的成就者。現象的展現如同魅影，空而顯。如此理解證悟者的展現，能夠幫助我們了解輪迴的三界和涅槃的淨土之中的一切事物的如幻本質。

本尊瑜伽：生起次第

現在我們所觀修的本尊，外形是出自第二世敦珠仁波切——吉扎．耶謝．多傑（Jigdral Yeshe Dorje 1904-87）伏藏法的空行母。這個教法被發掘出來，特別是為了利益這個黑暗時代的眾生。這個修持源自於三寶的慈悲和諸佛的加持及願力，它是成就蓮花生大士的佛母耶喜措嘉的實修方法。耶喜措嘉空行母是法界普賢王如來的化身，法身普賢王如來的明妃，她是究竟本尊（don gyi lha）的女性面向。

為了幫助我們認識到我們自己本具的這個狀態，空行母耶喜措嘉藉著普賢王如來和佛母的願力，展現為他們的化身，降誕在這個世界。耶喜措嘉接受了蓮師的加持和教導，她寫下並傳授了一個跟隨她而成就本覺智慧的方法，成為她諸多證悟事業的一部份。這樣我們才有了以耶喜措嘉為本尊的觀修方法。

我們應該如何理解以女性面向顯現的禪修本尊的真實本質呢？我們需要記得的一個重點是：我們內心的真實本質是界（ying；

byings）智（yeshe；ye shes）不二的。當我們談到「界」，是指法界的空性，也是般若波羅蜜，般若佛母（梵文：prajnaparamita；藏文：shes rab pha rol tu phyin pa）。這裡所說的智慧是普賢王佛母——法界究竟的空行母。她在化身佛界的顯現就是耶喜措嘉。

上師指出我們心的本質是赤裸的覺性（rig pa rjen pa），其實就是指智慧心（zang thal dgongs pa）無礙、開放的通透明晰。赤裸的覺性是我們自心的本質，然而只是擁有這個本質還不夠；我們還需要在自己的經驗中認識出它。這就是我們進行本尊瑜伽修持的目的。

本尊有兩類：法性究竟本尊（chos nyid don gi lha）和象徵因緣本尊（chos can rtags kyi lha）。普賢王如來的本覺智慧就是究竟的本尊，意思是證悟心的究竟本質是界智雙運。當我們說普賢王如來是界智雙運或是覺空雙運的，表徵的示現就是普賢王如來和佛母的雙運身。

空性的女性面向

通常，法教中所說的男性和女性，相對應的就是方便和智慧的兩個面向。方便是男性的面向，智慧是女性的面向。然而，當我們說到智慧本身——法性究竟本尊時，智慧的本質也具備了男性和女性兩個面向。因此，普賢王如來是究竟本尊的男性面向，也就是本覺。他的明妃：普賢王佛母，象徵了究竟本尊的女性面向，也就是界（ying；dbyings）。

簡而言之，當我們談到空性慧（rig stong），普賢王佛母就是空性的面向。空性（stong cha）面向是女性的，也就是界（dbyings）；而明性（gsal cha）面向是男性，「明」在這裡是指本初智慧（ye shes）或本覺。如此，教法以陰陽、明空、界智或界覺來談智慧。

偉大的般若佛母、耶喜措嘉、金剛瑜伽女，或所有的女性本尊都是究竟本尊的表徵形象。她們都源自並由究竟本尊化現出來。這樣因緣條件和表徵的本尊有兩類：報身本尊和化身本尊。這兩類都是佛的色身或「證悟形式的身軀」。佛的色身既是指佛陀及本尊的報身虹光身，也是指輪迴三界中展現的化身形體。

在眾多報身的女性本尊中，有金剛瑜伽女和五方佛部的五方佛母，比如白衣佛母和蓮花佛部。以及所有無量的佛母和女性本尊。在女性化身本尊之中，有蓮師的明妃耶喜措嘉和曼達拉娃，以及24剎土轉身的空行母和所有可能的女性型態。她們都是因緣象徵的本尊，象徵了成佛的女性面向。如密續所述：「一塵中現塵數佛。」

普賢王如來的明妃普賢王佛母的化身有本尊金剛亥母、金剛瑜伽女、耶喜措嘉和所有的女性禪修本尊。我們之中每個人都有普賢佛母、金剛瑜伽女和所有女性本尊和證悟者的本質。她們都是我們佛性——證悟精髓——的面向。據說，為了證悟空性，特別要依靠表徵為母性本尊（yum）的女性證悟特質的面向。

這就是為什麼圓滿次第的修持在阿努瑜伽和母系密續中尤其重要，因為圓滿次第是幫助行者經驗和體證空性的特殊方式。根據無上瑜伽的教法，修持女性本尊及圓滿次第，是證悟空性的關鍵。究竟上，當我們證悟界智雙運，我們就得到同樣層次，也就幸運的與這些女性本尊等同了。

修持本尊的一個主要原因是，透過跟這些已經證悟心性的成就者產生因緣連結（tendrel；rten 'brel），我們便有可能證悟自心的本質。為了這個目的，我們修持各種本尊。如果開始就沒有人像普賢王如來這樣證悟了心的本質，那麼即使我們有著同樣的本質——界智雙運，我們也永遠無法證悟我們的自性。這就是為什麼我們修持上師瑜伽和進行本尊觀修，是如此的重要。

我們現在要關注的，是密咒禪修的兩個次第：生起次第和圓滿次第。如果我們希望能「往生淨土」，或是實際經驗剎土的清淨展現，那麼根據一般密續教法，我們需要透過生起次第的禪修完成資糧道（tshog lam）的修持。資糧道是五道修持的第一步，透過五道的修持成就，就能達到圓滿的證悟。透過生起次第的修持，可以快速的圓滿資糧道的修持。如果沒有各種生起次第的修持，要累積夠必要的資糧、完成資糧道修持並進階到之後的修道，那將是非常困難且需要極長的時間。在生起次第修持的基礎上，我們透過那洛六法的瑜伽禪修（naljor druk rnal byor drug）的圓滿次第修持，便能夠進入第二道的修持——加行道（jor lam；sbyor lam）。

當我們希望修持本尊瑜伽的圓滿次第，就需要用一種新的方式去理解諸佛和本尊。我們需要用方便道（thabz）的生圓次第來理解他們。這些方便道的方法仍然是概念性的途徑。它們用概念方式來修持並累積福德，為了能具足超越概念的智慧。然而，儘管本尊瑜伽的生起次第是概念性的方式，為了完成它，我們卻不需要置入很多分析，也不需要創造大量的念頭和過度努力的思考。

但這也不是說完全不盡力去修持方便道的方法；行者仍需要精進。法性已然的現象本質，是超越念頭和概念的；在此，思慮觀察的努力不是主要的著力點。相反的，行者所盡的努力是在本尊瑜伽的生圓次第兩個階段的密咒修持。我們從生起次第的禪修開始，觀想諸佛和本尊的身體。在我們的語方面，我們持誦咒語，同時我們將心安住在一境的三摩地，學習認識出心的真實本質。

比如，當我們在做前行修持和生起次第的觀想，通常觀想法身在最上面，中間為報身，化身在下面。我們想像三身的淨土像三層樓的建築，頂樓為法身。這樣想很有效用，但仍然是二元的思維。觀想只能以這樣的方式去描述，使我們的二元心能夠在觀想的內容方面得到一些適當的理解。

即使是以這樣二元的方式去思考，如果我們在想像三身的同時帶著信念和虔敬祈請，也是非常有益的。這個利益來自祈請和發願，而祈請和發願會引導我們的心往正向、良善的方向，創造與本尊所代表的證悟者產生因緣連結的條件。因為諸佛事業的善巧方便，才使我們有了這樣的方法。這些修持還不是阿底瑜伽——大圓滿（dzogpa chenpo；rdzogs pa chen po）的本然狀態。它們還未開顯秘密而不可思議的本質。但是，如果我們有信心和虔敬，即使用二元方式觀想三身，也是非常有幫助的。

這個幫助是怎麼來的呢？生圓次第的方便道修持仍然是在二元心的範圍之內。當我們說二元思維的範圍內有些什麼的時候，是指概念性想法所涵蓋的任何事物。另一方面，這些練習試圖介紹我們認識的不可思議本質，是超越以我們情緒和妄念遮障為基礎的一般思考模式的。如果我們單單用二元概念來理解，就沒有辦法認識超越二元思維的不可思議本質。透過我們二元的認識和感知不會帶來真正的理解，因為一切事物的實相是超越概念的秘密本質。

為什麼是這樣呢？因為我們二元心有煩惱障和所知障。當這些障礙現前，我們的見解是偏頗的，我們無法看清楚。為了要淨除這些覆障，我們修持生起、圓滿兩個次第。

為了完成生起次第的本尊瑜伽禪修，我們需要做到八種清晰和穩定（sal ten shay gyay）。四種清晰是指觀想的本尊細節明確、明覺生動、活力勇健、鮮明清晰。四種穩定是指觀想的本尊不動穩健、保持不變、不可改變、靈活柔韌。❷

因為普賢王如來化身的存在，多種本尊出現了。我們能透過虔敬、信心和禪修見到他們。為此，我們需要在本尊修持中做到上面八點。我們可以觀想自己是勝樂金剛、金剛瑜伽女、耶喜措嘉或其他本尊；當我們圓滿八個要點，我們便開始獲得本尊特質和特性的一些成就了。比如說，在觀修自己是金剛瑜伽女，並做到八個要點，我們的身體會淨化並開始成熟為本尊的身體。透過這樣的修持，我們向外的凡夫、二元概念削減；向內的無明和習性也會減少。

❷ 蔣揚·札巴，在決嘉所記錄中，對「智慧之光」(Lamrim Yeshe Nyingpo; Lam rim ye shes snying po)中這些名相做了如下解釋：
四個對清晰(gsal brtan tshad brgyad)的評估是：細節明確，指從特定本尊的身形外在可見面向清晰而不模糊，乃至本尊眼睛黑白分明；明覺生動，因為本尊不是昏沈的狀態，缺乏本覺敏銳的認知，而是具有空性認知的醒覺特質的本覺敏銳度；活力勇健，因為本尊不是由無心的事物，如彩虹那樣組成的，而是每個毛孔、每根毛髮都充滿了遍知的覺醒，因此他們當下光芒四射，顯現出感官知覺的百種特質；鮮明清晰，是因為這些本尊不只是概念介入的或許是這樣、那樣；而是，他們在你的經驗中如同本人出現一般鮮明生動。
四個對穩定的評估是：不動穩健，不為忘記、懶惰等一般的錯誤所動；保持不變，不為特別的錯誤，如閃爍或飄動的影像所動；不可改變，因為[觀想]生動清晰，不只一小段時間，而是日夜都不被最細微的念頭所控制；靈活柔韌，或說完全穩定是當徹底具足對任何莊嚴的面向的觀想——比如身形的顏色，面部和手臂，出現、保持，乃至化現和消融於光。
如果你已經訓練到完全把握住清晰和穩定的八個要點，你會經驗到一切都如同本尊的壇城。這就是「圓滿的經驗」，也就是所說的「經驗到本尊的壇城」，這就是已達到完全的穩定。（蓮花生大士，智慧之光，第二冊[香港：自生智慧出版社，1998]，142N129）。

當我們這樣透過生起次第完成止的禪修，在我們禪修的時候念頭不會再生起，而心在等持中安住。在此基礎上，我們觀想並祈請諸佛、本尊，憶念他們的形像，生起信心（depa；dad pa）、虔敬（mogu；mos gus）和淨觀（dag nang；dag snang）。

當我們生起真切的虔敬，就會接收到殊勝的加持。外的加持來自於諸佛的願力；內的加持來自於我們自己的信心和虔敬；秘密的加持，是因為我們實際就具備心的本然狀態。在所有這些因素條件的基礎上，我們便可以成就淨土、證悟法性。從生起次第的觀點，具足以上所述的各種因緣條件，基於它們之間的因緣和合的連結，我們就能證悟。

本尊瑜伽：圓滿次第

我們已經根據生起次第（kyerim；bskyed rim）修持的要點，簡略的討論了佛土和化身。現在我們需要從密咒金剛乘的生圓次第修持的第二個次第：圓滿次第（dzogrim；rdzogs rim），來理解如何趨向諸佛本尊。

在生起次第，我們觀想諸佛本尊，想像淨土，作為生起淨觀和喚醒心性的一種方便。我們運用想像，開始將我們對輪迴不淨現象的如夢感知，轉化為清淨顯現（dag snang；dag snang）的感知，明觀淨土、諸佛和本尊。生圓次第這兩個密乘禪修，生起次第比較屬於福德的面向，而圓滿次第更屬於本初智慧的面向。在生起次第的修持中，圓滿次第的修持比較簡略，讓觀想的本尊融入明空（stong gsal）——心性之中。這一階段完成之後，如果我們希望修持本初智慧的面向——從迷惑中醒來，那就需要進入更加具體的圓滿次第的修持，比如那洛六法的瑜伽。

方便道修持的圓滿次第和五道中的加行道相關。相對於大手印和大圓滿禪修的「解脫道」（drol lam；grol lam），圓滿次第的修持屬於「方便道」（thabs lam）。方便和智慧這兩條道路，反映了大乘佛法禪修的兩個原則。根據勝利金剛、喜金剛和密集金剛等無上密續，我們需要修持方便道，是為了完成資糧道和加行道的修持，從而使我們了悟五道中第三步的見道。

無上密續教導了兩個次第的本尊瑜伽。在這些密續中，我們必須首先修持方便道，而認識明覺的智慧。這是在這些密續教法中所呈現的方式方法。它們教導我們做這些方便道的修持，配合實際形體的勇父或空行配偶，或是用觀想配偶來交替練習，為了證悟見道（tong lam；mthong lam）的智慧。當行者透過這兩個次第的方法，使金剛身中脈的曼達展現，就可以證悟見道位。這是根據密咒乘的無上密續所說的修持成就。然而，佐欽密續並不是這樣教授。佐欽密續中的見道成就並不依賴中脈的方便道修持。

我們已經在練習以蓮花生大士的明妃，耶喜措嘉為女性本尊的生起次第禪修。當我們還沒有完善八個清晰和穩定的要點——就還不能親見本尊；但是我們已經透過對修持的好要開始趨向善德的培養。當我們這些修持能做到純熟的時候，便能夠親見本尊。

現在是時候來做方便道的圓滿次第的修持了。在生起次第結束之後，行者觀想的本尊融入明空（tong sal；stong gsal）而進入圓滿次第。但是真正修持方便道的圓滿次第，必須開展消融次第的三摩地，也就是融入的禪修。人們對融入禪修的理解有很多種：喜樂、清明和無念的三摩地，或是明空雙運、樂空雙運、認證心性等等。完成這個次第修持是要透過寶瓶氣（lung bumpa chen；rlung bum pa can）和脈、氣、明點（tsa lung thigle；rtsa rlung thig le）的修持。

為了要開展圓滿次第的三摩地，我們禪修脈和氣（tsa lung；rtsa rlung thig）和拙火（tummo；gtum mo）等等。這些統稱為我們所知的「中脈的修持」。儘管我們透過內熱和相關修持做了一點脈和氣的禪修，實際上只有這麼一點禪修，我們還不能完成五道中第二道——資糧道的修持。無論如何，我們由這樣的興趣和對投入修持的承諾，已經為我們帶來了好的開始。我們也由此可以開始發展圓滿次第的三摩地。

我們開展圓滿次第的三摩地的目的是什麼？如果我們自己內心沒有界智（ying rig；dbyings rig）的本質，那即使外在有一個普賢王如來，我們也無法在他的層次上證悟。比如說，我們有一塊石頭，無論我們怎麼努力試圖打磨提煉，如果石頭裡面不含金子，我們永遠都不能從它之中淬鍊出金子。要得到金子，內在必需有金子的成份。如果石頭含有金子，我們才能從中提取出金子。

同理，因為我們已經有了普賢王佛母和耶喜措嘉的本質在自己內心，我們就有能力認識出這個本質。如果我們內心沒有界智雙運的本質，就不可能認識出它。提煉金子需要正確的器具和工具，就如同我們在生圓次第所需的教導。我們還需要有人指導在哪裡、怎麼樣找到金子。舉例說，如果我們聽從一些愚笨的人所說金子在碳或鐵裡面，那我們再怎麼努力提煉，最終也是白費工夫。但如果我們依靠知道如何找到金子的人，我們就能夠提取出金子。

普賢王如來證悟了他自心的本然狀態，即法性的智慧心。他入定於了知三時的平等性，保持在法性如是的本然心。從他的證悟，普賢王如來利益無量眾生的行為展現出來，展現為上師，給予所有的教導，究竟的幫助我們證悟界智雙運（ying rig yermay；dbying rig dbyer med）。

親見本尊

如果我們圓滿成就了耶喜措嘉的生圓次第禪修，我們就能見到耶喜措嘉。同樣，根據勝樂金剛的修持，我們可以見到與耶喜措嘉相同的金剛亥母。如果有人完善了生起次第清晰和穩定的八個觀修要點，他染污的感知和覆障、無明和執著、嗔恨與我執都會大幅度的減少。隨著四種清晰和四種穩定的八個觀修要點的圓滿，最後，當他不再對外境產生二元的執著，清淨的耶喜措嘉會展現出來。那時，透過逐漸淨化對自己粗重的血肉之軀不清淨的感知，他將不再有血肉之軀的感知，而能夠親見耶喜措嘉。

例如，每天可以分為座上的禪修和起坐之後的座下修持。如果一個人總是禪修耶喜措嘉，那麼甚至在座下的經驗中，本尊也會持續生起。對這樣的禪修者來說，在安住於法性的本然狀態時，耶喜措嘉的顯現也會繼續。瑜伽士會證悟到無時無刻，包含座下的行為中，自心都具備了本尊的本質。然而我們還沒有達到這樣的成就。我們只是帶著信心、虔敬和祈願的力量在修持。

如果是在自己的經驗中親見耶喜措嘉，她會眷顧我們，並將我們帶到蓮師的銅色山。如果是金剛亥母，她會帶我們到勇父、空行之城。這些地方都不是外在的處所，而是透過圓滿生圓次第的修持而帶來的內在的經驗。特別是透過上師和傳承的加持、成就淨觀和加行道的圓滿次第的加持，這樣的證悟經驗就會現前。

在圓滿次第的觀點看來，對行者已不再有某個需要去的「地方」。也沒有東方或西方淨土，沒有佛土，也沒有24剎土。這些說法都是在經乘和生起次第的通識教法中單為了利益凡夫眾生而說。這些顯現在相對層面的外在世界似乎存在，但事實上它們都如夢如幻。他們不真正存在，但是證悟者將它們展現出來，為了需要調伏而達到解脫的眾生。

圓滿次第的修持，是為了讓人實際能認識自心的本質。在此基礎上，配合淨化和調和脈、氣、明點，行者的內在感知和經驗（nang gi snang ba）會展現為清淨的樣貌，如同淨觀。這不是說行者需要這樣想像，就像生起次第那樣。相反的，透過圓滿次第的修持，行者在自心本質的經驗中，就能夠見到淨觀的展現。淨土和佛土會以個人經驗或自顯經驗（rang gi snang ba）生起。

究竟上，根據對教導圓滿次第最甚深含義的大圓滿卓越層次的理解，每個事物都有本覺智慧的本質。除了見到本覺——本然狀態，其他無有可見，也無處可去。當我們從無明的沉睡中醒來，不僅宇宙不存在，甚至這個世界實際上都完全是如幻一般。

如果我們把握好生圓次第的修持，我們內在本具的界智雙運便會展現。由此，我們內在會逐漸穿越五道十地（梵文：bhumi；藏文：sa）。當我們修持耶喜措嘉而證悟我們內在的界，也就是空性或智慧的女性面向，那麼我們會實際見到覺空的究竟空行母，以耶喜措嘉的樣貌出現。這是因為耶喜措嘉就是究竟的法性普賢王佛母（chos nyid don gyi kun tu bzang mo）：界智雙運的本質，以耶喜措嘉的外形顯現，為的是利益有情。

對閉關者的建議

所有佛法修持的動機和究竟意義，是要認出並證悟心性。因此，在圓滿次第的禪修過程中，請把握好氣脈禪修，以作為經驗心性的基礎。要認識出以及證悟心性，我們需要有信任和信心。這不取決於我們是否聰明、強壯，或具備某種性格。它取決於我們的業力、信心、祈請和願力，以及我們所盡的努力和精進程度。有這些為基礎，結合普賢王如來的祈願和願力，我們上師的加持，我們就有可能認識出和證悟心的真實本質。

當我們聚集了基本的因緣條件和緣起連結，那麼我們就能喚醒內在的佛性。這和空中出現的彩虹類似，透過水霧和陽光等必要的因緣和合，彩虹便會出現。如果其中任何一個因緣不具備，彩虹也就不會出現。修持佛法、證悟心性亦然。我們聚集所有的因緣，比如普賢王如來所有的願力和事業，整個傳承持明上師，以及我們自己上師的加持和慈悲，所有這些結合我們自己的信心、虔誠和精進修持。這些因素都具足了，證悟的契機就會到來。在這之中，我們必須具備足夠深厚的信賴和信心。

大圓滿本然狀態是所有教法的最高點。談到本然大圓滿（rangzhin dzogpa chenpo；rang bzhin rdzogs pa chenpo），意味著需要偉大的心充滿了偉大的虔敬和偉大的信心，才能夠證悟它。一個狹隘、弱小，充滿念頭和概念的心，是無法認識它的。我們必須要認識的，到底是什麼？大圓滿本然狀態，一切輪涅的事物都具備，一刻也未曾離開過的法界普賢王佛母的廣大境（chos dbyings kun tu bzang mo'i klong）。

如果要理解法性，也就是理解所有現象的真實形態，我們需要繼續思維：這個世界，我們的身體和感知，五蘊和元素，日與夜……所有這些都是個人的迷惑感知。比如患黃疸病的人，會把白色的東西看成黃色的，但這只是此人健康狀況造成的錯誤感知。同樣，我們把所有不實存、空性的現象看作真實存在。這樣的想法，只是迷惑，別無其他。

我們的血肉身、這個世界，一切存在的事物，真正有的是如夢一般的本質！認為一切事物真正存在，是因為我們二元的感知。我們信以為真的執取世界上的一切。它們如夢本質不僅僅是語言的形容。我們實際可以透過見到現象沒有本質的存在，見到事物的實相，而經驗到它。

我們的痴與悲

從普賢王如來未受欺矇的本然狀態（naylug；gnas lugs）和大圓滿本具的自然狀態（gnas lus rang bzhin rdzogs pa chen po）來看，我們的感知和概念是很奇怪，而且相當可笑的。另一方面，這也是可以令我們悲傷流淚的。見到有情眾生認為外境實存（bden grub）具有特性（bdag tu bzung ba）而急切的抓取並不存在、空性的影像，是一種巨大的悲哀。認為它們是真實的感知，相信並不存在的事物是真實具體的，帶給有情眾生各種持續的痛苦。這的確令人難過。

基於這些虛構的信念，眾生發展出我慢和堅固的認知——他們自己也是獨立實存的個體。這在佐欽教法中被解釋為「概念無明」（kundag marigpa；kun brtags ma rig pa）的一個面向——三種無明的第二種。從這個基礎的無明，以我們是分離實體存在的認知為基礎，整個執著和分歧開始發展。由此緊接著就是業力的積累，以及無盡的輪迴。從無始以來，我們從來沒在這個存在的循環中得到過滿足，將來也不會得到滿足。

當我們想到自己和有情眾生陷於這樣的狀態，確實應該讓我們感到憂傷。想著那無盡的痛苦，我們必然會哭泣。但即使我們哭過了，還是沒有辦法解決或滿足。輪迴的一切都是空的。但有情眾生一直當真的抓持著。就在這些空性顯相中，眾生經驗著散亂、痛苦、懶惰和懈怠等等。

實際上，它就像幻術師創造出來的一個珠寶的幻相。觀眾相信那是真的珠寶，儘管那只是短暫出現的一個看似真實的對境，實際上並沒有珠寶。這就像把彩虹想成真實的珠寶。有情眾生把幻化的珠寶當成真的，還能樂在其中！當佐欽教法幽默的談到這種情形，它們會指出一個事實：有情眾生視相對事物具有究竟的價值。像普賢王如來這樣已經達到佐欽的究竟證悟和見到佐欽本然狀態的人，會視所有這些無盡的現象如同喜劇幻影。

要能理解輪涅的一切都如同幻術變現的影像，我們需要盡力去證悟心性；這是修持的精華。究竟上從大圓滿本然狀態的觀點，一切事物都是普賢王如來廣大境的持續平等性（mnyam nuid ngang）。它是本初智慧和虛空的雙融，三時也未曾改變，並且從基上就是無需改變和轉化（'gyur pho med pa'i gzhi）的完美。

如果一個利根的行者在未證悟的時候，得到已經證悟的人介紹，就只是上師簡單的說一句話，利根器的人就可能證悟。然而，對大部分人，直接的證悟只可能透過修持和親身投入禪修。如果一個人不是利根而得到同樣一句話的指點，他也不會證悟。即使證悟者用手指直接指向意涵，就如同對一個孩子指著月亮，這個人也可能目光恍惚，而見不到月亮。

換句話說，如果指出本覺（rigpa ngotro；rig pa ngo sprod）的時候，上師說：「這是大圓滿。」而弟子一直說：「啊？什麼是大圓滿？」那麼這種情況，有指引卻沒有認證，也就沒有引介（ngotro；bgo 'phrod）。所以不要那樣，要對上師的指引教授完全充滿信念和信心。

法性的智慧心三時都不變。它是界智雙融，從不起伏、移動或改變，它始終現前。這是普賢王如來的證悟，也是和阿彌陀佛、勝樂金剛、蓮花生大士、耶喜措嘉，以及所有智慧本尊——相同的證悟。普賢王如來從來沒有離開過究竟證悟的狀態。無始無終的三時中，他的證悟稱為「法性平等」。達到這個境界，我們需要淨除所有的二元迷惑；當然，究竟法性本質的本身，是不需要被清淨的。

當我們說法性如同虛空或空間的例子，要記得：實際的空間和法界不一樣。天空和外界、物質界的空間就像空白的空性，它們不具備知道或本覺。因此，我們的本覺智慧（ rigpai yeshe；rig pa'i ye shes）——界智雙運（ying dang yeshe yermay；dbying dang ye shes dbyer med），是不同於物質界的天空的比喻。法性類似於天空或空間。像虛空一般，究竟本質是純淨而不變的。它也沒有界限，也不能被分割。它是所有事物的真實本質和狀態，這就是我們必須證悟的。

請記住我關於這些教法的講述，然後好好修持。閉關修行的目的是發願和祈請，並持續的為利益眾生而修持。

7 解脫的夢田：龍欽巴〈虛幻休息〉介紹

物質世界和芸芸眾生就是如幻的展現，
既不真實也無實質。

當我們談到佛陀教授的經乘和秘密咒乘密續教法時，總是要以「五圓滿」（phun sum tshog pa lnga）來教導。這五圓滿是指圓滿的上師、眷屬、住所、教法和時間。

〈虛幻休息〉的作者龍欽巴尊者，是如日般照耀的佐欽大圓滿修持的上師。在龍欽巴尊者的著述中有廣大的論著，和甚深的口傳教導。尊者的很多著作都是屬於這兩類。班智達或大學者的著述會從廣大的面向次第教授所有佛陀的教法。廣大的論典（梵文：shastra；藏文：bstan bcos）是以釋論的形式闡述了印度大師們對佛陀教法的解釋。甚深的書面教法是指見地和禪修的修持所需的口傳教導。

對論典的介紹傳統上包括五個部份：作者、法本主題、法本的類別、著作目的以及著作撰寫的地點。〈虛幻休息〉是一個口傳教法的論典，這意味著它含有論釋的特質，同時也包含把教法付諸修持的必要的口傳教授。

龍欽巴尊者的《三自休息論》（Ngalso Kor Sum；Ngal gso skor gsum）第三卷對〈虛幻休息〉的五個部份作了總結：

1. 〈虛幻休息〉的作者是嘉華・龍欽・饒降巴，西藏佛教史上最偉大的上師之一。

2. 論著的主題是空性的本質——經乘和密乘所有教法的精華。一切現象的本質是法性，此論著用八個如幻的例子來解說法性。

3. 論著的類別來說，〈虛幻休息〉屬於漸修教法。因為這本論著中表述了從佛陀初轉法輪到大圓滿的教法，所以我們說它是屬於漸修教法的類別。

4. 這本著作撰寫的目的是為了龍欽巴尊者的弟子們。它也是為了未來幾百年甚至幾千年之後，直到佛陀教法從這個世界消失為止的眾生。

5. 最後，撰寫這部論著的地點被龍欽巴稱為「岡日托噶」（Gangri Tokar），或叫做「白顱雪山」。岡日托噶是西藏的五台山，僅次於中國著名的聖地五台山。五台山是文殊菩薩在這個世界的道場。因為龍欽巴被視為文殊菩薩的一個化身，岡日托噶自然像五台山一樣成為文殊菩薩在這個世間的駐錫地。

〈虛幻休息〉在龍欽巴尊者的《三自休息論》之中是第三卷。第一卷叫做〈大圓滿心性休息〉。這一卷既廣大，也甚深，含有深廣的口傳教導。第一卷〈大圓滿心性休息〉中的禪修指導，在第二卷〈大圓滿禪定休息論〉作了解釋。第二卷是由三章組成，涵蓋了適合禪修的地方、各類禪修練習者、專注和禪修的各種方法，其中有三個部份談到關於三種禪修覺受：喜樂（daywa；bde ba），清明（salwa；gsal ba）和無念（mitogpa；mi rtogpa）。

《三自休息論》的第一卷〈大圓滿心性休息〉，有十三章，包含了道果的所有次第，從皈依直到最高的教法，大圓滿的內容。其中的第九章解釋了金剛乘佛法的生圓次第的修持。第十章和十一章著重在止禪和觀禪的修持。

特別從第一卷的第十和十一章引申出來，到第三卷的〈虛幻休息〉，其中解釋了領悟空性的超越的智慧（梵文：prajna；藏文：shes rab）。在這部分著述中，空性的意涵由八個著名的如幻例子來解釋，這是傳統上建立空性見地的八個比喻或隱喻。

〈虛幻休息〉教導了跟佛陀所教導的一樣的道理：一切因緣和合的事物都是空性的。這就是說，我們所有經驗的現象，在本質上，沒有本生就具備的真實存在。在佛陀整個教法中，不同乘的教法，包括佐欽教法，一切核心的真理都在空性的教法之中。空性的教法指引我們如何放下對外在世界顯相的執取和執著，以及如何看待所有感知的對境是如幻、如空的顯現。

通常來說，不管何時聽到空性教法，很重要的是不能把我們的注意力向外放。佛陀所教導的空性不是我們用肉眼可以看見的。相反，一開始就需要向內看，同時建立起對我們自心空性的信心。佛法的所有智慧教導的目的是讓我們能夠理解並證悟自心的本質——明空雙運。

石頭空不空？不是該問的問題

當我們開始開展自己對空性的禪修經驗，我們對「自我」的執著，和對經驗執實的習慣，會開始減弱。一旦建立了對自心本質的理解，我們會自己證實：在心的本質中，外界對境的現象都沒有本質的存在。我們會從自己的經驗中發現：從心性的見地來看，感知到的身邊的一切都是空性的顯現，幻影一般，毫無實質。

因此，最重要的是我們能夠直接在內心實際經驗到空性。否則，如果我們的注意力只是導向外，而我們學習和修持佛法的焦點也是朝外，那麼就會像雲遊的格西來見博朵瓦格西的故事那樣。噶當派上師博朵瓦格西是仲東巴的弟子。仲東巴是印度大師阿底峽的主要弟子。博朵瓦格西是一位傑出的上師，吸引了很多跟隨者。一天，博朵瓦格西正在給弟子說法時，另一位雲遊的格西來到他面前，試圖跟他辯經，挑戰他。外來的這位格西說他要向博朵瓦格提出「一顆石頭是否是空性」這個疑問，並同他辯論。傳統上的辯論都要以邏輯來推理，但來訪的格西爬到一個岩石上，質問說：「這個岩石難道沒有本質的存在嗎？」

作為博學並有著殊勝禪修經驗的噶當巴大師，博朵瓦格西很快便厭倦了這樣的辯論，他說道：「如果我們倆都沒有減少我執和執著外境實存的習氣，那有什麼好討論的呢？岩石是不是空的，根本就不是我們該問自己的問題。」博朵瓦格西最後說道：「我很抱歉，這個辯論只會是浪費時間。」接著轉身離開了。

博朵瓦格西想要告訴來訪的格西的是：如果在討論空性的時候，是讓心向外，那麼如此試圖確定岩石或樹木是否是空性，根本就是不是佛陀教法的目的。如果我們發願要獲得真正的覺受和證悟，則需要依著正法的意涵和內容來修持。如果仍然一味的向外聚焦，癡迷於智識化佛法的見地，這就是大圓滿所說的「被概念和造作破壞了」。如果我們在學習見地的教法時，讓心向外，就會是這樣。但如果我們向內看自心，一定能夠從上師的口傳教法中得到實際的經驗。由此，我們會依著佛法修持，並獲得真正的經驗和證悟。

共不共乘的教法精華所關注的都是究竟的狀態。建立一切現象本質為空的認識，是教法的精華，也是精華中的精華。佛法所有教派都是透過這八種如幻的例子，來建立空性的見地。

如幻八喻

龍欽巴尊者的〈大圓滿虛幻休息論〉(Dzogpa Chenpo Gyuma Ngalso；Rdzogs pa chen po sgyu ma ngal gso)也是透過這八個幻相的比喻，來展示空性本質——所有教派的了義教法。佛陀在《三摩地王經》(梵文：Samadhiraja；藏文：Ting 'dzin rgyal po'i mdo)中也教導了這八個或十二個幻相的例子，它們在大乘佛法經典中也都能找到。著名的印度大師，如龍樹和聖天菩薩，著作了很多論典來陳述並解釋關於佛陀在經典中關於空性的教法。印度大師們是透過邏輯、理證和隱喻來建立空性的見地。大師們也運用這八個比喻，從多種觀點來展示一切事物的空性本質。在〈虛幻休息〉當中，龍欽．饒降巴從佐欽的見地解釋了這八個例子精深的意義。

這八個世界如幻本質的隱喻是說明事物雖然顯現，但並不真實、本質的存在。龍欽巴尊者的〈虛幻休息〉在八個章節中，分別對八個比喻作了教授。這八個隱喻是：夢(rmi lam)、魔術(sgyu ma)、視覺幻影(mig yor)、陽焰(smig rgyu)、水中月(chu zla gzug brnyan gyi snang ba）、回聲（brag cha）、天空幻化之城——乾達婆城（dri za'I grong khyer）、魅影（sprul pa）。

如夢

當我們解釋空性的本質時，會說事物雖有顯現，但本質是空。雖然所有事物對我們來說都展現在外，但無有一物是真實、有形和確實的。舉例來說，我們自己的經驗便能夠幫助我們理解八個隱喻之一的夜夢。這個例子很容易被理解和用來溝通，因為每個人都可以思維並透過夢的例子得到啟發。當我們夜晚做夢時，似乎經驗到所有發生的一切，但很明顯的是當醒來時，夢根本沒有實存，只是我們的想像。類似的，五根所接收到的一切，也不比我們在夢中經歷的更真實，醒時的展現也不真實，而是被染污的感知所顯現的。這就是所謂我們感知到的任何事物都是空性的顯現的意思。

如幻

第二個例子是魔術的幻相。現今，電視、電影和幻術表演者，都和古時候的魔術表演類似，可以用來思維如幻本質的例子，讓我們得到了悟。從前在印度，有魔術師能夠用各種咒術、咒語、幻術和木棍、石頭、草藥等製造出魔幻的影像。透過這些方式，它們能夠創造出大象和各種東西的幻影，讓整個觀眾都認為它們完全是真的。

有很多魔術師可以化現出各種因緣和合而成的如幻現象，即使那兒什麼都沒有，也能讓人們相信這些都是真的事物。既然有那麼多人同時看到或聽到了這類的魔術表演，用這個例子來說明一切因緣和合現象的如幻本質，是很恰當的。一切因緣條件促成的事物都是暫時的，它們展現出來是因為眾多因緣現前。

如海市蜃樓

第三個例子是陽焰，即海市蜃樓。當我們看到陽焰，也是因為各種相互依存的因素，比如太陽的熱力和光芒，平整的土地和氣溫等等。陽焰出現在遠處，人類，甚至動物會當它是一池水而前去飲用。但當追逐陽焰，到了顯現的地方，除了空氣和光禿禿的大地，什麼也找不到。相同的，我們感知到的僅僅是暫時和偶然的現象，隨著任何一個觀待的因緣消失，現象也會消失於虛空。因此，陽焰是另一個非常好的空而顯的例子，透過思維它，也能讓人獲得對空性的領悟。

如水中月

另一個投影的例子是水中月或鏡中反影。思維這個例子，就會在看到身邊所有這些事物時，開始理解它們是相對的、表象的現象，如同水中的倒影。無論是外在世界，還是內心，或兩者之間，就像倒影，世界上沒有一個現象是實存的。

它們都只是偶然的顯現，如同水中的反影，雖然當正確的因緣現前，我們暫時可以看到或聽到；然而事實上它們並不真實存在，透過檢測觀察我們就可以發現它們僅只是表象。

如回聲

八個例子中另一個是回聲。當我們聽到回聲，如果去檢視，會發現聲音無法被定位在任何一處，既沒有在內，也沒有在外；既不是前，也不是後，或中間。這就像聽到吉他或笛聲；我們可以聽到聲音，但聲音不能像一個物體一樣被看見，聲音也沒有實存的本體能讓我們指出來。如果檢視聲音，它無法作為「某物」被定位在「某處」。它沒有真正客觀存在，而只是暫時的顯現，空無形體或實質。當然，如果不加思維聲音的實際本質，我們會固著於聲音。然後會認為聲音似乎是存在於我們之外某處的客觀事物，而非從我們心中生起。但事實上聲音的生起，是因為很多條件因緣和合的促成，創造出的感知；而並非是一種客觀的實體（dngos po）。我們能夠感知到聲音，但聲音無法被定位。聲音是遍虛空的空性感知。

在關於幻相的經典例子之外，佐欽教法有對如幻本質的特別要點，這對更深的理解龍欽巴的虛幻休息很重要。這些獨特並關鍵的佐欽教法把法性——現象的本質，介紹為本初的空性（ye tong；ye stong）。

〈虛幻休息〉的夢、幻

龍欽巴〈虛幻休息〉的第一章，是以夢為例：

根本界（gzhi dbyings）是不變的，
心性是無盡的虛空。
它明空不二，無有造作。

從此本性，生起勝者的顯現，
如日、月、星辰一般無染，
自然展現爲三身和本初智；
不可分割，
超越形成和壞滅。

明性是所有特質的任運遍滿。
這是本有最初的本然狀態。
這就是所知的「眞實基的幻相」(yang dag gzhi yi sgyu ma)。
在這之中是非本有的迷惑之雲。

伴隨著它的無明
就是那造夢者，
睡夢本質。

概念無明，
是染污的心
將無二元實質化爲二元。

六道眾生迷惑的感知，
就如同夢那般明顯卻不存在。
每一個他們經驗的歡愉和痛苦，
都來自個人的經驗。
長此以往而形成了
對他們自己的處所、身體和所有物等等的習氣。

善與不善帶來樂與苦，
多種多樣如同圖畫所描繪。
一念迷惑，眾多顯現；
執著與眾多顯現形成持續的迷惑現象之流。

心的自生本性是唯一的本質。
由不覺的睡夢而生起心的幻惑現象，
執取著主體和客體。

這各種各樣層出不窮的夢境顯現
無不是一個人自己的心。
如勝者所教導——
這就是錯亂感知所造成的幻相。

被洋金花毒性麻醉的人看到各種影像，
然而它們都出自一種迷惑。
被迷惑了心的六道眾生與之相似
他們的經驗就是從無明夢境的迷醉中生起。
這就是所知的「不眞實」（bden med），
今天就證悟它吧！

簡言之，本質現前的基（gnas pa gzhi gyuma）蒙上了迷惑，
錯亂的見解（log rtog sgyu ma）也有迷惑。
由於不認識基（gzhi）之本質，
兩種無明展現了。
一種是俱生無明（lhenkye marigpa；lhan cig skyes pa'i ma rig pa），
一種是分別無明（kuntag marigpa；kun tu brtags pa'i ma rig pa）。
由它們帶來迷惑感知（'khrul snang gyi sgyu ma）的幻相。
如果我們從此幻相中解脫，就能達到究竟的果位，
也就是如幻的三身和本初智慧（ku dang yeshe gyuma；sku dang ye shes sgyu ma）。

包含佐欽在內的所有佛法教導，都談到事物的顯現（snang tshul）和它們的實相（gnas tshul）。事物外在的顯現可以各式各樣、各不相同，而所有的顯現都如幻相。那麼，什麼是它們真實的樣子

呢？以法性的見地來說，究竟的本質「法爾如是」，從開始一切就從沒有生起或形成；中間，一切也從來沒有出現或停住在任何地方；最後，任何發生和存在過的，也從未離開或消失。法性是無生無滅的，離一切心和現象的生、住、滅。

就如同我們在夢中的感知是暫時而無基，沒有實存，同樣的，一切顯現也從未有任何堅實的基礎。舉例來說，這個世界外在的物質現象，所有無限的宇宙、星球、星辰等，看似存在於無盡的虛空。然而，虛空不是可以支撐或成為宇宙基礎的實體。一切顯現的真實基礎其實是法界的虛空。

以這個事實做為例子，有些教法給予了十二個，而不是八個例子，其中一個就是彩虹的隱喻。如果我們有各種相關聯的因緣，比如陽光、雨水、霧氣和感知彩虹的心，所有適當的條件巧遇在一起，彩虹就出現在了所有這些因緣和合關聯下的結合之中。然而，就如同其它事物一樣，彩虹出現，僅只是沒有實體核心的和合現象。

我們可以檢查並試著發現彩虹來自哪裡，實際在哪裡停留，最後消失去了哪裡。但是，除了虛空，我們怎麼也找不到它來去的地方。彩虹的出現找不到任何它源自何處的基礎或根基。它就那樣出現、停留然後消失於虛空。彩虹是空性的，但它並不表示那是一種「什麼都沒有」（med pa）的空無，因為現象畢竟出現在虛空之中。彩虹出現，但根本上是空的，沒有基礎或根基，空而顯。

簡言之，在龍欽巴教導的八種如幻的例子基礎上，可以奠定一個見地：所有我們現在的感知都不是它們看起來那樣，而是在本質上它們沒有實存。這便是佐欽教法所說的本初空性（ye stong）。在開始建立一切事物真正的因緣條件時，用這些比喻來思考，是為了要理解一切事物都是如幻般顯現（snang tshul），一切都如夢。接著思維它們的意涵，並結合自己從上師處接受到的心性指引，來做禪修。透過這樣練習，我們會生起經驗，並體證事物的實相（gnas tshul），即是一切從一開始就是空性的。這就是對佐欽教法的理解。

修持而得的虛幻休息

現在人們有時候用虛無主義來解說空性，有很多種不同的誤解空性的危險。有些人聽聞或閱讀佐欽教法，然後錯誤的認為在佐欽見地中，沒有業力，也沒有善或不善。如果有人這樣認為，那他們就是混淆了虛無的空和本初的空性。由智識的假設，一些人會得出一個空白的空性的結論，認為沒有正面和負面的行為，也沒有所謂善德和惡業的存在。這樣忽視業力真理和因果不虛的對空性的錯誤和虛無見解，與本初空性有天壤之別。

龍欽巴告訴我們，他自己是透過修持佛陀在經典和密續教導的這八個如幻比喻的經驗，而得到了證悟。因此，龍欽巴在〈虛幻休息〉的教言，不是誰隨便從書本知識得到的資訊。龍欽巴尊者證悟了一切事物的本初空性。這不是用思考而編撰出知識性的文章。龍欽巴尊者在他對本初空性的證悟當中，寫下了〈虛幻休息〉。事實上，龍欽巴尊者的證悟是如此殊勝，其實是佐欽的護法本尊替尊者執筆寫下了他的教法，為了利益當時和未來的弟子。

當龍欽巴尊者寫〈虛幻休息〉時，他是住在岡日托噶——白顱雪山的一個很小的山洞裡。龍欽巴在岡日托噶建立起自己的閉關房，並將它命名為「鄔金堡」（Urgyen Dzong）。我個人並沒有見過龍欽巴的閉關洞，但是很多人說那裡非常小，龍欽巴應該也是相當矮小。當龍欽巴在那裡的日子，他證悟了一切輪涅的如幻本質。了悟一切因緣和合的事物之如幻真理，〈虛幻休息〉的文字在龍欽巴偉大證悟的心中任運而生。

像所有龍欽巴尊者像〈虛幻休息〉這樣的每一篇論著，都集合並濃縮了他對佛陀教法的殊勝體證和理解。龍欽巴尊者和那些證悟的諸佛，在特質上沒有差別。他就是普賢王如來的化身，因此他也具備了法身佛的智慧心。他也被看作是大智文殊菩薩的化身。如果我們有幸讀到龍欽巴尊者的《法界寶藏論》（Choying Dzod；Chos dbyings mdzod），然後和不同作者的論典比較，我們會發現相當大的不同。龍欽巴尊者的著作是從他智慧心的證悟中任運生起。它們就是任運智慧之歌、多哈道歌集，像印度大成就者們所唱的心靈覺醒之歌。

總而言之，〈虛幻休息〉展示了基、道、果之本初空性。龍欽巴尊者解釋了八個如幻的例子，並透過它們建立一切基之現象如何如幻並沒有本質存在。這就是他所指的現前基本質的虛幻——本然狀態（naylug；gnas lugs）。進一步，他也透過八個如幻的例子建立一切道之現象所具有的如幻本質，沒有實存。最後，展示了所有果之現象是證悟身和本初智慧完全純然的虛幻。開始，行者理解基之如幻本質；中間，行者修持並解脫於道的迷惑錯亂感知；最後的結果是清淨、純正的虛幻智慧生起。

著名的巴楚仁波切用了整整一年的時間教導《大圓滿三休息論》——包含第三卷的〈虛幻休息〉。這些教法當時是傳給巴楚仁波齊的主要弟子紐修．倫多．滇佩．尼瑪及其他一些人。紐修．倫多來自東藏的德格郡。我也來自那裡。他傳奇的一生和教法至今都還流傳在那個地區。紐修．倫多是堪布阿旺．巴桑（Ngawang Palzang，1879-1941）的上師。堪布阿旺也被稱為堪布阿瓊或堪布阿嘎。堪布阿嘎是我的根本上師紐修．謝竹．滇佩．尼瑪

（1920～）的根本上師。在巴楚仁波切的著作以外，還有他的弟子描述他們如何修持開展經驗和證悟的著作。

巴楚仁波切一生大部分時間都在修持、完成和傳續龍欽．饒降巴尊者的教法。他的弟子紐修．倫多．滇佩．尼瑪直接從巴楚仁波切那裡接受了所有龍欽巴尊者的教法。在果洛安多有個地方叫阿日，靠近多竹千寺的區域。巴楚仁波切曾經在阿日的樹林給予了〈虛幻休息〉的教法，當時紐修．倫多就是聽法的弟子之一。巴楚仁波切會給予弟子教授，而後讓弟子們去實修，直到他們有了確切的經驗。

那時，當紐修．倫多在修持龍欽巴尊者的〈虛幻休息〉的教法，透過他至心向尊者祈請而生起的加持，他的智慧證悟（gongpa；dgongs pa）顯耀而生，頃刻間得到殊勝的了悟。他對現象真實存在的信念完全瓦解，所有輪涅現象的生起，都如同其虛幻本質的廣闊而如幻的展現。

紐修．倫多後來教授龍欽巴〈虛幻休息〉的八個如幻事例時，經常回想這段經歷。他對弟子講述自己如何當下體證大圓滿的自生本覺，從所有的執取和執著中解脫。紐修．倫多解釋說，在他的證悟中，所有的現象自解脫，一切呈現的只是開放的無礙（zang thal）。外在的物質世界和眾生在他來看，就是如幻的展現，不真實也無實質。

那什麼是倫多．滇佩．尼瑪證悟的本質呢？現在這棟樓對我們來說完全是堅固的，我們無法穿牆看到外面。但是當紐修．倫多在修持時，他可以看到任何在牆壁中間和牆壁以外的事物。這不是說他用肉眼在看，彷彿突然間他有了透視的能力；而是說紐修．倫多已經證悟了一切如幻虛無的本質，而他的證悟遍及虛空，涵蓋並穿透了一切。

現在對我們來說，事物不是無礙的，因為強烈的我執（bdag 'dzin）和能所二元的執著（gzung 'dzin）。我們的身心遮蔽了感知，因此在法性本質中沒有認識到事物的實相（nay tsul；gnas tshul）。相反的，當詮釋的心和它感知的對境同時瓦解，那麼所有來自於執取輪涅現象的限制也會同時消融。當能所二執真正瓦解，行者認為外在世界和有情真實存在的感知也會徹底崩解，即刻便從二元之中解脫。對紐修・倫多而言，宇宙和所有眾生生起的同時即是如幻的展現。這就是他對自己經驗的解釋。

當我們一開始聽到這樣的智慧證悟時，或許會想：紐修・倫多的經驗跟看穿窗戶以外相似。然而我們不應該這樣理解它。相反的，當一個人經驗並得到一些本覺無礙的證悟時，甚至他或她的身體、眼睛、感官、語言、心和一切外在現象都被經驗為空無實質。在任何地方也找不到本質實存的東西，因為他或她感知的自己和對境都是虛幻非物質的。所有現象世界保留在他或她的感知中的只是無礙無所緣的通徹透明（yul med zang thal）。

當接受到像龍欽巴尊者〈虛幻休息〉這樣的教導時，我們應好好效法偉大的傳承祖師們的修持，跟隨巴楚仁波切的弟子如紐修・倫多・滇佩・尼瑪的足跡。帶著信心和虔敬接受和學習教法，並透過實修教法而獲得實際的經驗。這樣，我們自己就會了知龍欽巴尊者著作所開示的真理。

8 心告訴我：覺知的重要性

如果未能保持覺知，
我們會一整天都忘了禪修。

覺知：心的鏡子

頂禮自生覺知之王！
我是覺知的鏡子，
清晰的反射出你精進的覺知。
看啊，金剛道友！當你注視我，請覺知。
視自己的上師與蓮師無別，
向三寶祈請，
無有散亂的看著你心的本質！

覺知（dran pa）是法的根基。
覺知是主要的修持。
覺知是你心的堅強支柱。

覺知是自明智慧的同伴。
覺知是大手印、大圓滿和大中觀之助伴。
散亂（dran med）將使你任負面力量左右。

沒有覺知，你會被懶惰淹沒。
散亂製造所有的過患。
散亂而缺乏注意力，你將一事無成。
散亂如同一堆糞土。
散亂如同在乾涸的河床上釣魚。
沒有覺知的人如同殭屍。
親愛的法友，請覺知！

在聖者上師們的願力之下，
帶著覺知，認識你自己的本質。
這個銘記覺知的請求，由那長著獠牙的愚鈍老牛、被稱為蔣揚·多傑的墮落僧人，供養給他具有慧眼的金剛道友。

願善妙！

重點是了解本覺

所有佛法教導只有一個目的：培養和開展我們的心。佛陀釋迦牟尼說：「自淨其意，是諸佛教。」

當我們要開始心的真實本質的教導時，讓我們憶念自己聽法、受教和學習佛法的正向態度。在聽法之初，我們需要讓心轉向內，並檢視自心。檢視自己的念頭是正向、負面還是中性。如果你的念頭是負面的，捨棄它們，放下。中性的念頭要轉化為正面的念頭。

舉例來說，懷著嗔恨的強烈念頭會阻止你聽聞佛法，也會成為禪修的障礙。當那樣強烈的念頭佔據你的心，你的注意力不會專注在教法上。相反，如果心沒有被貪、嗔、痴三毒俘虜，那將有修持佛法的自由和安然。我們需要從無明中解脫出來，這就意味著我們要培養和發展領悟、智力和智慧。

有人要求我解說自己作的道歌〈覺知：心的鏡子〉。先理解「覺知」（dran pa）的含義會有所幫助。首先，重要的是要知道：在佛法中有各種不同的方式方法去獲得知識和洞見，這些方法形成佛法不同的派別和法脈，讓行者可以依循而修道。佛法不同的派別給它們所知的究竟真理不同的名字，比如：「無造作」、「認識無我的智慧」、「心性」、「本覺」及其它很多。這裡的重點是，如果理解了本覺（rig pa），就會理解究竟真理的意義，以及能被了知的一切的本質。

迷悟之間

圓滿領悟一切事物的本質和相對因緣的人，就是佛陀：覺者。有情眾生就是看不到也不理解一切事物實相和因緣的人：那些迷惑錯亂的人。迷惑是指什麼意思？舉例說，一個小孩可能會把牆上的一幅老虎彩繪錯認為真的老虎而害怕，覺得老虎會傷害他。但一個成人知道那只是一幅畫，也如是看到它是什麼，在他對圖畫的認知中沒有迷惑，也沒有錯誤。

如果只是一幅畫就會對一個孩子造成恐懼，那麼不知道一切事物實相的眾生，又將經歷多少迷惑、恐懼和怖畏，因而誤解所有事物的實際狀況。一切事物的根基是心。如果你錯誤看待心的本質，那當你處理整個迷惑現象時，又將面對多少困難？因此，要捨棄無明，發掘並依靠你本自俱足的自覺智慧（rang rig pa'i ye shes）。

為了要發現本覺，先讓我們的心平靜安定下來是必要的。動盪不安的心沒有清明。清水能夠反映出月亮，而如果水是渾濁不清的，月亮的倒影也會不清晰。要讓水清澈，就不要攪動、擾亂它，讓它了無碰觸和激盪，月亮的倒影自然會清晰的出現在水面。同樣的，當心（sems）需要變得平靜和安穩，就要止禪的修持。觀禪的層次，能讓我們開啟本覺。

讓心安住平定有兩個主要的障礙。第一個是我們對外在事物的執著，這造成我們貪著於衣食 、錢財等等。第二個障礙是內在染污的念頭，它干擾了心的清明，阻止我們獲得真正的領悟。在修道之初，我們對心還沒有控制。僅僅是聽到一點聲音，便會讓我們注意力渙散，而當我們看到某物時，也同樣散亂。這就是心總是散亂而無法歇下來，安住在它本身。透過止的禪修培養心專注一境，我們便會成為心的主人（sems la rang dbang thob pa）。

這裡我們看到「止」、「專注一境」和「心能作主」等名相，是以不同方式談禪修的同一面向。它們都意味著無論做什麼禪修，我們都需要保持專注。不管念誦的是度母還是觀音，或是像累計大禮拜這樣的前行修持（ngondro；sngon 'gro），專注一境並能夠把握住自心是非常重要的。事實上，讓心專注的修持，不只在佛法裡面才找得到，很多其他的傳統也在教授。沒有任何禪修的傳承是叫我們讓心散亂的；它們都是教導心要平靜、專注一境。

在佛法中，禪修的要義是以透過止禪達到的心的穩定和平靜為基礎，而透過甚深的觀禪次第了悟心和現象的本質。根據弟子的能力和根器，不同的傳承有不同教導觀的方法。這些不同的方法，也會帶來不同層次的了悟，悟境深淺有別。在禪修的基礎上，我們才有能力生起進入佛法真理的洞見。

但為了要讓真正的洞見生起，所有傳承的要點和途徑都是捨棄無明（ma rigpa）而完成對本覺的認識。對共乘的一般名詞用法中，「本覺」的意思是「知道」，以相對於「不知道」。培養和發展這個知道的特質是所有佛法教導的共通目標。總的來說，無明或「無覺知」是輪迴的根本原因，它意味著對自心和現象真實本質的無明，這對開始以止的修持來開展覺知，是很重要的。

在眾生與佛陀之間，輪迴的流轉與涅槃的解脫之間，以及散亂與覺知之間，實際上並沒有間隔或真正的距離。這都是在內心。這就像手的掌心和手背：一面是無明和不覺，另一面是知道和本覺。印度的大成就者那諾巴和西藏的大師岡波巴經常用手來做例子。他們所教授的究竟見地所用的名相，音譯就是「瑪哈木札」（chag gya chenpo；phyag rgya chen po）。直譯的意思就是輪涅的「大手印」。輪迴和涅槃不應該被理解為分離的兩個事物；他們就像你的手的兩面。它們都是心的面向，而都能在心中被發現。這對一切生命的心都一樣真實。

不管我們看起來是在無明的狀態，或是有當下心並知道發生的一切，這兩者都是我們自心的兩種面向。舉例來說，我們用「覺知」（drenpa；dran pa）一詞來指心可以處在當下的能力；「覺察」或「專注」（shayzhin；shes bzhin）來指心注意一切變化的能力。這兩者合併起來成為drenshay（dran shes）這個名相，意思是「專注的覺知」，一種形容止禪要點的方式。

所有的眾生都本具這個知道的能力。因此，帶著廣大的發心要讓一切眾生在「知道」中安頓，並證悟超越的智慧（梵文：prajna；藏文：shes rab），是多麼重要！在密咒金剛乘，特別是佐欽的教法中，這指本初智慧（梵文：jnana；藏文：ye she）；而佐欽對「覺知」的理解是用「rigpa」這個名相。為了有能力幫助他人認識他們的覺知，我們必須首先認識並穩定自己的自明本覺（rang rig）。所以，我們需要練習禪修，才能依靠覺知和本覺。

佛法的精華

覺知是佛法的精華，要行住坐臥間隨時保持覺知。無論一個人是不是佛教徒，在這個世界上，我們全部所需要的就是覺知。我們需要覺知完成工作和不同的計畫，也需要覺知保持專注於我們想要努力的對境上。以煮飯為例，我們必須練習覺知和專注，否則食物可能會被煮焦掉；甚至會完全忘了有煮飯這件事。我們需要記得什麼時候去洗手間。如果忘記，就會把自己弄得一身邋遢，周圍一團糟。如果在這樣的小事上都需要覺知，那麼禪修練習需要多少覺知？沒有覺知和知道，我們甚至不會記得要學法和練習禪修。

我們需要好好的訓練覺知，是為了能夠熟悉它。為什麼這是如此重要？我們的習氣如同一張捲起來的紙。展開它之後，一旦放手，它又收捲回原本的形態。同樣，我們禪修一分鐘，然後接下來完全忘記覺知，馬上又回到散亂。我們可能禪修一小時，過後完全忘記自己在做什麼！這就表示我們覺知的能力開展得還很不夠。我們會發現自己早上禪修了，但下午完全都丟掉了。我們忘記保持覺知，因而一整天都忘了禪修。

如果我們不練習覺知，閉關就沒有真正的意義。即使多年都在閉關，也不會有顯著的利益。但如果有很穩定的覺知，我們可以從聽聞教法中的一個字便得到解脫。專注於一個單一的對境，比如度母本尊，能夠帶來本尊和持咒修持的成就，同時也能成就止和觀雙融的修持。只是透過這樣專注一境的修持就可以認識出心性而完成整個道的修持。因此，在我們所做的每件事中練習覺知是重要的。

很多修行人不能完成法道的修持，就是因為沒有開展穩定的覺知。不能完成修道的主要原因有二。第一，不了解修持的方法。第二，即使知道修持方法，但缺乏覺知，因而沒有持續並成就修持。

舉個例子，像是耶穌和他的門徒的案例。據說耶穌死而復活。如果這真的發生過，他似乎並沒有教導門徒如何能夠達成。因為在他之後沒有人能達到復活的成就。

另一個例子是佛陀入滅後不久來到這個世間的噶拉．多傑（極喜金剛）。他教導了佐欽，即大圓滿教法。在噶拉．多傑圓寂之後，他的一些弟子，如文殊友，也證悟了虹光身。很多世代之後，他的傳承裡也有千百人證悟了虹光身。很明顯的，成就修持的方法就是噶拉．多傑傳下來的。但在同時，也有千萬人沒有成就。儘管他們都接受到同樣的教導，但沒有達到成就（梵文：siddhi；藏文：dngos grub）因為他們沒有保持覺知，持續記得修持。

成就虹光身並不是發生在遙遠過去的事。即使在近代，當我還在東方生活的時候，我所在的東藏地區就有七個人證實是得到虹光身成就的。更近年，在我到西方來的這幾年中，在東藏的兩位瑜伽士也證悟了虹光身。他們達到這樣的證悟，都是基於覺知和本覺。如果帶著正念和覺知去修持，我們也能夠成就虹光身。因此要訓練正念和覺知。

9 大圓滿要知道的八三四：〈獅子吼〉釋論

為了消除八種錯謬、三種偏離和四種歧途的獅吼。

介紹〈獅子吼〉

當我們依照《無上智慧》的指導手冊來修持佐欽，在見地上可能有著過失和錯誤的思考。同樣在如何持續保任見地的禪修方法也會有錯誤。吉美．林巴尊者所著的〈獅子吼〉，就是為了消除這些相同的錯誤，和在修持見地和禪修的時候出現的過失。它們歸總起來有三類：「錯謬」、「偏離」和「歧途點」。在〈獅子吼〉裡面，吉美．林巴教授了八種錯謬、三種偏離和四個歧途點。

這三類對見地和禪修的過失或錯誤，第一類是用「錯謬」，在藏文中作gol sa來通稱。第二類，偏離是指禪修過程的某一點上，行者可能走偏或轉移了。一個人從正確的道上偏離到一些禪修模式，那將不會帶來想要達成的結果。

第三類是被稱為「歧途點」或在藏文的shor sa；shor sa 和 gol sa 的意思相近。〈獅子吼〉的教導中，shor sa或歧途點是指：有人在大圓滿教法空性的正確見地的幾點上偏移出去。這也指行者從一開始的出發點上就在方法上偏移了；這樣的歧途（shor sa）也被認為是「方法上的歧途」。在歧途點上，行者跌入由於對空性的不準確理解和錯誤運用而帶來的過失。

當進入修持立斷以達到本初清淨（ka dag khregs chod）時，一些利根器行者的禪修就像發現了黃金之地；他們的見地和禪修任運圓滿。對中根器的人，如果他們能成功的融合止觀的修持，便不會落入偏離和歧途。那些無法穩固止觀雙運的修持者，將必然在修持中被錯誤擊垮。

屬於劣根器的大部分修行人，都無疑需要〈獅子吼〉的教導。絕大部分禪修者還未能成功的融合止與觀，仍然在修持中以兩種分離的面向在經驗。因為如此，他們會陷入固著狀態的止禪。也有可能不時會從觀禪修持偏移到法性本質。

這些在見地和禪修中的過失帶來的結果是：一般的禪修者會跌進偏離和歧途點。即使能夠在某種程度上融合止觀，他們的修持也沒有獲得能夠認識出心性的穩定。

信心與智慧

佐巴千波（Dzogpa Chenpo）的本然狀態（naylug；gnas lugs）本身，是沒有偏離或任何歧途點的。真正的佐欽修持是那些最利根的人修持的領域。當說到「最利根」，有五個已經發展好的特質，帶給修成法道的有利能力。這五個能力是信心（depa；dad pa）、智慧（梵文：prajna；藏文：shes rab）、禪定（梵文：samadhi；藏文：ting nge 'dzin）、覺知（dran pa）和精進（tsondru；brtson 'grus）。就像人類有健全的五個感官，就能完全的作用。同樣，要完全領悟佛陀的教法，這五種能力也是必不可少的。

如果一個人完全開展了這五個方面的特質，就是一個利根器的修行人。這五者當中，最關鍵的兩項是有無上的信心和超越的智慧。證悟佐欽——大圓滿，具有智慧的特質是必要的。此外，對大圓滿教法有無比的信心和虔敬，深厚的興趣和因緣連結（tendrel；rten 'brel），也特別重要。對修持佐欽來說，一個人內在具有對證悟之心（gongpa；dgongs pa）的深厚興趣、信心、信賴和虔敬，是很關鍵的。尤其是對持有大圓滿究竟意涵（nges don）的傳承和證悟的傳承上師，這份見地和證悟要有信心和虔敬。

透過智慧的力量，能清除所有對佛法的疑惑和錯誤認知，達到對見地真正的理解和經驗。佐欽教法要求最利根的行者所具備的資質和敏銳；而佐欽教法也是為了這樣的行者而出現。缺乏前面所說利根器的五種能力的人，如果希望證悟佐巴千波，就必須先從基礎教法進入，以便培養出超凡的能力。

那些具備發展到極致的優秀能力的人，不會在見地和禪修上出錯，也不會落入偏離和歧途點的影響。當那些最有能力的人證悟了佐欽的意涵，不會有錯誤或過失，而他們也不會再落入迷惑。

單只是聽聞到佐欽教法的意義，他們便生起領悟並同時有解脫的覺受。傳統上對此的比喻是一個人突然間到了黃金之地，那裡沒有一塊平凡無奇的石頭，全是黃金。他們已經體證了本然狀態的究竟見地，他們此時的見、修已經同時圓滿。就像一個到了金子的國度，根本找不到一般的岩石和石子兒，一切的現象都是智慧的展現。

有一個例子，在東藏有一個牧人，他對第五世的佐欽仁波切——土登．確吉．多傑懷著不可思議的虔敬。一天，土登．確吉．多傑和20多位僧人遊方到了一個牧人常去的區域，在那裡安營過夜。那個牧人上前打聽這群人是誰，當他聽說是佐欽仁波切，非常歡喜。傳統上，藏地的村落不會用「佐欽」這個詞，而會說請求「心地教法」（sem tri；sems khrid）或是「對心性的介紹」（sem ngo；sems ngo）。於是這位牧人想到：「唉！我還沒有接受過任何心性的教法。現在我真的應該去請求這位了不起的喇嘛，給予這個殊勝的教法。」

牧人來到喇嘛面前，三頂禮。喇嘛詢問他想請求什麼，牧人回答說他希望得到心性的教法。佐欽仁波切立刻說了一個詞，牧人聽到便直接證悟了心性，明白佐欽的真實意涵和感受而解脫。像這位牧人一樣俱備超凡的能力，帶著信心，單單從證悟的上師處聽到一個詞就得到解脫，而直接對心性生出穩固的認識。有名的大師，如噶拉．多傑、師利．辛哈和蓮花生大士都是屬於這般最上根器的，除此外，也還有其他很多都是如此。

我的一位根本上師是吉美．囊嘉，他的前世是一位名叫吉美．東噶．丹增的喇嘛，這位喇嘛活了82歲。吉美．東噶．丹增從東藏噶陀寺的偉大上師匝楚．袞桑．囊嘉那裡得到大圓滿指引的教法。吉美．東噶．丹增說，自從他被引介了本覺智慧那一刻起，就再也沒有動搖過那個狀態——即使一剎那也不曾和它分離。

發現一個錯，比知道一百件事強！

具備這樣超凡根器的人，不會在他們的見地和禪修上有誤，因此也從不會落入偏離和歧途點的掌控。奇妙的是，那些根器超凡的人總是在明白佐巴千波的意義當下，便得到解脫。那個時候，一切世俗現象的感知對他們來說都轉化為淨觀；就像一個人發現了黃金國度，只有純淨的現象保留下來。這樣根器的人，就不需要〈獅子吼〉裡面的教授。

不過，這樣的人是非常稀少的。因此，像吉美．林巴所著的〈獅子吼〉這樣的教法，對中等根器和下根器的人就有其必要。這是因為當他們運用見地和禪修的教法練習時，會發生誤差。〈獅子吼〉的三個主題：錯謬、偏離和歧途點，三者是想要跟隨大圓滿法道的這類瑜伽士所不可或缺的。

為什麼需要這些教導呢？如果我們希望實際經驗和體證法教，單只是理性的知道佛法的很多細節，那是沒用的，除非這個知識成為我們生活經驗的一部份。法道有三個階段：智識理解（go wa；go ba）、經驗覺受（nyongwa；myong ba）和體證了悟（togpa；rtogs pa）。

佛法中有此一說：發現一個錯誤，也比知道一百件事強！如果沒有覺察到錯誤和過失，那麼最終它們會攀爬到我們身上，毀掉我們的修持，就像潛伏的盜賊等著出擊。一般來說，我們總是喋喋不休說著「心髓」，含糊不清的說著關於「本覺」、「佐欽」的這樣或那樣，以及很多高談闊論。我們可以無止盡的談論它們；真的可以沒有任何限制。但是如果對自己的錯誤和過失不知不覺，那它們會回過頭來糾纏我們。它們會耐心的等著，直到有一天我們從自己的修持中發現錯誤和偏差。

對於中等和下等根器的瑜伽士，禪修是開展智慧最必需的。在龍欽巴尊者的〈心性休息論〉（Sems nyid ngal gso）中，他解釋了獨自禪修的重要性。龍欽巴教導了調伏自心必要的三個正向心態的修持：信心、出離心和菩提心。因為它們為前行修持（ngondro；sngon 'gro）定位其動機和意義。之後才能進入禪修的正行。

禪修的五種障礙

當我們開始禪修練習，有五個基本的障礙會出現，妨礙我們的進步。這五個覆障或障礙（dribpa nga；sgrib ba lnga）是感官上的貪慾（'dod pa la 'dun pa）；不善念和惡意（gnod sems）；昏沈和呆滯（rmugs pa dang gnyid）；掉舉亢奮和懊悔（rgod pa dang 'gyod pa）；以及懷疑和遲疑（the tshom）。當我們學禪修，只要一開始練習，就會發現屬於這些障礙的各種不同情況持續出現。即使計劃好好禪修一小時，而總是不出五分鐘就開始經驗這五種障礙。

舉例來說，首先我們都知道自己對感官享受和滿足的貪婪。當禪修時，發現自己渴望追逐享樂的活動和期待一些讓我們分心的事；這就是五個障礙的第一個。

第二，對他人的不善念和惡意也是一個很大的障礙。對我們有幫助的是要記得：如果發現自己對他人的想法不是希望他解脫和證悟，那我們就已經損壞了要讓一切眾生解脫痛苦、究竟成佛的菩提心誓言。

第三，昏沈和呆滯是心陷入了暗鈍的狀態；缺乏清明，沒有當下的專注的覺知（dren shay；dran shes）。當暗鈍加劇變重，會感覺昏沈想睡。這就是混濁和呆滯的障礙。

第四，掉舉不安意思是經驗到散亂而不可駕馭的心。我們有大量的念頭，想著自己的家人、房屋、人際關係和各種事情，心無法停息下來。我們發現自己掉舉不安是因為習氣傾向（bag chags）現前。我們的習氣和煩惱情緒（klesha；nyon mongs）深深聯繫在一起，三種根本煩惱，內心的三毒就是貪、嗔、痴。

第四種障礙還有一個面向是懊悔。當經驗到懊悔這個障礙是，我們回想過去的一些事，反覆思慮它們似乎是好的，或者並是不太好。比如，過去可能賣掉了一棟房子，現在發現自己正思考著當時那麼做也許不是一件好事。我們會不斷回溯自己做過或沒做過的各種不同的事情，當時的各種行為對我們來說是對還是錯。就這樣，心裡不斷盤旋著這些念頭，想著過去經驗的種種，懊悔難捨。

第五，有時我們也對自己人生正在做的事情，有很多懷疑、疑慮和不確定，比如自己的禪修、人際關係和許多的考量。疑慮的障礙對止和觀的禪修都會製造很多阻礙。懷疑的障礙還有一個面向是不確定。這時我們發現自己想著「這是對還是不對？或許我不應該這麼做，或許我應該這麼做，但應該換個方向。我真的不確定現在什麼對我是最好的。我不確定自己該怎麼做。」不確定的障礙也會造成很多念頭，讓我們很難在道上邁進。

從這五種障礙中解脫出來的最好辦法是透過見地的力量。利根的行者會認識出任何生起的障礙，而依著本覺這唯一具足之王的空間，就讓它們解脫。本覺像一個國王，認識本覺就會有力量幫助我們把握所有的狀況，克服一切障礙。這就是所說的：

「知一全解。」

中根器對待五種障礙的方式是透過觀想和禪定來轉化它們——用各種方法讓心專注一境而對治障礙。舉例來說，對掉舉的障礙，可以運用垂低視線看鼻尖的方向來作為對治。對昏沈的障礙，可以抬高視線，看向雙眉之間前方的空間。中根器的方式，是轉化，因此重要的是我們沒有完全被五種障礙制服。當障礙生起，立刻運用適當的對治：將心專注於一境的禪定（ting 'dzin rtse gcig），提起正念和覺知（dren shay；dran shes），觀想或念誦的修持等等。

對治障礙劣等的方式，是透過身體活動來轉化它們。比如，禪修時覺得遲鈍不清，被重度昏沈俘虜，如果前面兩種對治——用見地解脫障礙和用禪修轉化障礙——都不成功，可以試圖去呼吸一點新鮮空氣。可以打開窗戶，走動一下，做一些身體的運動，或用諸如此類的身體方面的途徑。對於不是利根的人，如果他們用這類方法練習以清除障礙，他們就能清新過來，接著增進見地和禪修的練習。

令大圓滿消失的見地

現在討論的這個法本〈獅子吼〉（Senge Ngaro；Seng ge'i nga ro）的作者是持明者（vidyadhara；rig 'dzin）吉美．林巴尊者。仁增．吉美．林巴出生在1730年，在遍知的龍欽巴尊者1364年圓寂之後的366年。吉美．林巴的時代，正是佐欽心髓教法，大圓滿教法面臨衰敗的危險之時。修持傳承的經驗傳續（drubgyu；sgrub brgyud）正要從這個世界上消失。

當說到經驗傳承消失，這意味著什麼？傳統上的解釋是：佛法——包含佐欽教法，永遠不會從外被摧毀。即使西藏經歷歷史上多次戰亂和暴動，千百藏人死於動亂，佐欽教法也保存下來了。同樣的，過去伊斯蘭教闖入印度，破壞了印度的佛教寺院、大學和佛教圖書館，佛法和佐欽教法也保存下來了。

愛分析

那麼佐欽教法怎麼可能從這個世界上消失？傳承只會從內在被破壞，被那些跟隨或自稱跟隨教法的人破壞。出現這種情況是因為對佐欽的理解變得殘缺，夾雜了各種概念和智識思維。如果修行人開始對佐欽智識分析，他們最後就得出很多關於它的想法，比如：「佐欽真的就是像這樣……但是，它也像那樣。佐欽教法是清淨圓滿的……然而有些時候特定的一些面向，看起來不那麼清淨圓滿。有時候它意涵很清晰……但有時候意思解釋得不清楚。可能這個教法需要一些額外的東西，讓它的意義更清楚……」諸如此類。透過這樣滿足興趣般的各種疑問和進入知識性思考揣測，是無法讓我們達到大圓滿的層次的。我們會漏失掉發現和對自知明覺（rang rig pa'i ngo bo）純正經驗的機會。

因為根據一般經驗規則，是人們總愛分析每件事，大師們因此建議讓佐欽教法避開公眾場合，是比較好的。這不是說佐欽教法必需保持完全秘密，因此沒人能夠發現它們。相反的，它的意思是可能有一些人不能理解和珍惜佐欽教法的價值和和其傳承的加持。缺乏對教法和傳承的淨觀、信心和珍惜，這樣的人與教法的因緣會受損，而他們的理解和經驗會有覆障。

這種情況會導致對佐欽教法錯誤甚至負面的態度，而多生累世都是道上的障礙。這就像把一個很極其珍貴的東西給孩子當玩具。因為不理解其價值，不消多久小孩也會厭倦而另尋玩物。因此，一個真正的老師會知道學生是否已夠成熟，可以接受佐欽教法的介紹。

錯誤的概念化

另一個導致佐欽教法衰落的原因，是一些人把它錯誤的概念化。對還不夠成熟、心智不穩定的學生，當老師對他解釋佐欽教法，而他不會像利根和有福報的學生那樣成為法器。還沒有真正準備好接受佐欽教法的學生，會對它有各種概念，會想說：「這可能是個新東西，但也可能不是，就跟其他教法一樣。或許它是指空性……但或許不是真正談空性，是關於其他一些什麼，比如意識，或……」有各種各樣的念頭，胡思亂想的揣測席捲了他們，滿腦子都是想要重新理解教法。

對於這種人，像佐欽這樣心性經驗式的直接教授，如此揣測會成為接受它的嚴重障礙。他們會認為自己已經明白它的意涵，毫不懷疑自己的見解是否有瑕疵。這是因為心靈層次上還不成熟的人，可能有很多對心性的預設想法，或單純希望確定和維護他們之前的理解。一個人可能對佐欽的意涵有了預設的認定和智識性結論，而不會「如是」（jitawa；ji lta ba）看到教法的意義，以此理解教法要指出的意義究竟為何。

帶著這樣態度的人，是不能夠透過自身的經驗認識佐欽的獨特意義的。他們會認為大圓滿可能沒有那麼殊勝或獨特。他們會另尋其他更好或是跟大圓滿等同的教法，然後把它跟大圓滿的意義混在一起，迷糊不清。因為這類的錯誤和誤解，破壞了他們跟佐欽教法的因緣。

這對他們未來也會造成障礙，而障礙造成的影響會滲透到他們所進行的任何心靈修持。因為誤解佐欽教法而生起的邪見，會令他們在道上偏離，甚至有可能引導投生三惡道。這類問題儘管是絕對可能由上師的引導而得到清淨和修正，但最好一開始就不讓這類障礙發生，避免損害。

當談到證悟智慧心，重要的是要知道理解與否的界線在哪裡。佐欽教法所說的「混合了智識揣測」（yid dpyod dang 'dres pa）。yid cho在這裡意思是「智識的觀察」或「智識的推斷」或「思考判斷」。這是指傾向於認為一個人對佐欽的理解是建立在理論的理解基礎上，而非基於實修的直接經驗來和教法的深度相會合。

「參雜思維觀察」這個說法提醒我們注意：對佐欽見地的直接經驗有可能被過多分析和思維所障礙。我們以為不需要經驗，就可以知道它的意義。這是一個人二元心（sems）的思考作用，而非發現無造作的心性（ma bcos sems kyi rang bzhin）。正是因為這些傾向，導致了佐欽教法在不同時期和特定的時代會衰落和頹敗。

透過過度的理論化、假設推斷和妄下結論，不可思議和不可言喻的法性本質被遮障了。我們可能會談論，甚至寫很多關於佐欽的見地，提供自己認為的「佐欽像這樣、佐欽像那樣」的宣言，直到我們與大圓滿意義的任何連繫都逐漸失去。那些正確修持，獲得直接經驗和真正的證悟的人，最終能夠把這些經驗傳遞給其他人。相反，那些宣稱教導佐欽而並沒有任何真正的基礎和深刻的理解的人，將不會對他人有持久的利益，事實上還有可能在道上對他們有傷害。

不造作的法性（ma bcos chos nyid kyi ng obo）是謂「赤裸」（jenpa；rjen pa），意思是它被剝離了概念的覆蓋。它是「沒有人為修改」或「無造作」（cho may；bcos med），意思是它沒有留下任何的造作和修改（choma；bcos ma），完全沒有執取和固著（'dzin ba）。因為這個原因，它被認為是「赤裸的本覺」（rigpa rjen pa），也就是透過思維和推斷的禪修會被破壞的。

究竟的智慧心（mthar thug gyi dgongs pa），不是透過思維而達到的；而是由我們的上師引介，然後開始透過自己修持去經驗其意涵。

上師的智慧心，不能透過自己修持經驗教法（nyong tri；myong khrid）而被證悟，有四個主要的原因：可能是弟子缺乏淨觀（dag nang；dag snang）、弟子缺乏信心（depa；dad pa）和虔敬（mogu；mos gus）、弟子沒有累積足夠的福德（sonam），或是弟子沒有接受到傳承完整的口傳教授（man ngag）。

概括來說，有些人會接受到教法並得到純正的信心，經過次第的智識理解、經驗覺受到證悟佐欽。其他人卻對教法、傳承和傳統帶著邪見和錯誤心態。有一些人遇到了教法，卻不能真正進入佐欽修持之道，是因為缺少必要的基礎和靈性的成熟。

或者，他們進入了佐欽教法，但沒有正確理解佐欽的意涵，而不能獲得純正的經驗和證悟。他們太多概念會導致推斷和設想，這只會遮障他們自己的本質自性。包含佐欽在內的佛法的精華教法（nyingpoi cho；snying po'i chos）開始衰敗，就是因為弟子中傾向以這樣的方式接觸佛法的人越來越多。為了能避免這樣的後果，修行人如果用心謹記像吉美．林巴尊者的〈獅子吼〉這樣的教法，會非常受益。

獅子吼

〈獅子吼〉吉美．林巴尊者 著

在俱生的自然相續中，
我向大圓滿頂禮，
超越禪修、修整和改變，
無有散亂或執著，
帶著本覺的核心，
超越概念心刻意的取捨。

法性，即「實相」，也就是我們的佛性（梵文：sugatagarbha；bde gshegs snying po）。佐巴千波——大圓滿，是不能被具體化，或使之成為一種用來禪修的無上瑜伽。佛性從未改變。因此，當它展現為佛陀，也不會變好；展現為眾生，也沒有變壞。因緣不能改變，也不會影響它。

無有散亂的安住在這個無造作的本質（ma bcos pa'i ng obo）；法性本然離諸散亂。這無造作的本質，大圓滿，不是一個可以用覺知（dran pas ma bzung）去把持或抓取的物體，而它又被賦予了本覺的核心（rig pa'i snying po can）。本然大圓滿，超越概念心刻意執取迎拒某物的範圍界線。在這本具、自然的相續中認識他的本質（rang ngo shes pa'i rang babs gnyug ma'i rgyun），仁增．吉美．林巴頂禮。

這是光明大圓滿密續的重要精華，
蓮師的心髓，空行母的心血。
這是超越九乘次第漸進的究竟意義。

它只能透過智慧心傳承的力量來表達。

我不是透過有限的概念分析，
寫下這個法本，
而是來自智慧心廣大的寶藏。

吉美．林巴告訴我們這是光明佐巴千波密續的重要精華（bcud），蓮師的心髓（thug thig），所有智慧空行母的心血。這是第九乘阿底瑜伽，超越其他八乘。這寧體的無上秘密（yang gsang bla med）教法的究竟意涵，只能透過智慧心傳承的力量（mthu）和加持，從來不是只透過文字的概念來表述。

上師的重要

這些教法只能經由具備「明覺證悟」或「智慧心」的純正上師的加持來解釋。上師的加持進入敞開內心虔敬（mos gus）的弟子。真正的意涵無法透過學幾本書，然後寫下一些東西就能夠表達。那些解釋或著述有關大圓滿的人，必需接受並由智慧心傳承（dgongs brgyud）加持而真正成熟內心。唯有這樣才有可能得到大圓滿真義的傳遞。

簡言之，教授或著述佐欽的人，必須完全在其內心接受到上師和傳承的加持。如果真是如此，弟子的心就已經和上師的覺證沒有分別，而證悟到上師的智慧心。這根本不可能透過思維達成。然而，為了他的弟子，未來的眾生和住在山裡只是修持大圓滿精華內義的偉大禪修者們，吉美．林巴寫下了這個教法：〈獅子吼〉。不是以思維的力量寫下它；教法從他證悟的廣大境中自然任運的展現（rang byung rang byon）。

這裡，一個人過去世的清淨願心，
與持有究竟證悟傳承的
殊勝具德上師的相遇結合。
接著，如果你知道如何祈請，
帶著完全的信任呈服於這樣的上師，
並生起懇切、一心嚮往的信念，
你的虔敬便是順緣，
那麼，上師的證悟將傳入弟子的相續。

哪怕只是聽聞到佐欽——大圓滿這個名字，我們都需要極大的善業和廣大福報的累積。能夠有機會接受到口傳教法和建議，是極其幸運的，也是過去累積了深厚的福德的徵兆。如果我們看看世界上多少眾生，之中多少人聽過佐巴千波的教法？百千萬人從來就沒聽過佐欽。在全世界幾十億人之中，大概就幾十萬人聽過佐欽吧。在這麼些人之中，大概只有幾千人接受過教法，並能夠獲得確定的理解。在這些能夠獲得對佐欽的意義確定性理解的人之中，只有極少數人能夠日以繼夜的實際投入修持。

這離於概念詮釋的自性，
大圓滿的本然狀態，
無法用語言或事例來展示。

它是無礙、無限的顯現，
它不落入極端的見解。
它是立斷的當下本覺——
赤裸而色澤不變。

當你的禪修完全如此，
就是淨除了對禪修的執著。

當見地和禪修的鎖鏈解開，
確信會由內在誕生。
「思考者」就此消失無蹤。

你不再受益於好的念頭，
受損於壞的念頭，
或被本質不定的念頭誤導。

界智廣闊遍在。
證悟的特質——道之徵兆，
此時已被體證。
甚至錯謬、偏離和歧途點這些名詞都不存在。

當談到本然狀態（gnas lugs），那是超越語言、分析和概念的。它無法用文字、例子或比喻來表現或表達。它不落入存在或不存在，超越輪迴和涅槃的界限，它也不會被永恆和虛無主義的終極方位限制。本覺的本然狀態（rig pa'i gnas lugs）超越所有這些限制。「它不會落入極端的見地」意思是：那是離能所二元者。

同時，吉美．林巴在這裡用了「無礙的顯現」（go ma 'gags pa）。它意味著大圓滿的本然狀態不是一個完全空白、空無的狀態，而相反，它是一切現象以其自然的狀態展現（chos thams cad rang rstal du shar ba）。

一旦利根者得到立斷（trekchod；khreds chod）的大圓滿見指引，念頭和思想即可斬斷。他們不再從當下瞥見的即刻本覺（rig pa skad cig ma）偏移開。這就是如何衡量最利根的行者和最上等的學生的證悟。就像之前談到的牧人和佐欽大師噶拉．多傑的例子；這是所有那些最高資質證悟的方式。對於任何保持禪修的必要，他們都已不再執著。就像一個人到了金子的國度，那裡沒有任何普通的岩石和石頭，他們的成就充滿了一切證悟的精神特質。

吉美・林巴說，一個人「從見地和禪修鎖鏈中解脫」，因為見地、禪修和行持在本覺自身之中，就全部都是完整和圓滿（dzog；rdzogs）的。再也沒有分離的見地、禪修和行持；它們都在本覺當下的剎那（rig pa skad cig ma）就已合一。當一個人解脫時，就會如此超越見、修、行。確信由內生起。所說的：

> 修持今生、中陰和來世爲一整體；
> 修持見地和禪修合一。

吉美・林巴在此還提到「思想者」（skye mkhan），是生起念頭者。「思想者」不可能被注意力抓住，如同注意到一個對境。這是因為沒有主體。那裡沒有任何「思想者」。

龍欽寧體最偉大的一位大師是著名的扎・巴楚仁波切（1808-87）的弟子——紐修・隆多・滇佩・尼瑪（1829-1901）。在紐修・隆多的生平中可以讀到，一次他在一個叫作「佐欽小樹叢」（Rdzogs chen nags chung ma）的山居閉關處修持。那是在東藏佐欽寺上方的一小片樹林。也就是在這裡，紐修・隆多領受到巴楚仁波切的心性直接指引。在這之前，紐修・隆多已經接受了一百次《入菩薩行論》（梵文：Bodhicaryavatara）的教導，以及從包括嘉瑟・顯佩・泰耶（1800-55/77）在內的其他大師那裡接受了很多佐欽教法。然而，跟他因緣最深的還是巴楚仁波切。

紐修・隆多已經修持了殊勝的經驗教授的耳傳（Nyengyu

Nyongtri Chenmo；Snyan brgyud myong khrid chen mo）20年，因此他已經足夠成熟去接受最後的究竟大圓滿（rdzogs chen mthar thug pa）教法。這是對本覺——真實的本初智慧（rig pa don gyi ye shes）的介紹。這時，巴楚仁波切將佐欽的究竟證悟引介入紐修・隆多的心續之中。

一天傍晚，巴楚仁波切坐在「小樹叢」山居關房外面，進行三重虛空的虛空修持法。當巴楚仁波切凝視虛空時，他對紐修・隆多說：「過來，坐在我旁邊。」

「你知道禪修是甚麼嗎？」巴楚仁波切問道。
「不確定。」紐修・隆多回答。

「噢！你聽到佐欽寺的狗叫嗎？你看到滿天星辰嗎？你聽到我們現在的談話？這就是佐巴千波！這就是本覺智慧（rig pa'i ye shes）！」

當紐修・隆多一聽到巴楚仁波切這番話，上師和弟子的證悟合一。他所有的疑惑和錯誤認知完全被切斷，一種深刻的信心從心底湧出。關於見地和禪修的疑惑，思維「證悟像這樣」和「證悟像那樣」的一切鎖鏈都摧毀了。隆多・滇佩・尼瑪證悟了空性本覺的赤裸智慧（rig stong ye shes rjen pa）。從那一刻起，他再也沒有離開過這個狀態。這就是透過上師的加持和弟子開放心的虔敬而發生的。

後來紐修・隆多告訴他的弟子：透過一個人的虔敬和證悟上師的加持，這是能夠發生的。正是這個原因，紐修・隆多建議他們修持上師瑜伽很重要，要帶著懇切全心的虔敬（mogu dragpo；mos gus drag po）祈請，然後讓自心與上師的智慧心交融。

當談到這類值得效法的上師們，他們是具有超凡根器、最上資質的個體。對大部分眾生，證悟不會像紐修·隆多經歷的那樣發生。大部分必須練習禪修，透過五道的次第逐漸進步。他們會從資糧道的累積，到加行道，再進入見道，然後進步到修道位，直至證悟——第五道的「無學位」。這就是為什麼當一個人從上師處接受了見地的介紹之後，就需要非常精進的禪修。

一次，偉大的巴楚仁波切安營在敏雅·拉烏·唐的地方。那裡據說經常有非人的靈體出沒。當巴楚仁波切入睡時，他感受到強烈的天神和魔眾出現的恐怖經驗。他開始猛烈的向他的上師嘉威·紐固（1765-1843）祈請。透過他全心祈請，巴楚仁波切得到他上師證悟的智慧心：大圓滿究竟圓滿證悟（rdzog pa chen po don gyi dgongs pa）的加持。後來，巴楚仁波切將自己的經驗告訴大成就者多·欽哲·耶喜·多傑。後者告訴他：那是他用一口氣降伏了四個魔眾，得到證悟的徵兆。巴楚仁波切這次經歷就在向上師祈請的剎那間發生的。巴楚仁波切在這次經驗之後，告訴他的主要弟子紐修·隆多：他不再被生起的妄念纏繞了。

尊勝的龍欽·饒降巴在他很多著作中，如《甚深精滴》（Zabmo Yangthig；Zab mo yang thig）和《上師心滴如意寶》（Lama Yangthig；Bla ma yang thig），提到在對他上師帶著強烈虔敬而祈請時，一種特別的禪定在心中生起，而他自此之後，再也沒有離開過這種體證。龍欽巴告訴他的弟子，根據他個人的經驗，對自己的上師虔敬祈請和保持信心，是極其重要的。這些都是個別具備超凡天資的例子。如吉美·林巴說，對那些超凡者，甚至連「過失」和「偏差」這些詞都找不到。

> 然而，儘管這是一切乘的最高法教，
> 仍有利根、中根和劣根之各個不同。

因爲根器最利的弟子難覓，
上師與弟子之間也可能有誤解。
這種情況下，即使弟子禪修，
因爲這樣的缺陷，他或她會發現難於開展善的特質，
而從道上偏離。

人們固然是形形色色，各有不同，但大部分都不具備最高的根器和聰慧；有的能力中等，而有的只具備下劣根器。儘管佐欽是最超凡的一類教法和修持 ，但絕大多數弟子都是中等或下等的根器。因為這個原因，〈獅子吼〉例舉了一些上師和弟子之間會出現的誤解和錯誤概念。它們會製造障礙，所以即使弟子禪修，但修持並無成果。障礙會因為弟子的根器出現，而使精神修持的特質難以生起。

這種情況，會發生在中等和下等根器的弟子身上；而相較於那些利根弟子聽聞到直接的指引，就再也不動搖或失去佐巴千波的見地。遇到這樣的情況，最好的對治方式是一再的向上師祈請，接受四種灌頂，在了悟見地上與上師的智慧心融合。

觀修的三個階段

與此相關的，
從跟隨漸修道的禪修者的觀點，
觀修有三個階段：
智識理解、覺受經驗、證悟體證。

[根本頌行間文字（yig chung）：
將這些和基礎乘的道次第連繫起來：

在資糧道，一個人所獲得的是智識理解。
在加行道，一個人獲得的是實修經驗。
在見道，一個人獲得證悟。
學修圓滿的成就者講述的這些話確實不虛。]

建立見地的過程是經過三個階段：智識理解（ gowa；go ba）、覺受經驗（nyongwa；myong ba）和最後的證悟體證（togpa；dtogs pa）。首先，像修持手冊《無上智慧》（Yeshe Lama）和其他相關或類似的教法中所解釋的那樣建立見地。接著，當在智識理解、覺受經驗和證悟體證三個階段上進展過程中，見地必須透過禪修，而融入我們的心（sems dang 'dres）。

根據吉美·林巴的解釋，那些最高根器的人在被引介本覺之後，就再也不會與之分離。他們直接證悟了，沒有經歷轉變或錯誤。然而，那些中、下根器的人肯定需要經歷智識理解和覺受經驗的階段，才會進入證悟的階段。這樣的修行人對上師給予指引的教導，可能都有各種問題、疑惑或不確定。尤其對於資質較差的人，這確實會發生，因為他們在一定時間內還不能夠真正建立起禪修的穩定，這就會造成疑惑和障礙。

事實上，大部分人都要經過不同階段的知識理解、經驗和體證。大乘佛教修持以及密乘教導都指出：在基本乘的漸修過程中，有證悟的五道，或說五個階段。第一道是資糧道（tshog lam）。根據佐欽教法，在這一階段，行者要發展對見地的理論和智識上的理解，同時積累福德。五道的第二是加行道（sbyor lam），行者透過自己的觀修，對於見地累積一定實修經驗。

接著，五道之三：見道（mthong lam），行者非常直接的認識見地。這時候他開始獲得對見地的體悟，進入菩薩的初地（梵文：

bhumi；藏文：sa）。從此，對見地修持的著重就在對本覺智慧的認識，逐漸穩固認識，而不斷在菩薩道進展直到完整五道而成佛。

當行者進入第三道——見道時，他終於可以實際見到空性（stong pa nyid mngon sum du mthong），解脫四種極端的見解。對於實際見到空性，佐欽教法指它為見到法性真理（chos nyid kyi bden pa），或一切現象的本然狀態（chos thams cad kyi gnas lugs），或是空性的本質（rang bzhin stong pa nyid），及其他多種說法。所有這些都是指在見道的體證。對那些中、下根器者，這可能是一瞥空性的體悟，而逐漸變得持續，這都是基於行者的上師給予的直接教導。這種情況下，瑜伽士有了見道的一瞥的經驗，但還沒有建立穩定。

這裡我們也許想瞭解漸修進入見道的中、下等根器者，在方法上的差異。中等能力的人可以止觀雙運的禪修。他們的經驗中，止和觀融合，因此他們相對可以比較快速的在資糧道和加行道上進步。那些下等資質的必須先修持止，並穩定之，然後他們開始進行觀禪，以逐漸進入對空性的實際經驗。這是很重要的一點。

現象的本質

根據佐欽的傳統，佛陀出現於世，是為了開示法性——「現象的本質」。佛陀揭示了我們所見、所聞和一切出現的現象的本質。

簡言之，首先本初基（dod ma'i gzhi lugs）有一個基礎的條件。
空的本質（ngo bo stong pa）就像在廣大虛空的中間。
在空的本質中，現象無礙的展示（rolpa 'gags med）出現，就如同虛空中出現的星辰和行星。

本覺就像平靜的海面，或是清晰明淨的一面鏡子，可以反照出所有的星辰日月。
這是本質（rang bzhin），基的本然狀態。
它就是所知的本覺，心的本然狀態（rig pa sems kyi gnas lugs），或一切現象的實相（chos thams cad kyi gnas lugs）。
這就是原始基礎（thog ma'i gzhi）的意義。

法身佛普賢王如來如實證悟了心的本然狀態（sems kyi lugs ji bzhin rtogs pa）。本初佛普賢王如來在認識本初智慧的自然顯現（ye shes rang snang gin go bo）的基礎上，透過六種特質而證悟。但是對還沒證悟的眾生，一般分為三種根器。

那些資質最高的會在剎那間接受指引而證悟。然而，中等或下等根器的人不能認識到一切現象是它們自己的「自展現」，他們的「自顯現」（rang snang）。他們堅持認為這些自己的顯現是外在某處的某物（rang snang yin par gzhan du bzung ba）。

這就是關鍵。因為這個錯誤理解（log rtog），一個自己的展現生起，而被認為是他者，他處（rang gi snang ba gzhan du shar ba），而由此，誤解佔領了一個人的思維。從這個把自身展現固執為分離於自己的錯誤認知開始，迷惑開始了（rang gi snang ba gzhan du bzungs nas 'khrul pa yod red）。與此相反，認識到現象是它自生的顯現，就是證悟的因。

上述所謂那些中、下根器不認識一切現象是自己的展現，而落入錯誤認知（log par rtog pa），意味著什麼呢？根據佐欽教法，這是說有情眾生在三界輪迴，是因為被三種無明迷惑。它們是單一無明（bdag nyid gcig pu'i ma rig）、俱生無明（lhan skyes ma rig）和顛倒無明（kun btags ma rig）。處於這三種無明（ma rig pa gsum）的力量之下的狀態，任何自顯的會被看作是在自己以外或分離的。這就是所謂「錯誤認知」的意思，因為這個原因，行者陷入困惑與迷茫。

為了更好的理解這點，讓我們再回到睡夢的例子。在睡眠中，一個人的意識和感知消融與基本識或阿賴耶識（kun gzhi）；這時候我們平時所有經驗到的二元念頭都消融於阿賴耶識。這之後，如果有人進入睡夢光明（gnyid kyi 'od gsal），瑜伽士有可能認出並保持它。

但對沒有認識出睡夢光明的人，在消融於基本識之後，他們的意識會重新活躍起來；二元思維會再次攪動並製造出各種夢境。這時瑜伽士可能經驗到的睡夢的另一個很重要的面向，被稱為「睡夢光明」（milam osal；rmi lam 'd gsal）。在此睡夢光明中，行者可以認識出並在睡夢光明中安住於禪定。這裡有三點：第一，知道自己在做夢；第二，在夢中認識出明光（osal；'od gsal）；第三，保持或繼續在那樣的狀態中。

對於能夠認識出夢境是個人的經驗，而不是固著於它是實體存在的某物，僅僅如是認識出它們，夢就自然解脫了。這樣， 如果有此成就的瑜伽士夢到猛獅，他們會知道那不是真的，就像是博物館展出的獅子模型。他們不會恐懼，因為明白那根本不可能傷害他們。相反，如果沒有能力知道他們在做夢，那就會在夢到野獅的時候經驗到恐懼。

就如夢的例子，一切事物都如夢一般出現，沒有任何真實存在的基礎。輪涅的一切現象，不論怎麼出現，都沒有一個可以定位的起源或來源，沒有可以發現它們停駐的地方，而最後，他們也沒有離開前往的目的地。它們是無生的，如夢如幻的現象。我們需要被上師引介到這個事物沒有真實存在的狀況中，這就是所知的法性——「一切現象的實相」。

普賢王如來證悟了法性。我們必須導向法性，而且當被給予佛陀教法的時候，需要解釋得很清晰。當法性被指引出來，被看作是即刻型（chig charwa；cig car ba）的利根器行者，會立即認識出它。但也有其他人不能夠理解被指出的是什麼。他們不會得到任何對法性肯定的確信或對它實際的經驗，那麼無論他們理解到的是什麼，都不會是純正的領悟。為此原因，佛陀的教法呈現出漸次展開的不同階段，為了對應修行人不同程度的理解、經驗和體證。

在我們現在的感知中，看到的每一件事都似乎很堅固、凝結、穩定和實存。從普賢王如來的見地來看，六根所有的感知都如同空中的彩虹一般不實存。彩虹的出現是基於所有必要的條件會合而成。如果缺少其中任何一個條件，彩虹就不會出現。儘管彩虹看起來如實物一般停駐在那裡，但實際上那裡什麼都沒有。我們無法指出彩虹是裡還是外，或在中間。最後，彩虹在哪裡消失和離開的呢？答案是：無一處。彩虹在因緣條件不具足的情況下，自然消融不見了。

同樣的，我們說念頭也就如同彩虹。它們像彩虹一樣沒有生起處；它們也無處停駐，因為如同彩虹，它們也沒有一個實存的基礎。它們也沒有離開前往一個目的地或處所，就像彩虹。當所有因緣聚合，念頭就會出現；當任何一個因緣不現前，念頭自然就消失，就跟彩虹一樣。

簡言之，為了介紹我們本初的本質，普賢王如來的各種化現教授佛法，開示必須修持的法道。當我們步上這條道，就會經歷三個階段：智識理解、經驗覺受和證悟體認。只是擁有智識理解，無疑是不會摧毀我們的迷惑的。因為從無始以來就在迷惑，不能生起信心和確定，迷惑（'khrul pa）的力量太過強大。即使我們知道也能夠認識出自己的本初自性，如果不能穩定保任這個認識，也還是無法終結輪迴的迷惑感知。

正如佐欽教法所說：「如果不練習禪修，我們就不會證悟。」尊勝的龍欽巴尊者曾說：「如果不安住於本初自性，我們將不會證悟。」

> 現在似乎很多人都認爲
> 僅僅是他們理性的理解就是純正的禪修。
> 因此，很多人執著（覺受的）概念標籤而走偏了。
>
> 出現這樣的情況，是因爲：
> 意識不時是清晰而空靈的，
> 你禪修穩定到沒有任何念頭，
> 而你也很放鬆，感覺適宜。
> 當出現這種情況，只表示喜樂的禪修經驗現前。

現今很多低或中等根器的修行人，只達到了智識理解就開始有了禪修的覺受或心境，他們便把這些當作是真正的禪修（gom nalma；sgoms rnal ma）。他們落入了貼概念標籤（rgyas 'debs su shor ba），和將智識理解加諸於禪修經驗的圈套。

在此，吉美．林巴談的是一些進行禪修練習並獲得一些確實覺受的人。這樣的人有能力安住在無念的禪定狀態（nyamzhag；mnyam gzhag）。他們的意識（shes pa）能夠經驗到一定程度的清明和空性。禪修對他們來說很放鬆和容易，感覺喜樂良好的覺受（nyams）為主。但是因為他們還在智識理解的階段，他們在禪修上加諸概念，而落入這個圈套。這就是說他們會認為自己的覺受是真正的禪修，而且自己現在已經對佐欽教法所講的，都了解得非常好了。他們甚至還會認為自己已經達到了對佐欽的究竟了悟等等。

吉美．林巴尊者提出這些警語，指的是證悟並不容易這個事實，因為有很多逆境、障礙和經驗會出現，比如恐懼、歧途和偏離。在吉美．林巴的時代，有很多修行人都有這樣的禪修經驗，並相信那是純正的禪修。無論怎樣，類似這樣的經驗在修行人中間不是那麼的普遍，因為大部分人並沒有作太多修持；絕對不像吉美．林巴那個時代的修行人。當你有強烈的覺受，你會覺得：

> （或許很多人會想：）
> 「這正是我的禪修！沒人比我懂得更多。
> 這就是我的證悟！」從而生起驕慢。
> 然而，如果這時你沒有依止一位具德的上師，
> 那麼就像佐欽教法所說：
> 「智識上的理解就像衣服的補丁，終會脫落。」
>
> 對此形象的證明是，
> 有很多這樣的人，
> 在遭遇順境或逆緣時，
> 他們的禪修覺受頓時分離不見，
> 就像水從牛奶中分離出來。❶

對於佐欽的修持，如果有一個真正的老師和一位希望學習的弟子，就是一個起始點。但是，如果他們之間沒有一個清淨的連結，或是弟子還沒有具備真正的信心和虔敬，或所有的外、內、密的條件還不具足，那麼，無論這個弟子聽多少關於空性的教

法，關於一切都如夢如幻，或是關於本覺等等，幾天之後，他接受過的關於這些教法的理論性理解，就會模糊淡忘。一年之後，他的理解會完全消失，就像是衣服上的補丁脫落。僅是文字的「補丁」不會保留太久，遲早會剝落。

體驗與如何面對覺受

正如吉美・林巴尊者在〈獅子吼〉裡面所教導，當修行人還在純粹理性知識（gowa ；go ba）的觀修階段，喜樂（dewa；bde ba）、清明（salwa；gsal ba）和無念（mitogpa；mi rtog pa）的覺受會生起。如果執著這些覺受，認為自己已經達到究竟大圓滿，會因為這些對教法真義片面而不完整的理解，而被纏縛和阻礙。正因為他們對在修持中實際保任無基和自解脫（gzhi med rang grol）毫無概念，會發現自己無法將觀修練習與日常生活的正負各方面狀態相結合（sre wa；bsre ba）。

在佐欽教法中，對我們來說至關重要的是證悟本覺智慧（rigpai yeshe；rig pa'i ye shes）。沒有實際對本覺的經驗和體悟，智識理解沒有真正持續的利益。當我們還在理性了解的階段，會有禪修

❶ 頂果．欽哲仁波切的所有語句，都來自欽哲仁波切在尼泊爾博達教授吉美．林巴的〈獅子吼〉的錄音。頂果．欽哲仁波切：就如縫合處磨損時，補丁會脫落，智識理解也不會持續。認為你自己已經證悟了佐欽，便執著了這個名字。那麼，當負面的狀況，如強烈的情緒突然生起，禪修便喪失了，你會變得執著於涉及世間八法的活動。你會經驗到逾越的情況，比如你個人的名聲遠播，受人尊敬，或許甚至每個人都是你為一個了不起的喇嘛或禪者。或者，你會經驗到被人辱罵或誹謗的困境。遇到這樣的惡劣情況，很多人都會跟他們對法的「證悟」分離開，就像水和牛奶分離。這個例子是，水是清澈無味的，但牛奶是乳白並帶甜味的。如果你把牛奶和水混在一起，他們會交融在一起。一隻烏龜或鴨子在喝它的時候，會喝掉牛奶，留下水。就如同這個牛奶和水分離的例子，一個修行人如果認為他或她已經證悟了佐欽，但是一當遇到順境或逆境，這個人和佛法就分離開，就像水從牛奶中分離出來。

覺受，但是它們都是暫時的，就像縫在衣服上的補丁。到一定時間，或長或短的一段時間之後，補丁就會脫落。這裡所說的意思是，如果我們沒有遇到一個真正的老師，沒有看到和認識到出現的錯謬（nor sa），就會脫離出真正的修持，就像水從牛奶中分離。我們的心會跟法分離，而我們所謂的「修法」或「經驗」都會在遇到順、逆境（rkyen）的時候喪失掉。

此外，逆緣比較容易被成功的轉爲道用，
在順境中修道卻是非常困難。
因此有人傲慢的認爲自己已經證悟很高，
卻還在爭取此生的榮耀。
他們如此散亂，
完全由執著天神之子的魔王獨佔。
這是因爲沒有眞正理解
六識自解脫的要義。❷

現在很多人對此（見地和禪修）津津樂道，
就像它們已經是成就的殊勝徵兆……
儘管那些指正它們的人被看作是「白鴉」。

現在吉美・林巴提到隨著修道而出現的正面或負面的經驗和狀況。負面的狀況可能有多種不同的形式。比如說，如之前所談到的五種禪修障礙。那是很普遍的，特別是對那些較低根器的人，會落入五種障礙的力量控制下，而在他們禪修練習中產生很多阻隔和障礙。當我們被五種障礙的力量控制，就不能夠正確的練習

❷ 頂果・欽哲仁波切：什麼是六識？它們是六根和它們的對境。舉例說，你看到你一個美麗的對境而對它執著；或者你看到一個不令人愉快的對境而產生厭惡。這些感知都會自然的自解脫。如果它們不能，就說明你沒有把它們轉化為助道因緣，把它們和你的修持結合起來。

禪修。

相同的，我們可能有各種散亂。有時候感覺過多的氣動（lung；rlung）；有時候會被念頭淹沒；有時候心和能量都很平靜；有時候非常清晰，有時候渾濁；而有時候瘋狂、雜亂、無條理的念頭會突然爆發。當這類情況發生，除非運用對治法排除障礙，否則禪修練習不會進步。舉例說，當昏沈出現，或是我們的心太興奮，如果受制於這樣的障礙而失去正念，很重要的就是要在障礙出現時記得運用對治法。疑惑和懊悔是相同的。不要被它們帶走，要提起正念的修持，並運用適當的對治法。

相反，有所謂的正面經驗覺受的問題。對一些禪修者來說，當修持的時候，他們開始有喜悅和放鬆的經驗，並感受到他們已經進入真正的禪修。吉美・林巴在這裡既警告，也責備瑜伽士。在現在末法時代，人們認為只要有智識方面的知識和一些有力量的禪修經驗，那就棒極了！僅是這些經驗，就讓他們感覺自己已經達到一個很高的程度而且已經成為特殊的人了。為此他們對自己的智識理解和禪修覺受感到驕傲，感覺已經進入進階的禪修或是已經證悟很高了。

這樣的人，跟隨佐欽的指導禪修了一下，或短暫練習了禪修，就已經覺得自己的禪修不可思議。他們會想：「我現在是個了不起的喇嘛。我的禪修徵兆太殊勝了，我證悟的徵兆太令人驚訝了。我了悟所有的東西，禪修境界高深超然。沒錯，我肯定已經進入了聖者之流。」因為自己對法教的理解有著錯誤的信心，被傲慢沖昏了頭腦。而在這個階段，他們對見地沒有深入實際的經驗，因此一定不會有真正的證悟。重點是我們不應該滿足於這些「正面」的覺受，或在修道過程中執著它們。這樣做只會導致自滿，增加執著和執取，而不會對我們禪修有任何利益。

現今如果有人指出錯謬（nor sa），誠實坦白的直言事實，卻沒有人想聽從他們所說。這樣的人，就被看作像「白烏鴉」一樣。因為所有的烏鴉都是黑的，白烏鴉在西藏是負面的，類似自然界中的不祥預兆或怪異。沒人想看到白色的烏鴉。沒有人想聽從或注意誠實坦指出修持錯謬的人。以這個例子，吉美・林巴告訴所有這些所謂的禪修者：他們被消耗或陶醉其中的，實際上是修道上的散亂或錯誤。吉美・林巴還說，對執著於錯誤禪修的瑜伽士指出事實的人，其實非常稀少，如同白烏鴉一般少見。

吉美・林巴在此所談及的階段，是在佐欽見地上，都還談不上生起任何程度的經驗和證悟。儘管這樣，很多修行人在這個階段還是會對自己的見解和經驗懷有過度的信心。現在人們受著散亂的影響，執著於他們所知和自己的禪修經驗。他們認為任何試圖指出自己錯誤的人就像白色的烏鴉，而視他們為該躲避和忽略之人。

> 無論如何，對發心實修珍貴佛法的你們來說，
> 這樣概念性的見地，
> 不會對你的禪修有幫助。
>
> 在每天四座修持中，你應該專注於上師瑜伽，
> 接受四種灌頂。
> 接著，在自心與上師心的融合之中，
> 讓本覺鬆綁自由。
> 從內心深處去如此保任，
> 直到這個經驗的精髓
> 不再依靠任何支撐和參照點。

通常來說，當你們禪修，就會有三種禪修覺受（nyams）：喜樂

（dewa；bde ba）、清明（salwa；gsal ba）和無念（mitogpa；mi rtog pa）。這三種覺受統稱shay nyam（shes nyams），意思是「心的覺受」，或是「禪修境界」，或是「意識變化狀態」。如果執著它們，會導致落入錯謬（nor sa）和偏離（gol sa）。

如吉美・林巴所說，我們可能會有類似負面的障礙經驗。或者有「正面」的經驗，比如那些喜樂的狀態，會讓人覺得這就是真正的禪修，而對它們感到愉悅。而後就執著於這些禪修經驗，犯上想持續保持它們的危險。無論如何，在禪修練習中，重要的是不執著於快樂或難過的經驗，不希求好經驗，也不怕壞經驗。

簡言之，吉美・林巴驅策我們，不要只是滿足於智識的理解和獲得禪修的經驗。如果你發現自己對禪修有概念性的經驗，該怎麼做呢？不要持續固著在這概念性見地上，因為它只是智識理解階段的特質，而它對你的禪修也派不上用場。

如果在禪修練習時，各種「正面」覺受生起，最好是不要認為它們有任何特別之處。取而代之的，按教導所說，持續精進努力修持上師瑜伽，獲得四種灌頂和將自心無別的融入上師的心。在一天四座觀修練習中，持續虔敬祈請，一心向上師祈請。

正如吉美・林巴在法本中所說：「在自心與上師心的融合之中，讓本覺鬆綁、自由。」安住在禪定中，完全的放鬆，不把持或改變任何事。在你內心深處，很重要的是對此堅持不鬆懈（sning la rdo rus gtug），直到你的禪修經驗徹底解脫於任何執取或參照點；直到禪修覺受消失無痕（nyams bshig）。

這裡的關鍵是如是修持，以及不斷的摧毀對禪修覺受的執取，一而再的，透過讓覺受瓦解，赤裸的本覺（rang gi rig pa rjen pa）

就會出現。持續這樣修持，直到所有對禪修的覺受崩塌（zhig song）。而後，當你對覺受的執著崩解，證悟便會從心中生起。

在巴楚仁波切的〈椎擊三要〉（Tsig Sum Nedek；Tshig gsum gnad bredegs）有陳述：

> 瑜伽士越能夠摧毀他的禪修覺受，
> 他的禪修會相應的進步。
> 就如同泉水從高山傾瀉而下。❸

巴楚仁波切的教法中也說，有人會大吼一聲「呸！」（pay；phat），也是為了同樣的目的，這和現在所指的有著相同的用意。

無論什麼喜樂、清明和無念的禪修覺受（nyams）在心中生起，如吉美・林巴所說：在達到「了無任何參照點」（gtad med）之前，你都必須繼續跟隨指導修持下去。直到本覺「沒有支撐」（khungs med），沒有支撐的意思是不再出現執取，本覺沒有支撐的基礎，你都應該努力精進於修持。透過深切的虔敬和融入上師智慧心的力量，必須摧毀所有對禪修覺受的概念造作。如果你持續這樣修持，隨著時間你會經過實際經驗（nyongwa；myong ba）和證悟（togpa；rtogs pa）的各個階段。如果你希望得到真正對教法的經驗和覺證，那麼日夜不停的持續祈請上師，是很重要的。

> 類似的，對禪修經驗來說，
> 在以止的禪修為主時，
> 會生起空的覺受。
> 在以觀的禪修為主時，

❸ 英譯註：這個說法是當水越多的流過岩石，水質和清澈度會增進。

會生起明的覺受，
諸如此類。
簡言之，清楚明瞭妄念的要點❹，
辨別的智慧力量會顯耀光芒。

儘管你知道如何將靜和動帶入禪修，
然而這個「所知者」的本質仍然牢固於自我的掌控中，
而你會偏離到分析檢視的模式之中。
這些是極其不易察覺和危險的概念遮障。
因此，當這些現前時，
給念頭貼上「法身」的標籤，爲時過早。❺

當你修習很多止禪，尤其會有很多空性的覺受；如果是觀禪，會有更多清明的覺受。如果止觀雙修，分辨的智慧（so sor rtog pa'i shes rab）會彰顯出來。

「妄念的關鍵」是心要麼安住於止靜，要麼有念頭的活動，或是有對這兩者的知道（rig），這三者其中之一總是在出現。行者必須認識出安住的本質，或是活動的本質，或是知道安住或活動的本質。直到這三者完全消融於它們的本質，你都必須持續修持。如果還未達到無有對「主體」或「知道者」緊密執著的階段，以及尚未從心理分析和檢測的模式中解脫出來，那麼，把念頭稱為法身就太早了。

❹ 頂果．欽哲仁波切用gnad一詞，意思是「要點」、「重點」，而在他對我們法本中mtsang一詞的解釋，也有「隱藏的瑕疵」的意思。

❺ 頂果．欽哲仁波切：這種概念性認知的嚴重覆障很微細。事實上，佛陀曾說：對於空性本質（stong pa' i rang bzhin）而言，如果對主體、客體和行為三者有執著，概念障礙（shes bya' i sgrib pa）就已經出現了。如果念頭自然生起並自解脫，那麼我們可以真的說「妄念即法身」。如果它們在生起時沒有解脫，念頭就不是法身。

無論是喜樂或是清明等覺受在心中生起，抑或是否心是靜止的，是否有活動或知道。你都應該禪修——直到「知道者」的本質（shes mkhan kyi ng obo）、「安住者」（gnas mkhan）的本質、以及「活動者」（'gyu mkhan）的本質已沒有任何參照點或源頭（gtad khung med）。只是簡單的把念頭說成是法身，接著單單忽視或放下任何生起的念頭，只會造成你的心丟失在迷惑之中（sems la 'khrul pa 'byams）。你會被一串串的念頭（sems gcig la gcig lug gu rgyud）帶走，而生起迷惑。所以不要落入迷惑的影響。

心就只會是靜止，或活動，或知道靜或動的這三種狀態。當心靜止，從靜中一個念頭生起，接著在靜下來。靜和動之間始終這樣交替著。第三個因素是觀察者，那個在注意和觀察是否有活動，或是沒有活動的主體。知道者就是了知是否動或不動的主體。但這是一個二元的過程，因為有對主體和客體的執取。靜止和活動稱為可以被了知的對境，它們成為意識（shes bya'i yul ）的對境，而靜止和活動的「知道者」成為了主體。因此你發展出執取、執著（'dzin pa），和一個分析的心——審視和思考「現在心裡發生著什麼？」

不要這樣修持！從一開始就要明白它們都已經是空的，也已經超越任何對治的需要。你應該帶著它們如是的空性入道，不分別靜止或活動，或是知道這些，就如同它們三者是分離的三個實體，而你需要參與或一一對治。如果你採取對治它們而非看到它們空性本質，那麼你會落入錯謬。

> 當下的本覺無有缺失和損壞，
> 不要用禪修者的對治法，
> 或用你對見地的執著
> 束縛它。

你應該單純以這自由無礙、
無染開放的明覺爲道。

此外，如果你基於自己對禪修和座下修的想法，
而落入思維的影響，❻
那麼你會走入危險的錯謬、偏離和歧途之道。
如果你不知道如何辨別它們，
那麼你將不能夠分辨自己禪修是否正確。

當佐欽教法說到「執著於對治法」，就是指執著靜止或念頭的活動，或是執著於知道這二者。其實這三者上都沒有執取或執著，根本沒有。有的只是解脫和無縛本覺（zang thal kha yan rig pa）的無礙、開放與透明。

大圓滿修持中的八種錯誤

因此，它們所隱藏的瑕疵解釋如下：

什麼是「空性」？
它是從本初開始就無有自性的空。
它離四種或八種極端的見解。
這當下的本覺，自在無礙，超越概念，
被了知爲「rigpa」。

或許這不易被理解。

❻ 頂果·欽哲仁波切：在禪修和座下修時，帶著很多理論（go ba），比如：「我的禪修完美極了」或是「這次禪修不錯」。或是當覺受生起時，你想到：「這是喜樂的覺受，還是清明或無念的覺受？」

舉例說，在低等乘中，有概念性的分析，
確定無實存，否定存在。
跟隨這個引導，
你達到一種空無、空白的無有一物。
或者，透過低階咒乘的觀空咒修持等，
以及禪定專注，
你清淨一切而進入空性——
安立一個純粹的「明空」；
或者，你的經驗歸結爲「一切都如幻」的見地，
這些都是謬誤。

如前所提及的，在佐欽的修持中會有八個錯謬（nor sa brgyad）、三個偏離（gol sag sum）和四種歧途點（shor sa bzhi）。所有這些都在吉美．林巴尊者的〈獅子吼〉裡面作了教授。現在便開始教導關於八種錯謬（nor sa）。

第一種：空性的錯謬

第一種是關於空性的錯謬：

什麼是「空性」（梵文：shunyata；藏文：tongpa nyid；stong pa nyid）？
它是本初空（ye gdod ma nas stong pa），無有自性（bdag med）。
它是自然的空性（rang bzhin gyi stong pa）。
它是法性的精髓（chos nyid kyi ng obo），
這當下的本覺（da lta'i shes pa），超越概念，
自在無縛（kha yan）。
這就是我們所知的「rigpa」——本覺。

本初的空性（ye tong；ye stong）是超越兩種自我：人我和法我。它超越了四種極端的見地：存在、不存在、既存在也不存在、既不存在也非不存在。同樣的，它也遠離了八種極端見地：生與滅、常與無常、來與去、多與一。本覺是本初的空；因為沒有對此有適當的理解，我們落入了錯謬。

那我們是怎麼落入偏離和錯謬的呢？

在小乘，他們滑入一種空曠、空白的虛無（ci yang med pai stong pa），那是透過理性的肯定與否定來達到的邏輯的肯定「不存在」，而否定「存在」。透過這個概念分析的過程，他們達到一種空虛、空白的什麼都沒有，這就是所謂的「分析式的空性」（dpyad pa'i stong pa）。

另外，在低階咒乘念誦咒語「嗡 索巴哇 修達 薩爾瓦 達爾瑪 索巴哇 修多 吭」（om svabhava shuddha sarva dharma svabhava shuddho hang）的方法，透過觀修的力量，一切都淨化為空。他們更進一步主張事物是空的顯現，「僅是明空」的見地，陳述一切都如幻般存在。但是從佐欽的觀點，所有這些見地都有所偏頗，還只是片面的理解（drang don）；它們並不是空性的究竟意義（nges don）。

根據佐欽教法，你必須理解空性是自然的、本自空性、本覺的精華，超越了任何概念範圍。但是在低階的教法，和大乘一直的見解，都是透過一個分析過程而確立一切現象是空性來定位了「空性」。它們透過智識邏輯分析，證明了空性的真理，但這不能真正和佐欽的本初空性相提並論。

相似地，咒乘確立一切本質是清淨的，本自清淨（rang bzhin gyi

rnam par dag pa）。當觀空咒念誦的時候，輪涅的一切事物都說成是空的。但是在佐欽教法的見地看來，這也還不是正確的理解，因為這需要建立一個輪涅一切現象自然、本質的空性（rang bzhin gyi stong pa）。根據佐欽教法，如果你單是採用一個僅是明空、僅是顯空的概念性見地，然後便持有一個如幻一般的見地，那是錯誤的。這些都是第一個錯謬的重點。

第二種：把止當成無心空白

同樣的，對「止的禪修」而言：
粗重和細微的念頭一般都會自然平息。
心的本質，無有散亂念頭之波濤，
有明晰和清醒的安住，
自明的自覺。
對此誤解，認爲止是一種無心空白的狀態，
是一種錯謬。

現在吉美．林巴解釋八個錯謬其中的第二個。止的禪修在佐欽看來，與低階教法有不一樣的見地。在佐欽，當粗細念頭都自然平靜，念頭的波濤不再湧起。這是心自然安住的狀態（sems rang bzhin kyi gnas cha），也是所謂的「本來面目」，或是本覺的「自性」（rig pa'i rang ngo），或是「法性的本具本質」（chos nyid kyi rang ngo）。

當心的本質全無思想的波動，並清楚保持在清晰和醒覺（dwangs seng nge），這就是「自明自覺」（rang rig rang gsal）所代表的意義。根據佐欽中安住的含義，安住有著自明或自知（rang gsal）的特質。如果有人對此誤解，以為安住是一個空白的空，是無心的空虛狀態（dran med had po），或是一種「不知道」的恍惚狀態，那就是一種錯謬（nor sa）。

在小乘練習止禪的方法，行者的意圖是要讓心免於干擾或活動，因此要盡力讓心平靜。行者選擇一個專注的對境，然後試圖專注一境的聚焦在這個對境上，為的就是平復心中自然生起的所有念頭。在佐欽，禪修者不以這樣專注一境（rtse gcig nge 'dzin）的方式來修持。相反，要修持的是自知的本覺（rang rig），而這個練習的方法叫作「本然禪修」（rang babs bsam gstan）。在佐欽，止的主要面向的特質是本然自知或自明（rang gsal）；因此如果把止看作是一個空白、無意識、無念頭的狀態，那就錯了。這是第二個錯謬。

第三種：用概念心分析動與靜

對於「觀」：
它是認識到
靜止和活動都是你覺知本質的自然反映。❼
它清晰、覺知並無執——那便是了！
否則，如果你對此不理解而檢視靜與動，
那就是一個錯謬。

在佐欽教法看來，什麼是「觀」的意義呢？這無有執著和執取的本覺就被認為是觀。無論是動是靜，它們的本質是自然的明覺（rang gsal），解脫了執取和執著（'dzin med）。如果你對靜止或念頭活動開始分析，審視和心理詢察，這是一個錯謬。靜止和活動都被認識為是本覺自己的本質（rang ngo rig pa）。它們是本

❼ 頂果·欽哲仁波切：靜止和活動都被本覺認識出是它本身的自性（rang ngo rang rig pa' i shes pa）。

覺的自顯或自然反射（rang gdangs）。對此不理解，並用概念心分析靜止和活動，這是錯誤的修持方法，即第三個錯謬。

第四種：錯解所謂禪定的安住

> 對於我們所知的「禪定的安住」與「座下的禪修」，
> 有多種不同的解釋方法。❽
>
> 然而，根據佐欽自己的用詞，
> 「禪定」是覺知任何生起的本質，
> 而安住。
>
> 接著，當持續留意這個[修習]的當下，
> 動的轉化和改變之面向，
> 就是所謂的「座下修」。
>
> 對此誤解，而以爲心中抱持專注一境於一個空的觀點
> 就是禪定的安住。
> 而後對生起的任何狀態
> 你都給它安立一個如幻空性，
> 並稱之爲「座下修」。
> 這是一個錯謬。

第四個錯謬是關於禪定（nyamzhag；mnyam bzhag）和座下修（jethob；rjes thob）。根據佐欽的傳統，當見到自己的本覺（rang gi rig pa'i mthong），這就是禪定。

❽ 頂果·欽哲仁波切：如果我們解釋禪定和座下修，那麼從佐欽的傳統所給予「禪定」經驗性的含義是當赤裸的本覺自性被認識出來（rig pa ngo rjen pa shes pa）。如果我們失去赤裸的本覺，那就是佐欽教法裡面所說的「座下修」。

當你從禪定中帶著正念出定，這就是活動的面向：座下修。你在本覺的精髓（rig pain go bo gyos nas）中攪動定靜的安住，接著進入各種活動，比如行、住、坐等等任何可能做的。在佐欽的修持中，座下修的要點是你要保持在「本覺自己的靜處」（rig pa'i mal），在你進行各種活動時不忘記本覺的精髓。這是真正的座下修持。

簡言之，當你見到了本覺的精髓（rig pa'i ng obo mthong ba），這是禪定。當你從這個狀態移動到不同的活動，如果你保持自己「本覺之位」（rang pa'i rang mal），在所有活動中都沒有忘記它，這就是座下修。

心中出現的所有轉變和改變（sprul bsgyur）都是活動的面向（'gyu ba'i cha）。對此不理解，並認為禪定是「專注一境地把心保持在一個空的見解（lta stangs kyi stongpa）」，而座下修只是在你的所有活動上安立一個一切都如夢的想法，這些都是錯謬（nor sa）。

第五種：分別或忘失的散亂

什麼是「無散」？
它意味著你不偏離進妄念的微細暗流。
而且，也不進入一種模糊忘卻的狀態。
這才是被稱作眞正、本具的覺知。

如果你擔心被散亂干擾，
如果你被刻意和局限的覺知束縛，
這些都是錯謬。

第五個錯謬是關於無散（gyeng med）的理解和修持。無散是當你既不丟失在妄念的暗流（'og 'gyu）並造成迷惑，也不落入一種無分別的模糊忘失（lung ma bstan）。能夠保持如此就是所謂的真正的本自的覺知（yang dag gnyug ma'i dran pa）。

不過，如果你對被干擾感到疑惑、緊張或不安，你可能永遠在想「現在我被擾亂了」、「現在我沒有散亂」。你或許感覺被干擾是不被允許的，而必須用刻意、嚴格的覺知（sdug btsir 'jur dran gyis bcings ba），一種嚴苛強逼的覺知來緊逼對治。如果你認為受干擾是不允許的，而試圖加強覺知，或掉入一種模糊無意識的狀態，這些都是錯謬。

第六種：誤解平常心

什麼是「平常心」？❾
那就是所謂即刻的本覺，
不受過失或善德染污，
而自然如是。
它是保任本覺的相續之流。

對此誤解，
而認爲它是你平凡、自發的世俗心念，
這是一個錯謬。

❾ 頂果・欽哲仁波切：佐欽裡面「平常心」(tha mal shes pa)這個名相的意思是什麼？這個當下的本覺(da lta' i shes pa)，沒有被任何缺點破壞，例如煩惱情緒，或甚至是正面的念頭如概念性的虔敬和悲心。這個當下的本覺是自然和本自具足的。如同那句話所說：「如果你不再攪動水，它自然會澄清。」這個修持是保持本覺的持續。有人可能對此不理解。世俗平凡的念頭，比如貪念和魯莽的生起，一念接著一念，製造出很多念頭。或是你同樣方式的生起很多正面的念頭。當這樣的狀況發生時，你可能就丟失了禪定。如果你錯認凡俗的想法是佐欽的當下本覺，那就是個錯誤。

第六個錯謬是關係到兩種對「平常心」（tha mal gyi shes pa）理解的方式。根據這個名相在佐欽的意義，它是你的上師為你指引出的、自生的本初智慧（rangjung yeshe' rang byung ye shes）。如果你認為它是其他的什麼，比如你能夠認出你的平常心就是心中持續的正常、世俗的思想，那是個錯誤。這樣世俗平凡的心和佐巴千波的平常心完全不同。後者的平常心是佐欽自生的本初智慧，是你的上師為你指出的即刻的本覺（da lta'i shes pa）；這是你必須去修持的。

世俗平凡心的當下知道（da lta'i shes pa）是被想法染污的，而由你的上師指出的即刻的本覺（da lta'i shes pa），是大圓滿的本覺智慧（rig pa'i ye shes）。區分開這兩者是很有必要的，否則就是一個錯謬。

第七種：誤解無修

> 什麼是「無修」？
> 進入本然狀態的母體，
> 清淨了修與無修的執著。
> 沒有任何人爲的修整和任何參照點，
> 你將建立起遍在覺知的城堡。
>
> 如果你待在一個漠然、無所謂的凡俗狀態，
> 或是在不確定的模糊忘失中做白日夢，
> 這些都是錯謬。

第七個錯謬是關於「無修」要如何被理解。如果你能長時間保持住上師教給你的禪定，那將會是完全脫離於任何參照點（migmay；dmigs med）的禪定。如果你能在相續（ngang skyong）

中如此保任，這就是所謂的自然河流般流動的瑜伽（rang bzhin chu bo rgyun gi rnal 'byor）：自然於當下並自持（rang gnas）。無修的意思就是持續如此。[10]

你應該保持上師指引你的平常心。如果在這個「無修」之外，還有其他被你稱為平常心，比如保持凡人的日常狀態，那就錯了。同樣的，如果你陷入一種白日夢的狀態，未察覺當下的發生，那也是一個錯謬。

第八種：跟著念頭跑

「保持任何的生起」指的是什麼？
任何念頭生起，直接看著它，
既不阻擋，也不檢視它，或跟隨它。
在本覺中放掉思維者本身，
保持那動靜的無礙開放的透明。

[10] 在這段釋論當中，紐修·堪仁波切告訴我們本覺是自相續的（rang gnas）。相同的，我們發現在堪仁波切的空行母修持的道歌（本書最後一章）中的一段：「因為只因『所保任』和『能保任』並非為二，無執的安住於自然清明中。」在這裡，仁波切釐清了他在〈獅子吼〉釋論中所提到的本覺是本智（rang gnas）的所在，指明保持於本覺的相續中是沒有任何「禪修者」在「保持」這個相續。正如偉大的寧瑪大師米滂仁波切寫說：

當上師的加持進入，無勤作的認識出。
當這個的意涵被看見，行者便知道保持「無造作」的方法。
不要一直想著：「我要保持我的心。」
也不要想：「我沒有保持住它。」
只要讓它帶在自己的位置，那會自然明顯（rang sar chog ge zhog dang ngang gis gsal）。
本智（rang gnas）的自然流動（rang babs）是最無上的禪修。

這段摘錄節選自一個大圓滿法本的結集，叫作《不共大圓滿類竅訣匯集·深義心要·賜佛入手》，頁133-34（頁碼29a4-b2）。米滂仁波切著作彙編集 Rdzong sar par ma, vol. 27（喇嘛奧竹和喜饒·至美：不丹帕洛，2002）。

對此誤解，不慎的追逐生起的念頭，
以及對它們分析，
是一種錯謬。

現在是吉美·林巴在〈獅子吼〉中教導的第八個，也是最後一個錯謬（nor sa）。什麼是「保持任何的生起」的意義？這裡，吉美·林巴教導任何念頭生起，不費力停止或阻斷它的直視念頭，不分析念頭，或檢視它是否正向或負面等等，也不以任何方式追隨它，行者只簡單認識出念頭。那就是直視念頭並「在本覺中放掉思想者本身」（shar mkhan kho rang rig thog tu klod）。然後單純保持靜止和動念（gnas 'gyu zang thal du skyong ba）的無礙和開放的透明。一些修行人對此不明白，而跟隨任何生起的念頭，分析它是正面還是負面等等，這是一個錯謬。

偏離入三界

相似的，偏離也有三種：
如果你執著喜樂，你將投生於欲界。
如果你執著清明，你將投生於色界天。
如果你執著於無念，你將投生於無色界天。
這些被稱爲偏離點。

在解釋完八種錯謬之後，吉美·林巴現在要教導三種偏離（gol sa sum；gol sag sum）的含義。如果你執著禪修中喜樂、清明和無念的覺受，你有可能投生於相對應的欲界、色界、無色界的天道。關於這三種覺受，你既不需要努力擁有它們，也不要試圖阻止或隔斷它們。如果它們出現，不執著它們，只要繼續修持。

佐欽教法所說的本覺之基（gzhi），是具有本質（ngowo；ngo bo）、自性（rangzhin；rang bzhin）和能力；而後者可以被理解為「慈悲」、「敏銳」或「慈悲的事業」。

禪修覺受中的無念（mitogpai nyam；mi rtog pa'i nyams）是法身的自然反映（rang gdangs）。以本覺的空性本質（ngo bo stong pa）的自然反映生起，那會有無念的智慧（mi rtog pa'i ye shes）。基於無念的禪修覺受，無念的智慧將在你心中生起。

禪修覺受中的清明（sal nyam；gsal nyams）是報身或色身的自然反映，或是明。以清明自性（rang gsal ba'I ye shes）的自然反映生起，會有清明的智慧（gsal ba'i ye shes）。基於清明的禪修覺受，自明的智慧（rang gsal ba'i ye shes）會生起。

禪修覺受中的喜樂（day nyam；bde nyams）是化身的自然反映。以遍在能力（thugs rje kun khyab）的自然反映生起，會有喜樂的智慧（bde ba'i ye shes）。基於喜樂的覺受，喜樂的智慧或遍在的能力（thugs rje kun khyab pa'i ye shes）會生起。

當你禪修時，這些禪修覺受自然會生起，但重點是你不應該對它們執著。它們是道上自然、自發（rang shugs su byung ba）生起的徵兆。它們其實是禪修練習的特質，因為如果一般人不禪修，通常不會出現這些覺受。

如果你執著於這些覺受，希望獲得它們，一旦出現你就擔心害怕失去它們，那麼這就跟執著三界輪迴是一樣的；而你也如此種下了投生三界輪迴的業種子。如果你好好的修持，繼續保任見地而不執著覺受，那麼可以把它們看作是禪修練習良好的正面徵兆。這樣，它們會成為你繼續在禪修上進展的助道因緣。

貪圖清淨的喜樂

我將解釋如何識別它們以及它們的錯誤：
「喜樂」是沒有被三種根本痛苦染污的狀態。
舉例來說，它像是你不願意離開本然狀態的安住。⓫
這就是所謂喜樂覺受的生起。

這不同於染污或外散欲樂的歡愉。
也不是快樂和愉悅念頭所帶來的感受。
也不是因爲對境條件改變而感到的喜悅。

三種偏離的第一個是喜樂（day nyam；bde nyams）的覺受。三種根本的苦是苦苦、壞苦和行苦。在此，吉美．林巴不是在談來自貪慾和情愛，或是肉慾性愛的不淨欲樂；而是在佐欽禪修中生起的清淨喜樂。這種喜樂的覺受是法性的喜樂（chos nyid kyi bde ba），來自於安住本然狀態（gnas lugs de'i ngang）的相續，而你或許不想或感覺不能與它分離。這不是指簡單生起快樂的念頭或感覺，也不是基於外在環境和對境而生起的快樂創造出來的，也不是從喜悅的念頭而來的喜樂。如果你對此覺受執著，那就是第一個偏離。

貪圖清明的感覺

被稱爲「清明」是指不被昏沉和迷蒙障礙所染污。
它是本覺有力或敏銳
無礙的閃耀。

⓫ 頂果·欽哲仁波切：這是指，例如有人在安住於本然狀態的禪修時，感覺離不開它，或是放下它。

它不是被賦予了如形狀、顏色等外在對境特質的感知之道，
那些都是染污的感知的自然色相。

吉美・林巴這裡所指的是第二個偏離：清明（sal nyam；gsal myams）的禪修覺受。佐欽教法談到明的自性（rang bzhin gsal ba），也是明的面向（gsal cha）。在這裡，「清明」不是指任何有外型、形狀或顏色，比如看到彩虹或一個影像。禪修的清明覺受是什麼？它是不被如昏沈和迷蒙的障礙染污的。它是本覺明的面向之生動活力，毫無障礙的顯耀出來。它是自明的本覺（rig pa'i rang gsal）。如果你固著於修持中的這種清明，對它執著，這就是第二個偏離。

貪圖無念的覺受

另外，關於「無念」：
它是離一切念頭的思憶，
和認爲事物實有的迷惑想法的干擾。
它被認爲是如虛空一樣無有念頭。

它不是像暈過去和失去知覺。
也不是黑暗的沉睡。
也不實像失去感覺，無有感受。

第三個偏離是在於禪修中無念的覺受。當念頭很少再生起，你能夠看到本覺的自性，這就被理解為無念的覺受。它不是像有人昏倒或是失去知覺。如果你在修持中固著於此無念的覺受並執著它，這就是第三個偏離。

簡而言之，這三種覺受都只是

道所展現的形式，它們自然任運而出現。
然而，如果你不能認識出它，
並在禪修時刻意希求它們，
當它們發生時，如果你認爲它們是純正的禪修，
而執著它們，
這會使你偏離到三界。

這三類禪修覺受是道之徵兆的出現方式；它們是道自發的徵兆（rang byung gi lam rtags）。如果你禪修得力，他們必然會出現。喜樂、清明和無念，是禪修覺受（nyams）的特質。

對此誤解，你可能會希求這些覺受，而在禪修時刻意試圖製造它們，而當它們出現時，你會抓取，對它們執著，並認為那就是真正的禪修（bsgom rnal ma）。如果你執取和對它們執著，這只會製造你偏離到三界輪迴的因。

空性本質（ng obo stong pa）的表現（rtsal）是無念的智慧；明的自性（rang bzhin gsal ba）的表現是清明的智慧；遍在能力（rhugs rje kun khyab）的表現是喜樂的智慧。因此，每個禪修得力的人，都會有這三種覺受。

空性的四條岔路

相似的，有四種（關於空性的）歧途：
認爲空性是一個所知對境所具備的特質之歧途，
將空性作爲道的歧途，
將空性作爲對治的歧途，
重疊安立空性的歧途。

以上四種都有一個原始的歧途點，
和一個暫時的歧途點。

然而，如果我們簡單總結起來：
究竟空性的本質是本初就清淨的。
它無有和合現象的束縛，
也無有心理建構。
這當下的本覺是廣大、無量、本初的清淨。

如果你誤解這個要點，而將空性看作有別的某物，
就像在顯現上標示空性，
這就是認爲空性是一個所知對境的特質的歧途。

吉美・林巴在此教授關於空性的四個歧途點：
歧途點之一：認為空性是一個所知對境所具備的特質。
歧途點之二：將空性作為道。
歧途點之三：將空性作為對治。
歧途點之四：重疊安立一個空性。

造作空

先簡略的討論一下吉美・林巴在〈獅子吼〉裡面教授的第一個歧途點。本質上來說，「空性」是指從一開始（ye nas dag pa）就是完全清淨的。根據佐欽教法，一切的現象是本初空（ye stong）。除此以外，如果你認為還有另一個透過心理設定和建構（blos btags byas），或是透過駁斥和主張的智識檢測（dpyad pa）而建立的空性，那麼這樣的空性就是人為的造作（bzo bcos）。

因此，你不能透過人為造作，而見到一切事物究竟本質（dngos po'i gnas lugs）的空性。如果你認為：「這就是，或這不是空性。」或者「它存在或它不存在。」那就是所謂的「心理建構」或「設定」的空性。如果你相信「事物」是真的實體（dngos po），或甚至你相信它們不是真實的（dngos med），這樣的心理建構都是你需要放下的。

當下的本覺是本初清淨的，是巨大的圓滿無限（phyogs yan chen po）。你必須理解：本覺的自性就是空性。不能夠認識這點，想要從別處獲得一個空性，然後把這個空性的補丁貼在本覺的自性上，說這是空的，那就是第一個歧途點的要義。有人讓空性成為了知的對境，這就是偏離進第一個歧途點：空性有所知對境的特質（stong pa bya'i gshis la shor ba）。

把空性當作「道」

同樣，你還不信服空性是平常心或自明本覺，
而將它當作道。
你還未能理解因果在本質上不可分，
它們在一開始就任運於當下而且已經完成。

然後用空性作爲道來禪修，
你用盡力氣希望禪修的結果，
是法身在另外某處出現。
這樣，你的禪修是心理建構出來。
這就是把空性當作道的歧途。

吉美·林巴陳述的四個歧途點之二，是關於把空性當作一個人所遵循的道的結果那樣來接近和達到。在修道上，談到「平常

心」，但如果你沒有認識到本覺的本質（rig pa'i ngo bo）其實就是道，如果你感覺現在自己要禪修本覺的本質，而在將來某個時候空性的成果會從別處（gzhan nas）到來，這就是所謂的「空性為道的歧途點」。如果你沒有認識到你的本覺之本質就是空（rang rig pa'i ng obo la stongpa ngo ma shes na），那麼你會開始想：經過一個因果的過程之後，你會從別處得到一個空性的成果或結果。這就是所謂的「以空性作為道的歧途點」（stong nyid lam du shor ba），是第二個歧途點。

把空性當對治法

再一次的，無論什麼念頭或情緒生起，
它們的本質從一開始就不外乎是空性。

除此之外，別無他物，
此二者都不需要：
不論是要捨棄的煩惱情緒，
或對治煩惱的空性。

當你的本覺認出「要捨棄的對境」，
就在此刻當下，
如同蛇自動鬆開自身纏成的結，
它自解脫。

如果你對此要點誤解，
並在禪修時運用「空性」
作爲要捨棄的念頭或情緒額外的對治，
這就是把空性當作對治的歧途。

在第三個歧途點上，吉美・林巴希望我們理解把空性當作對治法的歧途。如果把空性運用在念頭或煩惱情緒上，就如同它是另一個對治法，這就是所謂「讓空性成為對治的歧途點。」任何妄念（namtok；rnam rtog）和染污出現，它們的本質已經是本初空的。它們從一開始就不是空之外的任何事物，除此以外，沒有可以超越它的。因此，沒有必要認為煩惱情緒（nyon mongs）是需要被捨棄的，因而採用一個外在的「空性」來對治。

在本覺認識出（ngos zin）要捨棄的煩惱情緒的當下（mnyam du），它們就消失了，如同蛇鬆開自己身體打的結。如果你不理解這極其重要的一點——要捨棄的染污自解脫（spang byai nyon mongs kyi rang grol），認為你需要額外放置一個「空性」在它們之上來禪修，這就是所知的「將空性當作對治的歧途點」。

什麼是你必須理解的呢？佐欽教法中，「空性」被理解為你自己的本覺的精髓本質。如果把空性當作一個額外的對治法來觀修，那就意味著你還沒有認識出空性就是本覺的本質（stong pa nyid rig pain go bo la ngo ma shes）。念頭和情緒在此本質中解脫，就像蛇自解纏縛，不需要再找另外的對治。如果你在別處尋找空性作為對治，那就是說你把本覺當成和念頭有別或相對的一個事物（rig pa logs su bzhag pa）。這是第三個歧途點：把空性當作對治的歧途（stong pa nyid gnyen por shor ba）。

空上加空

> 關於重疊安立一個空性的歧途：
> 無論（修持）是繁複或是簡略，
> 在本初、廣闊之境，

和普賢王佛母廣大遍在之中，
明空任運雙融於當下。

不明瞭這點，
具相的禪者，⓬
和概念性方式[將一切現象]融入空性的，
未能合而爲一，
方便和智慧就此分了家。
這樣，你沒有透過無參照點的「觀者」，
讓「平常本覺」的超越概念
保持在自相續中。

心中帶著之前的智識理論，
你認爲：
「沒有禪修對境和禪修者。」
「每件事物都是空性的。」
「一切都是法身。」
「業力與其結果都不眞的存在。」
「這是心。」
「這些是念頭。」
「找不到存在的任何事物。」

這就是所謂重疊安立[智識]解析出來的
空性的見解。
現今有太多人都是如此。

⓬ 頂果·欽哲仁波切：當你開始執著禪修覺受，那就是一種將好壞、憂喜的覺受具體化的感受。一些所謂的大修行人會因為壞的覺受而感到憂鬱，而當好的覺受出現而感到快樂。

現在講到吉美・林巴教授的第四個歧途點——重疊安立一個空性的歧途點（stong nyid rgyas 'debs su shor ba）。這個名詞字面意思是「用空性封印」或「用空性蓋章」的歧途。

簡言之，你的上師對你介紹了你自己的本覺（rang rig）—— 本初就超越因果、超越要接受或捨棄的事物。如果你安住在本覺毫無動搖（rig thog nas ma gyos ba），那麼在現前任運的絕妙本質（rang bzhin lhun grub chen po）中，沒有所謂的正向或負面的任何行為。

本覺——本初智慧的本質（rig pa rang gi ngo bo），非善非惡；無有迎拒；這些二元性都不存在於本覺的本質（rig pa'i ngo bo）中。

對即刻證悟（cig car ba）的利根之人來說，他們再也不會偏離出這個認識，不會再落入迷惑。然而，中等或下等根器的人不能保任於本覺之中（rig thog tu gnas pa），因為各種染污還會在他們心中生起。這些染污是煩惱情緒，如憤怒或貪欲，以及很多強烈的念頭，接受或排拒等等。

所有這些染污的本質是空性。如果你只是認為一切都是空的，而沒有實修，你可能會說：「這都是空的。沒有道，沒有道上的各次第，也沒有善業或惡業。」這種心態就是把空性的見地重疊安立（stong ltas rgyas 'debs）。在你還未達到當下本覺現前時，只是這樣口頭言論，是沒有用的。

直接達到當下的本覺的人，就是所謂的「即刻型」的行者，他們具有非常高的能力。他們不再有迷惑，就像到了黃金之境的人，見不到一個普通的石頭。中根和下根器的人要麼是不能直接認識出本覺，要麼不能夠保任於本覺中（rig thog tu gnas thub kyi ma red）。他們可能會說沒有業力，沒有因果，沒有地與道（sa med lam med），也沒有善惡等等。但僅僅這樣說，什麼都不是，他們只會跌入極端的虛無之見。他們會在無明（'khrul 'byams）中迷失。

如果你沒有認識出自己本覺的本質（rang rig pa'i ng obo），只是想著它是空的，那麼你只是在迷惑的凡俗狀態中口頭說空。這跟標註事物為空，或安立概念的空性沒有兩樣。這毫無利益，而這樣做的人會在迷惑中越陷越深。很不幸，現在有許多人就正是如此。

在西藏經常出現被誤導的「修行人」，他們會跑到村落小鎮上，一邊喝著酒，一邊說：「沒有善惡好壞的行為。我們喝醉也沒有關係，因為沒有要修持的佛法。沒有因果業力要承擔；一切都是空的。」即使他們這麼說，實際上都有關係！

在普賢王佛母——法身智慧心的廣大境（chos nyid dgongs klong）之中，這沒有關係也沒有任何差別。但是，我們自己還沒能達到一直保持法身智慧心的廣大（klong）的穩定。到獲得穩定（tenpa tob；brtan pa thob），並能夠確實保任於本覺中（rig thog tu）之前，都一定有業力和因果。善惡是存在的，也有要接受（blang）和捨棄（spang）的事情。在相對層面，這些都還存在，而他們的確會利益或傷害到我們。只是說一切都是空的，沒有什麼存在，對任何人都沒有利益！如吉美．林巴所說：「現今有很多人都如此。」這就是第四個歧途點。

簡言之，當禪修要領已經放在你手中，
直到這段旅途達到「恆常殊勝」的階段之前，
都會遇到錯謬、偏離和歧途的
隱蔽處和狹窄、不可靠的通道。

談到我們的上師介紹本覺時，告訴我們說：「這就是了！」此時，他透過把我們的本自本覺（rang rig pa）放到我們手中，而將佛陀放在我們手中，就如同把我們自己的財富放入我們手中。他給予我們本具本覺（rang rig pa'i nor）的財富。直至我們成佛的恆常殊勝的階段，在道上都會有很多形式的錯謬、偏離和歧途點。

因為這個原因，吉美・林巴教導我們在試圖保持本覺空（rig stong）的時候，能夠分辨出現的八個主要的錯謬（nor sa rgyad），發生在我們禪修的喜樂、清明和無念三種覺受上的三種偏離（gol sa sum），以及上述解釋所談及的關於空性的四個歧途點（shor sa zhi）。

覺受就像薄霧

> 如果你不謹慎識別這些經驗，
> 即使你是能說善道或筆鋒銳利之人，
> 像佐欽教法所說：「禪修覺受就像薄霧，它終會散去。」

如果在這些禪修經驗的本質上你不能確定，那麼即使你像前面所說的伶牙俐齒的重複「一切都是空的，運用對治法沒有利益。」不管怎樣，就像佐欽教法所說：「禪修覺受就像薄霧，它們終會散去。」在西藏還有一句話說：

> 瑜伽士的禪修覺受層出不窮，
> 就如同夏天草原花朵的種類——不勝枚舉。

花朵的種類無可計量；我們不能說這種會開花，那種不會。同樣的，瑜伽士的禪修覺受就像花朵一般，只開一季。所有這些覺受都會如同薄霧一般消失。

因此，也這麼說：

智識性理解就像補丁，會脫落，
禪修覺受如同薄霧，會消散，
證悟如同虛空，不改變。

如前已解釋過，甚至不經意的順逆境界
也可能欺騙一個「禪修高手」。
這是因爲他在境界面前完全混亂了。

因此，如果你不帶著這些遣除障礙和鞏固禪修的
精深要點投入修持，
就待在遠離人群的嚴格的閉關中，
你會對專注修持的艱苦感到哀怨。
你會把自己緊束在禪修坐姿，
觀修本尊和持誦咒語，
修持氣脈等等。
但僅僅透過尋覓和買下這些東西的辛勞，
你怎麼可能獲得解脫和證悟？

如同《般若攝頌》所云：
「縱使有人多年住於
滿是蛇的山谷，
遠離塵囂五百哩，
如果不明白寂靜處獨修的眞意，
這樣的菩薩也只會增長傲慢而繼續輪迴。」

如果你明確知道自己本覺的本質（rang rig pa'i ng obo yar thag chod shes），並確實按照上師的教導修持，就會發展出實際的經驗。但

如果你不這樣做，即使閉關三年，甚至一百年，也得不到真正的利益。即使你禪修一百個本尊，念誦大量的咒語，廣泛的做瑜伽士的脈、氣（tsa lung；rtsa rlung）修持，所有這些都不能帶給你究竟的利益。只是讓自己獨自苦修，是無法達到解脫或證悟的。

真正的「閉關」

在《甘珠爾》——佛陀教法的結集中，可以看到刪節過的有八個章節的《般若攝頌》（梵文：Prajnaparamita Samcayagatha；藏文：Shes rab pha rol tu phyin pa'i mdo sdud pa）。這部經濃縮了經典所教導的般若智慧或圓滿的智慧的精華。吉美・林巴在此的摘錄描述了依靠獨修（dben pa la bsten）的重要性。經典的這句原文很精闢。它解釋的含義是如果你單是獨自待在遠離塵囂、充滿野獸毒蛇的某個地方，即使在那裡待上幾千年，如果不能認識本覺的本質（rig pa'i ngo ma shes na），那也無法帶給你究竟的利益。不僅如此，還會因為長年獨自閉關修行而發展出驕慢。在凡夫的我慢基礎上，還加諸一層由閉關而生起的傲慢。

儘管你很多年在了無人煙的地方，外在的寂靜處；而關鍵是你必須知道什麼是真正的內在的寂靜處（nang gi dben pa）。它是法身的本覺（chos nyid kyi rig pa），你自己的自覺（rang rig）。如果你認識不到自己的本覺本質，待在那樣的地方不會有真正的利益。你必須要了解遠離了煩惱情緒和模糊忘失的不確定狀態（lung ma bstan dang nyon mongs las dben pa）的本覺智慧（rig pa'i ye shes）。無念的智慧（mi rtog pa'i ye shes）就是遠離這些的寂靜處。

如果不能認識這點，閉關不會特別有利益。從一個凡夫開始，現在雖然在閉關，卻未認識出真正內在的寂靜處（nang gi dben pa）：本覺的本質，反而因為跟野獸為伍，獨自修行而生起了特別的驕慢。你會想：「我是個偉大的山居瑜伽士。」其實仍然還是一介凡夫。

因此，讓生起的任何狀況成爲道用，
透過明瞭這個關鍵，
讓禪修者和心在身體這個隱居處，
寂靜中成就自己的修行。
沒有比這更有效的道了。

因此，
不要寄希望於自己經年累月都在閉關，
要以你整個一生爲[閉關]長度。
精進於讓自相續保任在無有造作的本然狀態。

因此，如前所釋，重點是要知道如何在生起任何狀況的時候運用上修持。對此明瞭，並理解心就是禪修者——在身體這個隱居處獨自修持——的隱喻，沒有比這條道更有效的了。你今生的身體就是隱居處，而心是本覺智慧，遠離所有妄念和如嗔恨、無明等煩惱情緒的寂靜處。

如果你依賴這個本覺智慧的寂靜處（rig pa yeshes kyi bden sa），那麼你能夠一生都在修持，直到你的身體被帶去墳場；努力嘗試修行幾個星期、幾個月或幾年，並不是問題。從你的上師指引出你的本覺，說道：「這就是了！」的時候，你就應該持續禪修，直到你的屍體被送去墳場。你必須在自己整個生命中修持！

閉關修持中很重要的是保持遠離希望和期待。不要單單依賴經年累月待在閉關中的努力。持續一生的修持，並精進於保任無造作的本然狀態（ma cho naylug gyun kyong；ma bcos gnas lugs rgyun skyong）持續流動。所以，這樣理解閉關的意義很重要，並讓自己精勤的練習禪修。

證悟如同虛空，不變！

至此，吉美．林巴教導解釋怎麼會落入錯謬、偏離和歧途。現在，全文的最後一部分是如何避免錯謬和過失的進行修持的總結。

任何好、壞念頭生起，
不要貼上只是直接解讀它的補丁，
注意到「哦，有一個念頭。」
也不應該運用對治法，
認為它是「灸術」治療，
可以消除念頭。
什麼都不要做，不思慮，
就像一個老人看著孩童遊戲。
無有間斷的日夜修持
在沒有概念詮釋的狀態中，
就此你會圓滿掌握無念智慧的修持。

無論是在靜止、活動，還是正念的本覺中，
任何生起的好或壞的念頭，
在空性本覺的廣大境中達到穩定，
超越概念的大圓滿，
那就像佐欽所說：
「證悟如同虛空，不變。」

這裡吉美・林巴展開關於修持更多的細節。如我們已解釋過，心或許會靜止，或許有念頭的活動，或者有對靜止和活動的留意。心中只會出現這三種情況。有時候我們的心會靜止一段時間，有時候會有念頭的活動，比如貪欲或憤怒；各種中性、正面或負面的念頭。這時候，靜止和活動的知道者（rig mkhan）就是所謂的「覺知」（dran pa）。

吉美・林巴告訴我們：無論什麼樣的正面或負面念頭生起，都不應該執著於注意是否有念頭生起。他說，不應該運用這樣概念性的「補丁」，也就是另一個解讀念頭生起了與否的念頭：想到念頭生起或注意念頭生起。同樣，吉美・林巴教導佐欽的修持：當一個要捨棄的負面念頭生起，我們也不應該在它上面再加一個正面的念頭。這樣做就會像醫藥用的「灸法」——把一塊燒燙的金屬器具放在一個灸療穴位上，就像安奇・確札醫生在我頭上（堪布指著疤痕）幾個位置所做的一樣。在這個練習中，不運用另一個念頭來作為對治，即使它是正面念頭。

如果有一個比如瞋怒或麻煩的負面念頭，或是任何干擾的情緒，沒有任何對治比單是保持在本覺智慧（rig pa'I ye shesrgyun skyong ba）的持續流動上更加優越。就像一個老人看著孩童遊戲。在孩子遊戲中，老人注意到好或壞的事情發生，他都如同參與其中一般看到了一切。但他不用任何念頭或評論來消遣，遊戲中發生什麼他既不愉悅也不煩惱。

同樣，無論什麼念頭生起，你不需要對它們有任何我執（dag dzin；bdag 'dzin）的反應，你也不需要對它們有任何設定的直接詮釋（cer 'dzin）。相反的，任何事在心中生起，保持在一個不擔心（snang med）而自在的狀態，不參與出現的任何念頭或情緒。你應該日夜都保持在這樣單純的狀態（spros bral gyi ngang），沒有概念造作（spros bral）和心理建構的持續中，保持沒有掛礙，也沒有檢視（snang med），任其生起。如果你這樣練習，只是保持單一重點，那麼逐漸會熟悉並達到無概念觀慧（mi rtog pa'i lhag mthong）的完全成熟（rtsal rdzogs）。

當吉美·林巴談到超越概念的覺空（rig stong blo 'das），這就是你的上師指引你去看的。它是你心的本質（sems nyid），自生智慧（rang byung ye shes），或簡單說就是「覺空」（rig stong）。本然大圓滿的無誤意涵就是噶拉·多傑和普賢王如來的智慧證悟（thugs kyi dgongs pa）。它就像十萬空智慧行母的心血的重要精華，它就是所知道的「超越概念的本覺」（blo 'das kyi rig pa）。

在你如吉美·林巴所說的達到「覺空的穩定廣大境，即超越概念的大圓滿」（rig stong blo 'das rdzogs pa chen po'i klong du bstan sa zin pa）之前，你都必須用一切辦法確實的持續練習禪修。那麼，如同佐欽教法所說：「證悟就像虛空，不變。」

> 因此說儘管瑜伽士的身體顯現爲凡夫，
> 但因爲他的心保持在證悟法身的智慧中，
> 無有勤作與活動，
> 一切顯現和存在都是上師的壇城。
> 任何生起都是遍在的本初智慧，
> 表面的事物都[經驗]爲表徵和經典。
>
> [瑜伽士的]智慧心，本然自在，
> 超越了任何道次第的行爲。
> 從輪涅本初解脫的廣大境中，
> 在[直至一切眾生證悟的]此階段，

他會毫不費力，任運的
完成利益法教和眾生。

而後在你色身消融的終止之時，
如同舟船破敗，
內在空間與外在空間合二爲一。
在童子寶瓶身中，
[證悟的瑜伽士]將展現眞正的覺悟——
內在明覺的廣大本初之基，
離探究之心。
這就是最終、究竟的成就！

正如吉美．林巴所說的證悟不變如虛空，我們應該持續修持直至達到這個階段。儘管瑜伽士現凡夫身形，他的心穩定的安住於法身智慧心，「無有勤作與活動」（bya rtsol dang bral ba）。他的身體還是血肉之軀，但他的心已經證得法身。

佐欽《心密續》（sems sde）之一《遍作王續》（Kunje Gyalpo；Kun byed rgyal po'i rgyud）云：

雖然身體顯現爲人或神，
眞正安住於不動之行者，
心意實際爲神聖之佛陀，
無作任運利他行。

吉美．林巴要告訴我們的是證悟的瑜伽士展現出凡夫身軀，但他們的心續（dgong pa）實際上是佛。他們已經達到了法身普賢王如來的果位。他們與佛陀無別，而安住於無作狀態中。

當我們說證悟如虛空般不動，你可能會認為一旦你證悟了，直至完全成佛都不會有起伏變化，會一直如虛空般不變。你這樣理解的意思是不需要經歷菩薩十地（梵文：bhumi；藏文：sa），而有一天你就突然間完全證悟了。我不是說某一些人在剎那間證悟是不可能的。像之前已經解釋過，有三類不同根器的眾生，它們還可以再分為三類，在最利根器中的也有最高、中等和低等之分；中等根器中也有其最高、中等和低等之分；下等根器也有其最高、中等、低等之分。總共九等。所有眾生都不出這幾類不同資質。

舉例來說，根據基礎乘的教法，有成佛之前的十個階位。有時候出現的情況是：一些特別類型的人，坐下來接受上師給予佐欽本覺（rdzogs chen rig pa）的教授時，還是平凡的眾生。接受了教法之後，他們從座而起時，已經達到了八地菩薩的果位，或者甚至就完全成佛了。有的人，在接受教法那一刻起，就從未再動搖過法身的狀態。有人會在接受直指教導時，達到等同於三地菩薩本覺的穩定程度。還有一些成就者，就只聽到上師的一個字，就證得初地。但所有這些情況都非常罕見稀有。

除了那些直接證悟八地的聖者，其他人都要經歷八地之前漸次深入體證的過程。所以不能說在行者證悟的過程中都沒有改變，因為本覺是逐漸穩定的。

根據大手印的傳承，證悟是透過四個階次來衡量：專一、離戲、一味和無修。在大圓滿，要經歷四個階段：現見法性、悟境增長、明智如量和法性遍盡。

如果你要問依據佐欽教法是怎麼衡量本覺證悟（rig pa'i rtogs tshad ）的，那就是不再離開你的上師直指的本覺智慧（rig pa'i ye shes）。這就是以一般的解說來看，證悟程度的衡量。

如果你從來沒有依照上師的教導觀修，修持不力，那麼你就已經將它丟棄一旁，擱在一邊和忘失修持了。從你開始依照上師直指教法來修持那一刻起，本覺智慧不再改變。那就是：它不會變成其他什麼事物。它是你從一開始就認識出的，同樣的那個本覺。你對它不需要有絲毫懷疑，也不需要對它揣測妄想，也不需要對它分析檢測。當你認識出它，並且修持，它就總是現前的，垂手可得。

先前吉美．林巴說到智識理解、實修覺受和證悟體認的幾個階段。作為初學者，你會獲得一些智識的理解，比如跟你的上師接受了引介。你聽到上師所說的，接著你會認為自己已經理解、明白了。你想：「這就是空性，這是明性。」你聽得很歡喜，也感覺自己理解了。這是有善業傾向（bag chags）的徵兆，不是壞事。接著第二天，因為很多干擾因素，你可能就完全忘記它了。你不確定聽到的解說是怎樣的，而對它沒有了信心和確定。

西藏有句話是tra ye（phra yal），它跟一個叫做tra-bap（phra 'bebs）的預言術有關，它是用鏡子來觀看預言。一開始是對著鏡子念誦咒語，接著把修法用的不同穀物扔到鏡子上，以喚起鏡子上出現各種影像和圖形；這些影像和標示就是被稱為tra。預言者接著會檢視這些圖像或符號，而作出預言。過一陣之後，這些圖像就會消失，ye。因此tra ye這個詞，意思就是「鏡中消失的圖像」。

知性理解就跟鏡中預言的比喻類似。首先當你聽到上師講法，而開始獲得一些理解。接著，因為各種不同的因素狀況，你的理解消失殆盡。它保留不久。它不穩定，因此會消失。但是如果你很好的修持，最終就不會再發生那樣的狀況。對上師指引出來的有實際的經驗（nyongwa；myong ba），不同於僅只是智識理解。當你修持，由上師指引出來那些實際經驗會一直跟你在一起。當我們說「實際經驗」，這裡意思是在心中對此有清晰和鮮明的呈現（gsal snang thob）。當你的上師對你講說並開示教法，這個經驗就在你心中（snying gi nang la myong ba）。你可以對它檢視並確認。你可以說：「對！那就是！」

關於實際的經驗有很多面向，而它們不一定總是穩定的現前。內在的確定是從你心中生起的（snying gi nang la nges shes skye）。那麼即使有人對你說：「不對，那不是！」對此，你還是會保持不動。你的上師已經告訴你是像這樣，而你有信心這就是。因為你已經從內在經驗了它，而不再輕易失去它給你的信心。實際經驗優勝過智識理解，而更甚深。然而，它會有波動、過渡和轉化（'pho 'gyur）。經驗不會總是穩定現前。有時候，你的禪修會更像之前解釋過的禪修覺受（nyams），但跟智識理解相比，還是遠遠勝於智識理解。

那麼，在實際經驗的階段之後，你將會被導向證悟。這需要有一位具德、純正的上師，一位真心懷有信念和虔敬的弟子，以及傳承清淨的口傳要訣（rgyud pa'i gdams ngag tshad ldan）。如果必要的因素都具備了，那麼透過上師引導，證悟就會發生。

如果你不修持，那什麼也不會發生。如果你有修持，你會達到脫離迷惑錯誤。你不會再抱有任何懷疑，想說：「這就是嗎？」或者「這不就是嗎？」；你會不帶錯謬和偏離的修持。無論何時你禪修，都會在覺知的清晰明鏡中（dran pa gsal ba'i me long），直接見到本覺的精髓（rig ngo mthong ba）。了解這個教導之後，無論何時你將心帶到覺知的清晰明鏡中， 你都能達到本覺自己的安住之處（rig pa'i mal la bslebs yong）。

如我在整個〈獅子吼〉教授中強調的，在佐欽的見地中，對智識理解、實修覺受和證悟體證這三個階段，謹慎以對是非常重要的。在智識理解的階段，會有很多關於空性的概念，就像吉美．林巴在文中說：「現今有很多人正是如此。」他所指的就是，例如那些沒有關於空性的實修覺受或任何體證的人，會說：「根本沒有正面或負面的行為」，而將一切拋在一邊。如之前所解釋的，這樣的情況下，一連串的錯謬和偏離就會像繁花盛開一般層出不窮。因此，根據大圓滿的心性教導的方法，要了解這三個階段，以便獲得正確的理解。

給予指引教法的上師必須接受過傳承的口授（brgyud pa'i gdams ngag）。他／她應該有實修經驗（nyams myong），具備善巧，並學習過密續的要義，對修持的本質沒有錯誤的認識，在經驗和證悟方面有不可思議的特質。

如果一個人不具備這樣的一位上師，即使上師並非學識淵博；只要學生淨除遮障，累積福報，具備清淨的動機和發願，即使遇到的是平凡的上師，也有可能解脫。就像吉美．林巴的法本中所說：「外在事物都是表徵和文字。」⓭

眾生累積別業的方式無量，因此有眾多不同的根器。有時候即使

⓭ 頂果．欽哲仁波切私下給予祖古．桑嘎仁波切有關這段文字的解釋：「因為具體化的禪修者（sgom mkham）和禪修對境（sgom bya），方便和智慧分了家或分離開。」
禪修對境，也就是「禪修安住的焦點」在這段是指金剛乘的觀想禪修的練習。它所說的是用咒語「嗡 索巴哇 修達 薩爾瓦 達爾瑪 索巴哇 修多 吭」讓一切現象淨化為空性的要點（dmigs med du sbyong ba）。這裡，根本頌用了名相dmigs med，意思是「沒有參照點」，但是這裡它和「空性」（stong pa nyid）同義；因此，說現象清淨為空性。
在這樣的修持中，有著概念造作（blo' i dzin stang），也就是吉美．林巴所指的「概念性的把一切現象融入空性。」另一方面來說，在本覺（rig pa）之中，禪修者和禪修對境已經是本初不可分和本然空性的。

上師並沒有做任何超凡的事，但透過弟子的信心和虔敬，他或她就會有即刻的體證（lam sang ngo shes 'gro kyi red）。雖然這是可能的，但也很少見。

最常見的情況是，弟子視上師為佛：證悟者。上師遍學經續，具有可信的傳承口傳，而且佐欽修持的經驗也很深厚。真正的上師一般都要有這些豐富的經驗。同樣，完美的弟子要有大信心和虔敬，並且心量廣大（blo rgya che ba），具大智慧（shes rab chen po），如此的一位利根器弟子。通常，如此的二位師徒要碰到一起，便會是最完美的情況。

然而，還是有一些例外，比如在戒律傳承提到的一些情況。在佛陀時代，有一個年老的出家人，新進入僧團不久。因為他是個沙彌，還沒有時間聽聞和思維經教。

一天，他出門乞食，得到了一位年長婦女的供養。作了供養之後，她照傳統向僧人請法。而他根本沒有學過佛法，但對佛陀和佛法有很大的信心。於是，當他要對這位眾所週知的老婦人「功德主」講法時，他想：「我已經年老了，沒有可以教別人的，也一無是處。」想著便開始沮喪起來。就在這尷尬的痛苦情急之下，他順著所想到的脫口而出：「無知是痛苦啊！」

老婦人一聽，覺得是僧人的精要開示，想到：「喔！我還沒有認識到一切因緣和合的事物都是痛苦；千真萬確啊。我必須思考並領悟它！」於是，她去禪修並向佛陀和這位僧人祈請。一些時日之後，她見到了實相（bden pa mthong），並認識到空性的含義。

老婦人開悟的消息很快就在當地傳開了。一位長老比丘問老僧人：「你教了她什麼？」老僧人回答說：「我什麼都沒有教她。」「但她見到了實相。」長老追問道。老僧人回答說：「那位婦人向我請法，我想自己什麼都不知道。於是說出了『無知是痛苦』這幾個字。」

一位親近佛陀的弟子也知道了這件事，便去問佛陀。佛陀說：「過去生，她已經累積了很多善業功德，淨除了自己的業障，這是她能證悟的原因。」

事實上，那位老僧人也同樣有廣大的福報和善業。雖然年輕的時候未能碰到佛陀，但後來終於作了佛的弟子。當他聽到老婦人透過他的話而證悟了，他認識到如果自己也像她一樣精進，也能夠解脫。最後這位僧人也證悟了，據說他證得了阿羅漢果。

這樣的事在特殊狀況下是會發生的，但這個故事再一次描述利根器的眾生如何能解脫。但接著強調，凡夫眾生會陷入錯謬和偏離，因此他們需要〈獅子吼〉的教法。如吉美．林巴所教授的，重要的是要分清三種不同根器的弟子，並了解他們怎樣可以解脫，如此給他們指出一條恰當的道路，並用適合的方式教授他們佐欽。最後，才能如文中所說：「證悟如同虛空，不變。」

吉美．林巴最後在〈獅子吼〉中寫道：

> 所有的展現和存在都是上師的曼達。
> 任何生起的即是遍在的本初智慧，
> 外在的事物[經驗爲]表徵和文字。

文中，藏文片語 yeshe cham dal（ye shes cham brdal）或「遍在的本初智慧」，意思是生起和出現的都是本初智慧的展現（ye shes kyi rol pa）。

這就是我簡要解說的佐欽完整道路的總結。簡言之，讓我們憶念吉美．林巴提醒我們注意這句著名的法語：「證悟如虛空不變。」首先，修行人要有智識的理解。而避免對它執著需要什麼對治？ 不要只停留在智識的理解，而要向你的上師祈請，接受四種灌頂，讓你的心融入上師的智慧心。接著，始終精進的禪修，並對它無有執著（sgoms la zhen pa med pa）。你會逐漸到達實際而直接經驗的階段。

在修持教法的這段時間，會有很多不同類型的禪修覺受，總結起來就是喜樂、清明和無念三種。如前所示，它們會引導你偏離開修持。再一次的，不要留戀這些覺受。敞開對你上師的虔敬心，接受四灌，讓自心融入上師的智慧心。接著讓你的禪修穩定（nyamzhag tenpa；mnyam bzhag brtan pa），並保任於本覺中（rig thog tu gnas）。這是你需要進步並超越所有這些覺受的方法。

當你到了禪修練習後期（sgoms nyams len mthar phyin），你會達到了悟；而帶著這樣的了悟，你才能成佛。即使在了悟之後的階段（rtogs pa'i mtshams）， 你都還沒有完全成佛（sangye pa；sangs rgyas pa）。所以再一次，你要向上師祈請，接受四灌，將自心融入上師的智慧心。持續不斷，日夜不停的如此依照教法進行禪修。

這樣修持下去，你的證悟會擴展和打開（rtogs pa rgyes），如同月相：從新月直到十五的晚上，月相漸增。當然，月亮本身並沒有好壞不同的特質，也沒有改變大小。但這個例子是說明本覺（rig pa）要經過一個開展它潛能（rtsal）的過程，擴展和打開（rgyas），最終達到潛力的完整開展，而圓滿和成就（rdzogs）。

在你達到究竟的證悟，成就童子寶瓶身（gzhon nu bum sku）之前，都需要保持對本覺自性的修持。在穩定本覺的道路上，會有

tsal-wa（rtsal ba），潛能的開展和對本覺的把握；而後會有gyay-pa（rgyas pa），擴展和打開這個潛能；最後是dzog-pa（rdzogs pa），完整、圓滿的成就。

開始當你認出本覺時，它完全沒有廣大可言。它很小，就像你只是一瞥見到它而已。但最後，證悟變得跟無邊的虛空一般廣大，沒有起伏、過渡和變化（nam mkha' la 'pho 'gyur med rgya chen po）。在童子寶瓶身的廣大境（klong），所有輪涅都「超越了勤作和活動」。

當你第一次有證悟的一瞥（rtogs pa mthong ba）， 還是會有一些執取和執著現前。但當執著的外殼被剝離（'dzin pa'i shunpa bral），本覺變得更赤裸（rjen）、清澈（dvang）、無執（'dzin pa med pa）。從那兒它還會持續開闊和打開，逐漸圓滿（gong nas gong du 'phel ba）。

如吉美・林巴在〈獅子吼〉中寫道：

> [瑜伽士的]智慧心，本然自在，
> 超越了任何道次第的行爲。
> 從輪涅本初解脫的廣大境中，
> 在[直至一切眾生證悟的]此階段，
> 他會毫不費力，任運的
> 完成利益法教和眾生。

在此教授中，已經從五道至究竟證悟，並將此和智識理解、實修經驗和證悟體證三個階段的相關聯起來談過了。然而，當佐欽教法從究竟見地來談，它是沒有所謂道地（sa lam）之分的。道和次第被看作是在特定解脫的本覺自性（rig pa gcig grol gyi ngo bo）之中就是完整的。究竟上，五道十地都在一個單獨的本覺

（rog pa chig rdzog）中成就了。根據佐欽的究竟理解，成佛次第的定義是指四個道次第（nangwa zhi；snang ba bzhi）。所有低乘別修持的特質都是在這四個次第中圓滿的。

一個真正認證了佐欽本覺的瑜伽士這時會有任運利益教法和眾生的能力。像吉美・林巴稍前在〈獅子吼〉中解釋的：

> 而後在你色身消融的終止之時，
> 如同舟船破敗，
> 內在空間與外在空間合二爲一。
> 在童子寶瓶身中，
> [證悟的瑜伽士]將展現眞正的覺悟——
> 內在明覺的廣大本初之基，
> 離探究之心。
> 這就是最終、究竟的成就！

當色身到了崩塌消融的極限時（zhig pa），而同時像器皿破裂，而器皿裡外的空間合二為一，瑜伽士的心和法身（chos sku sgongs pa）智慧心了無分別。在普賢王如來的本初廣大境中，一切都成一味（ro gcig）。究竟的成就是圓滿證悟：童子寶瓶身（gzhon nu bum sku）、超越探究心範圍的內在光明的本初基廣大境。

> 總結——
> 世俗迷惑的顯現，巨大的虛假，
> 消融於本覺心髓的廣大境之中。
> 如此，心所上演的如孩童舞蹈的散漫念頭，
> 在超越概念的覺知保任中平息。

所有相對的顯現都如幻、如夢，而欺矇了有情眾生。因為吉美・

林巴自己已經完全證悟了廣大境的本質自性（klong chen gshis kyi dgongs pa rdzogs），他告訴我們一切相對的客觀顯現不再能欺騙他。因而，所有的念頭都是心的遊戲、孩童的舞蹈，最後會在超越概念的覺知持續中平靜下來。

當我沒有因爲把頭腦灌滿追求高深見地的好念頭
和束縛於疑惑的壞念頭，
而被麻醉而沉睡，
我輕鬆的保持在赤裸的平常本覺中。

吉美・林巴說他不喝「好」念頭的啤酒（chang），比如認為他達到了佐欽的高深見地，並為此傲慢。他也不喝「壞」念頭的啤酒，比如那些因為疊加概念（sgro 'dogs）而將人纏繞在疑惑鎖鏈上的念頭。不用這些念頭的酒灌醉自己，他也沒有在無明的沉睡中麻痺，而是放鬆和自在的保持在赤裸的平常的本覺（tha mal rig oa rjen pa lhod der gnas）。

這些智慧心傳承的，
深奧又簡潔的金剛句口訣，
將比誇口賣弄他們理論學識的人，
以及動與靜的不可靠過程的尖銳折磨，
超出一百倍力量。

這些智慧心傳承（dgongs bryud）的簡潔而深奧的金剛句，會超越那些滿腹經文、能說善辯，心懷華而不實的傲慢，卻未證得佐巴千波的本然狀態之輩。同樣的，當你可能經驗靜止和活動（gnas rgyu'I phrang）的不可靠過程，二元心的遊戲，吉美・林巴的金剛句也能超越此過程中的痛苦和挫折。

因爲我過去累積的[善德]
和清淨發願的善妙連結，
加上金剛瑜伽甚深道法的慈悲，
我中脈的結縛被打開了。
這些口傳教法，
都基於我自己的經驗。
我寫下來作爲見證。

因為吉美・林巴在過去世所累積的善業和祈請，並透過在金剛瑜伽的甚深法道禪修，他智慧脈的結縛鬆解開，基於他自己的經驗而寫下這些精要的教導。

當夏日的雷鼓轟鳴迴響，
它撕裂自命不凡的學者們老鼠般的心臟。
當殊勝的覺證自然由內湧現，
我無法抑制這些任運流出的文字。

這個佐欽指導，就像夏天的雷鳴，撕裂如鼠般傲慢並自以為博學和成就之輩（rlom sems）的蒼白心臟。因為吉美・林巴獲得了經驗和證悟的穩定，從中自然流出對他的弟子的慈愛，而不忍他們看不到這些教法。

以此功德，
透過保持覺知自然的流動，
所有從偏離到錯誤和局限的覺知累積的不善
在本具自相續中任運清淨。

祈願所有人都證悟大圓滿！

〈獅子吼： 摧伏修持寧體法歧途〉經過我的侍者當巴・龍卓・英・日克（Dampa Longdrol Ying Rig）多次懇切祈請。他充滿了信心、慷慨和學識，同時因為過去的因緣，持續修持光明大圓滿。還有一直將心安住於三種寂靜，持續閉關並專注於修持光明金剛心的谷肅・英・日克（Kusum Ying Rig），也祈請。因為他們的祈請，我這個姑蘇魯瑜伽士，貝瑪・旺晨・耶喜・巴吉・若而・措（愉悅之湖的顯耀有力智慧蓮花），認為自己熟悉於光明大圓滿的本然狀態（mngon sum gyi gnas）的直接體驗，而在殊勝的青樸奧明・康卓・措克・康——密嚴空行的薈供房的秘密花洞窟閉關中寫下了這個法本。不要向沒有接受過這些教法的人公開這個法本，或即使接受過教法，但持有錯誤見解、被傲慢的毒水蠱惑而缺乏修持這些修道要點的福德之人 。你們所有投入在修持中的人，要反覆的閱讀！

對那些有確信的人，可以給予此法本的閱讀傳承。
它已託付於神聖的寧體護法的守護。
三昧耶！印！印！印！

10 任運之歌

尋覓心之本然境的人，
請了解這些修持的真實徵兆。

大平靜

平靜，平靜，全然的大平靜。
三寶——皈依處，大平靜。
不可超越的無上秘密的快速道，大平靜。
自心，法性精髓，大平靜。
若你在全然的大平靜之道上禪修，
你會達到大樂的境界——你自己的本覺。
輪迴和涅槃都將在大樂的廣大境中解脫，
而你必定會獲得完全解脫的大平靜。

從尚特盧布（Chanteloube）到佩里格（Perigueux）的一封信
寫給阿尼丹確（Ani Damcho）和柯琳娜（Corinna）
1983年

空行母修持

我皈依在吾父尊師的座前！
請聽，大樂度母（德千・卓瑪）！
你已擁有自由和能力具足的人身——
如此難以獲得；
你也值遇純正具德的尊貴上師，
並得到口傳教授的如意寶。
多麼美妙啊！如此的幸運！

法身智慧度母，
已成就無生的心性本質。
報身表徵度母，
已成就本尊壇城的精髓。
化身顯像度母，
遍在於無數國土和世界。
三界之存在，
於空行母的壇城中本初清淨。
妙哉！
眞實和究竟的瑜伽中，
輪迴與涅槃如空行母的壇城般安住。

保任你自己本覺的精髓——
自生究竟的度母。
只因「所保任」和「能保任」並非爲二，
無執的安住於自然清明中。
保持[念頭]自生自解脫的持續。

在相續中放下它們，
無需任何造作，
它們自己便會消失。
安住於法性的天空本質——
這超越概念、不可表達的偉大境界。

簡言之，任何顯現的感知，
如果你斬斷所有對二元執著，
以及希懼的結縛，
這就是把它們當作所有修持要點的濃縮。
那麼在心中對此確信不疑吧。

寫給佩里格閉關的曼德玲（Madeline）
1984年2月

具明點印的上師修持

最精深的廣大虛空，
乃神妙不可思議的龍欽·饒降巴，
廣大無盡之境界。
至美·沃瑟之日，
無垢光芒照耀你的心。
透過表象的上師的口傳教授直接指引，
我與究竟上師的眞容謀面——
那才是被指引出的。
虔心懇切的祈請您，
加持我的心與你的智慧心不分離！

這就是具明點印（Thigle Gyachen）的修持。
寫給佩里格閉關的柯琳娜
1984年10月

三者融合為一

祈願
上師、本尊與空行三者融合爲一。
修持的見地、禪修和行持三者融合爲一。
基、道、果三者融合爲一而保任心的自性。
願善妙！

佩里格閉關

心靈修持的徵兆

皈依頂禮自生智慧之王！
這心的本然狀態，
就是本初不生的本質。

當你在內心深處認識了它，
對一切尚未識得自心本質的無助眾生的悲心，
任運湧現；
以及無造作的無上菩提心會生起。

對至上廣闊的皈依處——
無可比擬的尊勝怙主上師，
生起無量信心與虔敬。
並確實的生起無分別的淨觀。

所有在尋覓心之本然境的人，
請了解這些是心靈修持的眞實徵兆。

這是來自西藏獨行犬——蔣揚・多傑的信函
佩里格閉關
1983年8月

附錄

竅訣奇妙海——對獨自閉關修行者的忠告

吉美．林巴 著

人都會死！真閉關才有真修行。

吉祥怙主三世佛，
蓮花生尊慈悲王，
蔚藍頂髻寶冠上，
加持安住吾心續。

所有具備信心、守持三昧耶、從內心深處精勤求善法者，請諦聽！

輪迴的流轉，無始無終，帶著惡業行為的因，你陷入不利條件的影響。你能想到的一切[輪迴中的]事物都是恐懼和痛苦的經歷。六道的眾生必須持續經歷這些，就像關在黑牢的囚犯。

現在，如果你有任何身體疾病或心理困擾，或是處於不甘願的情況，你會對任何事惶恐和質疑，就像有人噁心想吐。那麼，如果你經歷下三道的痛苦，又將會是怎樣？哀哉！現在唯一能逃離這些痛苦的方法是達到殊勝佛法修持的究竟成就；否則，無處可逃。

你或許會說：一切都是幻相。接著每天都在騎馬、喝酒中，消遣娛樂打發時間；到了傍晚你坐下來穿上棉布圍巾風[表示你還在修持拙火]，練習呼吸像是皮火筒般一陣陣住氣吐氣，搖著鈴杵。這樣做，終究不能成佛。

三種我執：外、內、密

流轉在輪迴的因是我執。《親友書》中，龍樹菩薩寫道：「一切欲妙生禍殃，佛說如同木鱉果，勸棄彼等一切貪，此如鐵鏈圈眾生，束縛輪迴監獄中，總說在此言我執。」簡言之，關於我執：

你貪戀自己的家鄉、房屋、財富和所有物，卻對修持佛法拖延怠惰。

當你得到一點針線，便要祭拜感恩神明；而當你丟了一支筆或鞋帶，就沮喪難過。這是外在的我執。

把你自己傳承派別的視為神為佛，而其他教派的視為魔。毫不檢視自己的資質，就想：「我配不上跟釋迦牟尼佛同等地位嗎？」這些都是內在的我執。

有執實的生起次第的觀想、有偏私的菩提心、及有緣向的圓滿次第，雖說一切都是空的，缺乏自性，然而執著於空性，就像一個美麗女子執著自己的身體，帶著緊繃和不清晰的心去感知，並想著：「沒有人達到我的修證，因此無需再跟誰請教問論了。」就這樣你的人生白白浪費了。這些都是密的我執。

對此，我誠實的勸告是：如果你堅決捨離對故鄉、財富和財產的貪戀，就已經成就一半的佛法了。

初時進入了義法門，就能摒除我執如吐唾液般，進而才直達本性。接著開始聚集徒眾，成為利益他人的來源，以最初的慈悲動機來訓練弟子，給予教法。我只保存一些生活必需品和禦寒的衣物，而不會說把錢留存作為以後生病、修法或死前死後所需。

修行人不要在意自己，也不擔憂自己將來所需，主要都用在供養三寶、贖放動物的生命，供養禮敬僧眾、接濟乞丐等等。

我沒有浪費別人給予的供養，和替亡者作的功德，也沒有像蜜蜂把蜜蓄在蜂巢一樣把它們存起來。因為沒有什麼貴重物件帶在身邊，對於來見我的人也不感到羞愧。

死亡

我們都會死去，記住這點。

因為佛法本身沒有差別，試著用淨觀看待每個人。遍觀所有傳承，都有其殊勝處；但大圓滿於我最為圓滿，讓根本墮消散於法界中。

當要進行前行的基礎修持時，不應該捨棄它們，說：「一切都是空的。」就此在見地上小視了因果。

修持正行時，你應該住在杳無人跡處，雖沒有熟人，卻以本覺為伴，並誓願保持在無造作的本然狀態的相續中。

如果聽到攪動你希望和恐懼的是非言說，不要把它看作是真的。既不排拒，也不迎合。如同死屍一般，聽到什麼都不為所動。

想一想獲得人身多麼困難，值遇佛法多麼不易，具德上師也那麼稀有難得。

想想魔障可以有多少種不同方式乘虛而入。

思維每個人都會死亡。

想想世俗的人被多少痛苦和壓抑折磨。

你應該如此對輪迴生起厭離，就如同肝膽有病的人對油膩食物的反感、不適。如果你不將此銘記於心，那麼擁有美味的飲食、善良的施主、溫暖的衣物、舒適的住處和愉悅的談論……，它們只會幫你準備好過世俗的生活；甚至還未開始修道，就先修築了道障。此外，有說法說：「你可以故作莊嚴的大談高深的證悟境界，但是如果還未降伏我執魔障和對享樂的執著，你的行為會透露跡象，夢境中也會測試出來。」理解這點很重要。

有云：「從高官權勢的人那裡接受供奉會導致負面的結果。」

如果仔細想想他們財富資產的來源，他們怎麼可能有利於你的精神修持？

還有一說：「黑財如同鋒利刀，食多即斷解脫命。」

最後，這會是把你拽入地獄深淵的重量。因此好好在這上面反思：接受布施作為你的衣食，放下對他人的阿諛奉承。

如過去諸佛所說：食物應限量，睡眠應限時，保持本覺的警醒。

如果你過量飲食，內心會自動生起染污；如果食物不夠，便搖鼓唱誦，在村裡大作法事，讓自己頭暈目眩，認為自己不這麼做，就會缺吃少穿。如此只會讓你比街上的野狗還要瘋狂。所以要留意適量進食。酒類是一切過失的來源，所以只可小酌，不可再多。如果你一定要食肉，酌量取用，並修持我在「所行處道用」（Spyod yul lam khyer）中建議的食供瑜伽。

我的修行經驗

有關如何進行日常的修持，設定一個單一的標準當然是困難的，因為有高、中、低三種不同根器的修行人。然而，以我在巴吉日沃的三年零五個月閉關[1756-59]為例。在這次閉關中，我最遲天亮前醒來，迅速起身之後，用九節佛風排除濁氣。完成前行修持之後，我會淚流滿面的虔心悲切祈請。

接著，直到晌午的一座禪修，我再次修習不共解需要耳傳的次第。一開始在氣動時有病痛的話，要意志堅定，過一段時間會自消除障礙，氣自回歸原處。通達左右各三十條氣脈，我能了知節氣的長短及日回現象。

持命氣和下行氣合一，圓形寶瓶氣於外可見，此時共與不共的道證現前。

只有短時的修氣練習和不能清楚的觀想時，不要自誇。

早餐食用茶水和湯後，煙供及迴向。立刻進入念誦儀軌，仍然觀修生起和圓滿次第。

此時觀想的本質（ngowo; ngo bo）上無有執著，自性（rangzhin; rang bzhin）是本尊的手足顏面，明光清晰；而能力（thugje; thugs rje）是清楚專心觀修大悲光芒四射。如此技能圓滿時，生圓二次第自能成就。

若如有些懶洋洋的現代行者，只依自己的興趣，或如老年人念嘛呢一般，是不正確的。

如以上這樣修持種種直到中午結束。

再念水食子法、《三聚經》、〈蓮師願欲頓成頌〉、尊勝佛母咒、〈智慧妙身法行〉（懺悔文之一）等等，最後以持咒、祈願作為結行。

接著，如果有需要，我會很快的寫八張多有關佛法的著作。若無特別寫作時，就立刻觀修頓超法。中餐時，若食肉，則先念咒，發慈悲心並祈願和觀修蘊界現成本尊，實行食瑜伽。之後，念誦供養消災經。

接著，我再作二百到三百個大禮拜並一起念誦顯密的迴向文。

然後我會立刻回座，密集觀修本尊法，因此會圓滿很多座的本尊法。初更時，奉薈供及朵瑪，迴向，再以圓滿次第收攝。接著我會猛力祈請為能入睡夢光明而念誦〈蓮師願欲頓成頌〉，如此強力並無分別的為自己和眾生祈請。在一座氣脈禪修之後，我開始睡眠瑜伽。

任何時候我醒來時，都不會散逸於迷惑，而是專心而不放逸，如此在修持上才能進步。

簡單來說，這三年期間，我食量不變，身上只有唯一的棉布披單，沒有一個人進過我小小的關房，就算是護關的侍從也從沒進過關房門內。而我對輪迴起了出離心並覺憂愁，心念無定的死期無定，無意義的閒雜話一句也沒說過。

真閉關才有真修行

各位追隨者者，當你閉關時，你可能只是在關門前立上界碑，心卻分別散漫；外面稍有風吹草動，你就像個守夜人，往喧嘩處聽去。見人在關門口即廣談闊論漢、藏、蒙族等雜事，如此六根隨逐於六境，閉關的力量也就失去了。現心隨外境轉時，成就也隨之外散，只會引障礙入關。如果你落入這些習慣，閉關的時日空過，內心相續卻因為這些支節毫無改善。永遠不要出了關還是像過去一樣的平凡人。

必須生出決心，無論做什麼事，心的真實本質無法言說，超越知識，不緊亦不鬆，無可觀修亦無絲毫散心。閉關時，不論生病、痛苦、或死亡，修持生起、圓滿次第、寫字或誦讀日課，無改變、無確立和修正，或是壞了當下的醒覺，你都不會和心分開。一旦你與心分開，種種念頭就會現前，受它們的影響，偉大修行人的慢心就滋生了。

你會想著：「我知道法。我見過許多上師。」你會揭同參的短處，聚積財貨並製造紛擾，讓時間在許多無關緊要的事情錯過。使無智的凡人說：「這是個福慧雙全的人，大利於眾生。」當你開始「甘吞食子」（西藏諺語：意為接受諂媚或喜歡被諂媚者），已是入了魔障的明證！

如云：

心依於法，
法依於貧，
貧依於死，
死依於乾枯之壑。

這是噶當派四依法，為所有修行者的共寶，依此修行，魔障乃無機可乘。

甚至，如果在他人面前說閉關自悟的覺受、夢境、法言與功勞，在和自己不同誓言者前說教派和傳承的過失等，這些是成就消失和自曝過失的因。所以要謙遜的隨順、身穿破衣、心安於無世間八法中。深心之中，你要無所畏懼，即使是死神也不怕。

八種必要

第一必要，外在，要現出高於鵝王般的溫和，而給予他人正面之影響。

第二必要，修持佛法是，應僅僅依賴自己而不聽從除上師之外的建議。即便是父母，儘管誠懇，但所說未必正確。對此，要如野獸逃離陷阱一般。

第三必要，閉關修行時，堅守誓言必要如在草地打樁般的牢固。

第四必要，如果聽到任何負面信息，或逆境現前，不要慌張。應如瘋子發顛一般（不予理會）。

第五必要，與群眾相聚時，心念不要散亂於凡俗之事。

第六必要，訓練自己將一切現象存在感知為無限的清淨 。

第七必要，當你觀修氣脈和圓滿次第時，不應鬆懈你的專注，就如線穿針孔般。即使驟然命終，不生起任何哀傷或遺憾，心無罣礙，應該如鷹鷲翱翔於天空一般。

如果你具備這七個要點，你會達到勝者——過去諸佛的究竟成就，而我的願望也就此圓滿。如此，你會使此人生有意義，並經入殊勝的法教之門，而最終成就。

阿啦啦霍！

我，佐欽巴．隆欽．南開．那卓，廣大虛空之瑜伽士，根據我自己的經驗，因為其信心與虔敬而已成為密咒之精良法器的有力瑜伽行者札盧．多傑——虹身金剛，寫下這個心要諫言。我希望你們都將此教言置於枕上！

國家圖書館出版品預行編目(CIP)資料

無畏獅子吼 / 紐修.堪仁波切(Nyoshul Khenpo Jamyang Dorje)作 ; 大衛柯立斯頓森(David Christensen)英譯 ; 妙琳法師中譯. -- 初版. -- 新北市 : 眾生文化, 2016.10
面 ; 公分. -- (大圓滿 ; 3)
譯自 : The fearless lion's roar : profound instructions on dzogchen, the great perfection
ISBN 978-986-6091-15-5 (平裝)
1.藏傳佛教 2.佛教修持
226.965 105015950

大圓滿 3

無畏獅子吼

The Fearless Lion's Roar: Profound Instructions on Dzogchen, the Great Perfection

作　　者　紐修・堪仁波切（Nyoshul Khenpo Jamyang Dorje）
英　　譯　大衛柯立斯頓森（David Christensen）
藏譯中　原典／羅卓仁謙；土登尼瑪仁波切序／施心慧
中　　譯　妙琳法師
發行人　孫春華
社　　長　妙融法師
總編輯　黃靖雅
執行主編　李建弘
封面設計　THE ELEPHANT DESIGN
內頁構成　舞陽美術・張淑珍
行銷企劃　劉凱逢
發行印務　黃志成

台灣發行　眾生文化出版有限公司
地址：220 新北市板橋區四川路2段16巷3號6樓
電話：886-2- 89671025　傳真：886-2- 89671069
劃撥帳號：16941166　戶名：眾生文化出版有限公司
電子信箱：hwayue@gmail.com　網址：www.hwayue.org.tw

台灣總經銷　紅螞蟻圖書有限公司
地址：114 台北市內湖區舊宗路2 段121 巷19 號
電話：886-2-2795-3656　傳真：886-2-2795-4100
E-mail：red0511@ms51.hinet.net

香港經銷點　里人文化事業有限公司
地址：香港荃灣橫龍街78號正好工業大廈22樓A室
電話：852-2419-2288　傳真：852-2419-1887
電子信箱：anyone@biznetvigator.com

初版一刷　2016年10月
初版再刷　2017年 3月
I S B N　978-986-6091-15-5（平裝）
定　　價　430元